必讀 精選

韓國
古典文學

①

· 구운몽

明文堂

고전은 겨레의 문학적 뿌리

　고전은 절대로 골동품이 아니다. 고전은 시대의 흐름 속에 살아 있으며 서민대중과 호흡을 같이하는 데에 의의(意義)가 있다. 인류가 문자생활(文字生活)을 영위한 이래 수많은 문자의 기록이 생성 소멸되었고, 혹은 오늘에 이르도록 유존(遺存)되어 왔으나, 그 가운데서도 유독 문학유산(文學遺産)처럼 각 시대의 대중들과 더불어 희로애락을 함께 한 기록은 거의 없다. 이것은 문학이 딱딱한 지식이나 까다로운 도덕률을 전파하려 함이 아니라, 인간생활의 정서와 취미를 풍부하고 다채롭게, 그리고 아롱지게 하는 진정한 서민대중의 벗이기 때문이다. 그러므로 수많은 고전 중에서도 문학적인 소산(所産)만은 그 지닌 바 생명이 장구하며 무궁하다. 그러나 이와 같이 구원(久遠)한 생명을 지니고 있음에도, 고전문학은 동서양을 막론하고 현대의 독서층과는 오히려 먼 거리에 있었고, 오직 일부 식자층(識者層)의 독점물인 양 인식되어 왔던 것이다.

　그 이유는 고전문학이 각기 그 시대의 문자, 즉 고어로 씌어져 있으므로, 그러한 고어(古語)에 어두운 후세 사람들은 읽기도 어렵거니와 시대 상황의 차이에 따라 내용 자체를 이해하기조차 힘들었던 탓으로 고전 문학은 오직 고어(古語)를 알고 고전을 이해할 능력이 있는 고어파(古語派)들의 연구대상으로서만 겨우 그 명맥(命脈)을 유지해 왔던 것이다. 우리는 이와 같은 점에 느끼는 바 있어, 고전소설을 한시 바삐 오늘날의 독자대중 앞에 보이고자 하는 초조한 마음으로,

첫째, 고전의 원모습을 그대로 지니면서도 현대인의 독서에 편하도록 문체와 체제를 다듬었고,

둘째, 일시에 고전을 조감(鳥瞰)할 수 있도록 전질(全帙)의 형식과 낱권으로도 읽을 수 있도록 편집하였으며,

셋째, 가급적 많은 독서대중에게 보급하기 위하여 염가판으로 이루어 놓은 것을 무엇보다 자랑스럽게 생각하는 바이다.

고전은 현대의 바탕이요, 이 현대는 다시 미래를 계시(啓示)해 주는 것이다. 따라서 고전에 무지할 때 현대는 우매해지고 미래를 기대할 수 없게 된다.

고전의 생명과 가치는 바로 여기에 있다. 우리의 고전소설들은 조선 일대(一代)에 걸치는 선조들의 흥분과 정서와 감각이 서려 있는 주옥 같은 작품들이다. 이것을 읽을 때 우리는 선인들의 감정세계를 거닐게 되고, 또 그들의 숨결도 느끼게 된다. 이 얼마나 즐겁고 고상한 정신의 산책(散策)인가 !

고전을 읽자 ! 겨레의 문학적 뿌리인 고전을 읽어야 한다.

1991年 2月
한국고전문학대계(韓國古典文學大系) 편집위원
代 表 張 德 順

必讀精選 韓國古典文學大系

○ 차례 ○

九雲夢

육관대사의 제자 성진(性眞)이 수부(水府)에 들어가다

천하에 명산 다섯이 있으되 동에는 동악이니 즉 태산(泰山)이요, 서에는 서악이니 즉 화산(華山)이요, 남에는 남악이니 즉 형산(衡山)이요, 북에는 북악이니 즉 항산(恒山)이요, 한가운데는 중악, 즉 숭산(崇山)이니 이른바 오악(五嶽)이라.

이 오악 가운데서 형산만이 멀리 중원(中原)에서 떨어져 있으되 구의산(九疑山)이 그 남쪽에 있고, 동정호(洞庭湖)가 그 북쪽을 지나고, 소상강(瀟湘江)이 돌아나가는데, 마치 조상을 모시고 벌려선 자손들같이 늘어선 칠십이봉이 혹은 곤두서서 하늘을 떠받치고 혹은 깎아세운 묏부리가 이상한 기치(旗幟)와도 같게 구름을 자르니, 모두가 수려하고 청상하며 기운이 뭉친 바 아님이 없도다.

그 중에서도 가장 높은 봉우리는 축융(祝融), 자개(紫蓋), 천주(天柱), 석름(石廩), 연화(蓮花)의 다섯인데, 그 형세가 자못 가파르므로 구름이 그 낯을 가리고 안개가 그 허리를 덮어 날씨가 청명치 못한즉 사람들이 그 참모습을 보지 못하겠더라.

옛날에 *대우(大禹)가 홍수를 다스리고 이 산에 올라가 비석을 세워 공덕을 기록하니 하늘 글과 구름 전자(篆字)가 천만 년을 거쳐 아직도 남아 있느니라.

진(晋)나라 시대에 선녀(仙女) 위부인(魏夫人)이 도를 닦아 깨치고서, 옥황상제의 분부를 받들어 선동(仙童)과 옥녀(玉女)를 거느리고 이 산에 이르러 지키니 이른바 남악 위부인이라! 예로부터 그 영검한 자취와 신기한 일은 이루 다 기록하지 못하겠더라.

당(唐)나라 시대에는 고승(高僧) 한 분이 서역 천축국(西域天竺國)으로부터 들어와 형산의 아름다움과 더욱 이 연화봉의 경개를 사랑하여 그 곳에 암자를 짓고 거처하며 대승불법(大乘佛法)으로써 중생을 가르치고 귀신의 발호를 막아 내니, 이에 그를 가리켜 '산 부처님이

---

*대우(大禹)──중국 고대의 성왕인 우왕의 경칭.

다시 세상에 나시다' 하고 모두들 공경하여 믿더라.

그리하여 부자는 재물을 내고 가난한 사람은 부역을 맡아서 나무 없는 언덕을 깎고 끊어진 골짜기에 다리를 놓고, 재목을 모으고 공인 들을 재촉하여 그윽하고 고요한 나무숲 속에 큰 법당을 이룩하니, *공 부(工部)에서 읊기를,

　　寺門高開洞庭野　殿脚揷入赤沙湖
　　五月寒風冷佛骨　六時天樂朝香爐
　　절문은 동정 들로 높이 열리고
　　전각 기둥은 적사호 물가에 박히니
　　오월의 찬바람이 불골을 차게 하고
　　여섯 때 천악 즐기고 아침에 향피우더라

이 한 수의 글이 그 대법당의 웅장한 규모를 말하고도 남으려니와, 산세(山勢)의 빼어남과 *도량(道場)의 웅대함이 남녘 땅에서 으뜸이라 일컫더라.

그 화상은 다만 금강경(金剛經) 한 권을 지녔는데, 당호를 혹은 육 여화상(六如和尙) 혹은 육관대사(六觀大師)라 일컬으며, 제자 오륙백 인 가운데 불법에 통효한 자 겨우 삼십여 인이라. 그 중 성진(性眞)이 라는 자는 얼굴이 백설 같고 정신이 가을물같이 맑아서, 나이 겨우 이 십세에 삼장경문(三藏經文)을 다 익혀 모르는 것이 없고, 총명과 지혜 가 여러 제자들 가운데서 뛰어나니 대사가 지극히 사랑하여 그에게 의발(衣鉢)을 전하고자 하더라. 대사가 매양 모든 제자들과 더불어 불 경을 설법할제, 동정호의 용왕이 흰옷차림의 노인이 되어 그 법석에 나와 강론을 듣는지라, 대사가 제자들을 모아 놓고 이르기를,

"내가 몸이 늙고 병이 들어 산문 밖에 나아가지 못한 지 어언 십여 년에 이르렀으니, 너희들 가운데 뉘 나를 대신해서 수부(水府)에 들

―――――――――――――
*공부(工部)―― 관서(官署).
*도량(道場)―― 불가(佛家)에서 불도를 닦는 곳.

어가 용왕께 사례하고 돌아오지 아니하겠는고?"

그러자 성진이 대답하여 여쭈기를,

"소자 비록 불미하오나, 가 보겠나이다."

대사가 크게 기뻐하며 보내기로 하니, 성진이 분부를 받고는 칠근 가사(七斤袈裟)를 걸치고 육환장(六環杖)을 끌면서 표연히 동정호를 향하여 떠나가더라.

석교상(石橋上)의 팔선녀(八仙女)

이윽고 문 지키는 도인이 대사께 아뢰되,

"남악(南嶽) 위부인(魏夫人)께서 여덟 명의 선녀를 보내어 문 밖에 이르렀소이다."

대사가 사람을 시켜 부르니, 팔선녀들이 차례로 들어와 절하고 꿇 어앉아 부인의 말씀을 전갈하되,

"대사는 산 서쪽에 계시고 나는 동쪽에 있어 서로 떨어짐이 멀지 아 니하되, 자연 일이 많아 한 번도 불석(佛席)에 나아가 경문을 듣삽 지 못하오니, 사람을 대하는 지혜가 없고 이웃을 사귀는 도리를 어 긴지라, 이제 시비들을 보내어 대사의 안부를 묻잡고 아울러 천화 (天花)와 선과(仙果)와 *칠보문금(七寶紋錦)으로써 구구한 정성을 표하나이다."

하고, 각기 가지고 온 선화·보패를 눈 위로 쳐들어 대사께 바치니, 대사가 몸소 이를 받아 제자들에게 주어 부처님께 공양하고 다시 합 장사례하면서,

"이 노승이 무슨 공덕이 있어 이렇게 주시는 보배를 받을꼬?"

하며 뒤이어 팔선녀를 후히 대접하여 보내니라. 팔선녀들이 대사께 하직하고 문 밖으로 나와 서로 말하기를,

"이 *남악천산(南嶽天山)은 한 언덕 한 냇물까지라도 우리집 세계더

---

*칠보문금(七寶紋錦)——무늬 있는 비단.

*남악천산(南嶽天山)——형산(衡山).

니, 육관대사가 거처하신 후로는 연화봉(蓮花峰)의 좋은 경치를 지
척에 두고도 구경하지 못한 지 오래거니와, 이제 부인의 명을 받들
어 여기 왔음은 다시 없는 기회로다. 또한 춘색이 아름답고 산길이
저물지 아니하였으니 이때를 따라 더 높은 봉우리에 올라 시를 읊
어 풍경을 구경하고 돌아가 궁중에 자랑함이 어떠하뇨?"
하고, 서로 손잡아 이끌며 서서히 걸어 나아갈새, 폭포의 흐름을 보고
물줄기를 따라가다가 돌다리 위에서 쉬는데 이때가 바로 춘삼월이라
백화는 만발하고 운무는 자욱한데, 봄 새 소리에 춘흥이 무르익고 물
색(物色)이 발길을 멈추게 하니, 팔선녀들도 자연 마음이 들뜨는지라
돌다리에 걸터앉아 시냇물을 굽어보니, 새 거울이 걸린 듯 푸른 눈썹
과 붉은 단장이 비치어 한 폭의 미인도라, 스스로 그 그림자를 사랑하
여 이내 일어나지 못하고, 슨슨하게 올리는 각은 소리로 봄날의 시름
을 서로 풀면서 해가 저무는 줄을 깨닫지 못하더라.

성진(性眞)의 팔개(八個) 명주(明珠)

이 즈음 성진이 동정호에 이르러 물결을 헤치고 수정궁(水晶宮)에
들어가니, 용왕이 이미 대사의 사자가 오는 줄을 알고, 문무백관을 거
느리고 몸소 궁문 밖에 나와 맞아들여 자리를 잡은 다음 성진이 엎드
려 대사의 말씀을 상주하니, 용왕이 공경하여 사례하고 잔치를 베풀
어 성진을 대접할새 성진이 자세히 보니 다 인간음식이 아니요 선과
진채(仙菓珍菜)이더라. 용왕이 친히 잔을 들어 권하며,
 "다섯 가지 계율 가운데 술을 금함을 내 어찌 모르리요마는, 과인의
 술은 인간계의 광약(狂藥)과는 크게 달라서 자못 사람의 기운을 돋
 울 따름이요, 마음을 호탕케는 아니하나니, 스님은 사양치 말라."
 성진이 용왕의 후의에 감격하여 감히 사양치 못하고 잇따라 석잔을
기울이고서, 용왕께 하직하고 수부를 떠나 바람을 타고 연화봉을 향
하여 돌아오다 산밑에 이르니, 자못 취기가 낯에 오르고 눈앞에 어른
거려 어지러움을 느끼며 홀로 생각하되,

'스승이 만약 내 얼굴의 술기를 보시면 어찌 꾸짖지 아니하시리
요?'

하고, 냇가로 내려가 옷을 벗어 정한 모래 위에 놓고 두 손으로 물을
움켜 취한 낯을 씻는데, 문득 신기한 향내가 바람결에 코를 찌르므로
자연 정신이 호탕하여져서 홀로 지껄이기를,

"이 시내 상류에 무슨 신기한 꽃이 있기에 향기가 물을 따라오는
가? 내 나아가 찾으리라."

하고, 다시 의복을 정제한 다음 시냇물을 따라 올라가니 팔선녀가 돌
다리 위에 앉았다가 바로 성진과 더불어 만나니라.

성진이 즉시 육환장을 버리고 합장하며 공손히 사례하되,

"모든 보살님은 잠깐 천승의 말씀을 들으소서. 소승은 연화봉 도승
육관대사의 제자로서 스승의 명으로 용왕궁에 갔삽는데, 이제 좁은
다리에 보살님이 앉아 계시니 천승의 갈길이 없사와 아뢰옵나니 잠
시 길을 비켜 주소서."

팔선녀들이 대답하기를,

"첩들은 남악산 위부인(魏夫人)의 시녀들이온데, 부인이 병으로 육
관대사께 문안하고 돌아가는 길에서 잠시 이곳에 쉬었사오나, 예법
에 이르기를 행로에서는 남좌여우(男左女右)라, 이 다리가 본래 협
소한데 첩들이 이미 먼저 앉았으니, 바라건대 화상(和尙)은 다른 길
로 가소서."

성진이 다시 부탁하되,

"물이 깊고 다른 길이 없사오니 어디로 가라 하시나이까? 길을 잠
깐 열어 주소서."

팔선녀들이 답례하며 이르기를,

"옛날에 *달마존자(達磨尊子)는 갈대잎을 타고 물을 건넜다 하옵는
데 화상이 진실로 육관대사의 제자이면 도를 배웠을지라, 어찌 조
그만 시냇물 건너기에 무슨 어려움이 있기로 아녀자와 더불어 길을
다투나이까?"

---

*달마존자(達磨尊子)—— 선종(禪宗)의 시조.

성진이 웃으며 대답하되,

"모든 낭자의 뜻을 살펴건대 필연코 행인한테서 길 값을 받으려 함 인즉, 다른 보화는 없고 마침 여덟 개 명주(明珠)가 있으니 이것으 로 길 값을 드리겠나이다."

하고는, 복사꽃 한 가지를 꺾어 팔선녀 앞에 던지니, 그 꽃이 화하여 여덟 개 명주가 되어서는 찬란히 빛나며 향내가 진동하는지라, 팔선 녀들이 각기 한 개씩 받아 가지고서 성진을 돌아보며 웃고는 즉시 몸 을 솟구쳐 구름을 타고 공중을 향하여 날아가는지라, 성진이 석교 위 에 나아가 사방을 둘러보나 팔선녀의 간 곳은 없고, 이윽고 고운 구름 이 흩어지며 향내도 사라지더라.

성진(性眞)의 세상 생각

성진이 *망연자실(茫然自失)하여 마음을 진정치 못하고 돌아와 용왕 의 말씀을 대사께 아뢴즉, 대사는 그가 늦게 돌아옴을 꾸짖으니, 성진 이 대답하되,

"용왕이 지성으로 권유하오매 박절히 떠나지 못하여 저물었나이 다."

대사는 다시 묻지 아니하고 곧 물러가 쉬라 하기에, 성진이 초막으 로 돌아가 빈방 안에 홀로 앉아 있노라니, 팔선녀들의 구슬 같은 음성 이 귀에 쟁쟁하며 아름다운 모습이 눈에 선하여 앞에 앉아 있는 듯 심 사가 황홀하여 진정치 못하겠는지라, 번뇌와 망상으로 잠을 이루지 못하더니 문득 생각하되,

"세상에 남아로 태어나서, 어려서 공맹(孔孟)의 글을 읽고 자라서 성군을 섬겨 나아가면 삼군(三軍)의 장수가 되고, 들어오면 백관(百 官)의 어른이 되어 몸엔 금의를 입고 허리엔 금인(金印)을 차고, 눈 으로 고운 빛을 보고 귀로 신묘한 소리를 들어 미녀와의 애련과 공 명(功名)의 자취를 후세에 전하는 것이 대장부의 떳떳한 일이거늘,

---

*망연자실(茫然自失)──정신을 잃고 어리둥절함.

18

슬프다 우리 불가의 도는 한 그릇 밥과 한 잔 정화수이며, 수십 권 경문에 백팔염주를 목에 걸고 설법하는 일뿐이라, 그 도가 비록 높고 깊다 할지라도 아주 적막하며, 설령 최상의 교리를 깨달아 대사의 도를 이어받아 *연화대(蓮花臺) 위에 앉을지라도, *삼혼칠백(三魂七魄)이 한번 불꽃 속에 흩어지면 뉘라서 성진이 세상에 났던 줄을 알리요?"

이렇듯 심란하여 잠을 이루지 못하더니 밤이 깊은 후에 눈을 감은즉 팔선녀들이 앞에 있고, 눈을 뜨면 흔적이 없는지라, 이에 이르러 몹시 뉘우치되,

'불가의 법은 마음자리를 죄없이 맑게 함이 제일 공부이거늘, 중이 된 지 십년에 일찍이 자그만 허물도 없었는데 이제 올바르지 못하고 쓸데없는 생각이 이렇듯 자심하니, 어찌 내 앞날에 해롭지 아니하리요?'

매향을 피우고 꿇어앉아 목에 건 염주를 세어 가며 가만히 일천불(一千佛)을 생각하는데, 갑자기 창 밖에서 동자가 부르되,

"사형은 주무시나이까? 대사께서 부르시나이다."

성진이 몹시 놀라며 생각하기를,

'깊은 밤에 급하게 부르심은 반드시 연고가 있도다.'

하고, 동자와 함께 법당에 이르니라.

성진(性眞)이 양가(楊家)에 환생(還生)하다

육관대사가 모든 제자를 모아놓고 *법연(法筵)에 앉았는데, 몸가짐이 엄숙하고 촛불이 휘황한지라, 이에 성진을 크게 꾸짖되,

"성진아, 네 죄를 아느냐?"

성진이 몹시 놀라 섬돌 아래에 꿇어앉아 대답하기를,

*연화대(蓮花臺)——불상(佛像)을 모셔놓은 대(臺).
*삼혼칠백(三魂七魄)——사람들의 혼백을 통털어 일컬음.
*법연(法筵)——불도를 설하는 자리.

"소자가 사부를 섬긴 지 십여 년이로되 조금도 불공불순한 일이 없
삽는데, 이제 엄히 나무라시니 어찌 감추오리까마는 실로 죄를 알
지 못하겠나이다."

대사 더욱 노하여 꾸짖되,

"행실을 닦는 중이 용궁에 가서 술을 먹었으니 그 죄 적지 아니하
고, 또한 돌아오다가 석교 위에서 팔선녀와 더불어 수작이 장황하
고, 꽃가지를 꺾어 던져 명주로 희롱하고 돌아온 후에도 불법을 까
맣게 잊고 세상의 부귀를 꿈꾸어 호탕한 마음이 열반(涅槃)의 경지
를 꺼려 하니, 이제는 도저히 여기 더 머물지 못하리라."

성진이 머리를 두드려 울며 하소연하되,

"소자 실로 죄가 있나이다. 그러하오나 용궁에서 술을 먹었음은 주
인의 강권힘을 이기지 못힘이요, 석교에서 신녀들과 수작하옵기는
길을 빌리자 함이요, 제 방에서 망상함이 있었으나 즉시 뉘우치며
자책하였사오니 이밖에 다른 죄가 있사온들 사부께서 종아리를 쳐
경계하심이 또한 교훈하시는 도리이거늘, 어찌 박절히 내치시어 스
스로 고치는 길을 끊게 하시나이까? 이몸이 열두 살에 부모를 버
리고 사부께 돌아와 중이 되었사오니 친부모의 은혜와 같삽고 또한
의(義)를 말하오면 이른바 자식이 없어도 자식이 있음과 같사오니
사제의 인연이 중하온데 연화도량(蓮花道場)을 버리고 어디로 가리
이까?"

대사가 이르기를,

"네가 가고자 하는 데로 나가게 함이니 어찌 머물러 있으리요? 또
네가 '어디로 가리이까?' 하는데, 네가 가고 싶은 곳이 바로 마땅
히 네가 돌아갈 곳이니라."

하고, 다시 소리를 높여,

"황건역사(黃巾力士)야, 이 죄인을 이끌고 풍도옥(酆都獄)에 가서
염라대왕께 넘겨 주라."

성진이 이 말을 듣자 간담이 서늘하여 눈물이 쏟아지니, 머리를 두
드려 애걸하되,

"사부, 사부는 들으소서! 아난존자는 창녀와 동침하였으나 석가여래(釋迦如來)께서 죄를 주지 아니하시고 벌만 내리셨으니, 소자가 비록 조심하지 못한 죄 있사오나 아난존자에게 견주오면 오히려 적거늘, 어찌 연화도량을 버리고 풍도지옥으로 가라고 하시나이까?"

대사가 매우 엄하게 이르기를,

"아난존자(阿難尊子)는 비록 창녀와 동침을 하였으나 그 마음은 변치 아니했거늘, 너는 단번에 요사스런 계집을 보고 본심을 잃었으니 한번 윤회(輪廻)하는 고생을 면치 못하렸다."

성진이 눈물만 흘리면서 부처님과 대사께 하직하고 사형사제(師兄師弟)를 이별하고, 장차 황건역사를 따라가려 할 즈음 대사가 다시 위로하되,

"마음이 정결치 못하면 비록 산중에 있으나 도를 가히 이루지 못할 것이요, 근본을 잊지 아니하면 비록 열 길 티끌 속에 떨어지더라도, 필경 돌아올 날이 있나니, 네가 이곳에 돌아오고자 할진대 내가 몸소 데려올지니, 너는 의심치 말고 곧 가거라."

성진이 역사와 함께 지부(地府)로 들어가 망향대(望鄕臺)를 지나 풍도성 밖에 이르니, 문 지키는 귀졸(鬼卒)이 어디서 왔나를 묻는지라 역사가 대답하기를,

"육관대사의 명을 받아 죄인을 이끌고 왔노라."

귀졸이 성문을 열고 들어가라 하기에, 역사가 염라전에 이르러 성진을 잡아온 연유를 아뢰니 염라대왕이 성진을 가리켜 묻기를,

"그대의 몸이 비록 연화봉에 매였으나 이름은 *지장왕(地藏王) 향안(香案)에 있었으니, 신통한 술수로써 천하의 중생을 구제할까 여겼더니, 이제 무슨 일로 이르렀느뇨?"

성진이 무척 부끄러워 주저하다가 겨우 아뢰되,

"소승이 불민하와 스승께 죄를 얻어 이에 왔으니 처분대로 하옵소서."

오래지 아니하여 역사가 또한 팔선녀들을 잡아오거늘 염라왕이 호

---

*지장왕(地藏王)── 부처의 이름.

령하여 꿇리고 묻기를,

"남악선녀야, 선도는 스스로 무궁한 경개가 있고 무한한 쾌락이 있
거늘, 어찌하여 이 땅에 이르렀느뇨?"

선녀들이 부끄러움을 머금고 대답하되,

"첩들이 위부인의 명을 받자와 육관대사께 문안하옵고 돌아오는 길
에, 돌다리 위에서 성진과 더불어 문답하온 일이 있삽기로, 대사가
위부인께 글발을 보내어 첩들을 잡아 대왕께 보내니, 바라건대 자
비심을 내리사 좋은 땅에 태어나게 하옵소서."

염라대왕이 사자 아홉을 앞에 불러 분부하되,

"이 아홉 사람을 각각 영솔하고 인간계로 나아가라."

말을 마치매 모진 바람이 전각 앞을 스치니, 아홉 사람을 공중으로
휘몰아 올려 사면팔방으로 흩어지게 하더라.

성진은 사자를 따라 바람에 몰려 지향없이 가더니, 한 곳에 다다르
자 바람 소리가 비로소 멎으면서 두 발이 땅에 닿으므로, 성진이 놀라
혼을 수습하고 눈을 들어 보니 울창한 푸른 산이 사면에 둘려 있고,
잔잔한 맑은 시내가 여러 갈래로 흐르는데, 울타리 초가지붕이 수목
사이로 보일락말락하는 것이 겨우 여남은 집이더라. 두어 사람이 마
주서서 한가롭게 지껄이는 말이,

"양처사(楊處士) 부인이 오십이 넘어 태기가 있어 참으로 인간에 희
한한 일이라 했더니 해산할 징조가 있은 지 오래 되었으나 아직 아
이 소리가 나지 않으니 괴이하고도 염려롭다."

하기에, 성진이 가만히 생각하되,

"내가 이제 세상에 환생(還生)하겠으나, 지금의 신세로서는 다만 혼
백뿐이요, 골육은 바로 연화봉 위에 있어 벌써 태워 버렸을 터인
데, 내가 연소한 까닭으로 제자를 두지 못하였으니, 누가 나를 위
하여 내 사리(舍利)를 감추어 두었으리요?"

이렇듯 두루 생각하니 마음이 처량할 따름이더니, 이윽고 사자가
나와 손짓하여 부르면서,

"이 땅은 곧 대당국(大唐國) 회남도(淮南道) 수주현(秀州縣)이요 이

곳은 양처사 집이니, 처사는 너의 부친이요, 유씨(柳氏)는 너의 모친이라. 네가 전생의 인연으로 이 집 아들이 되는 것이니, 속히 들어가 좋은 때를 놓치지 말라.”

성진이 즉시 들어가 보니, 처사는 *갈건야복(葛巾野服)의 허름한 차림으로 대청에 앉아 화로에 약을 달이는데 향내가 옷에 젖었고, 방안에서는 부인의 신음 소리가 은은한지라. 사자가 재촉하며 안으로 들어가라 하기에 의심스러워 주저하니, 사자가 다시 등을 밀치는 바람에 성진이 땅에 엎어지며 아득하여 천지를 분별치 못하고, 크게 부르짖되 ‘사람 살려! 사람 살려!’ 하나, 소리가 목구멍에 걸려 제대로 말을 이루지 못하고, 다만 어린아이의 우는 소리더라.

양소유(楊少游)의 부친이 신선(神仙)이 되다

이때 양처사는 부인을 위하여 약을 달이다가 문득 아이 소리가 나는 것을 듣자, 놀라 기뻐하며 빨리 방으로 들어가니 부인이 벌써 아들을 순산한지라, 기쁨을 이기지 못하며 향탕에 아이를 씻겨 눕히고는 부인을 위로하더라.

성진이 주리면 젖먹고, 배부르면 울음을 그치고 갓나서는 도리어 마음에 연화봉 일을 생각하더니, 차차 자라나 부모의 정을 알게 되면서부터는 전생의 일이 막연하여 자세히 알지 못하더라.

처사가 자기 자식의 골격이 청수함을 보고, 이마를 어루만지며 부인을 돌아보고 하는 말이,

“이 아이는 필시 하늘사람이 인간세계로 내려왔도다.”

하면서 이름을 *소유(少游)라 지으니라. 애지중지 키워 소유의 나이 어언 열 살이 되니 용모가 고운 옥 같고 눈빛이 샛별 같으며, 기질은 청수하고 지혜 또한 너그러워 엄연한 대인군자(大人君子)니라.

처사가 유씨한테 이르기를,

*갈건야복(葛巾野服)——갈건과 베옷.
*소유(少游)——선계(仙界)에서 인간계(人間界)로 잠시 놀러 온다는 뜻임.

"내가 본래 세속 사람이 아니요, 부인과 더불어 어느덧 인연이 맺어졌으므로 오랫동안 티끌 속에 머물렀더니, 봉래산 신선 친구가 글월을 보내어 부른 지 이미 오래 되나 부인의 외로움을 염려하여 가지 못했더니 이제 하늘이 도우셔 영민한 아들을 얻어, 총명함이 예사 아이보다 나으니 부인이 의지할 데가 생겼고, 늙어서도 반드시 영화를 보고 부귀를 누릴 것이니, 내가 떠나서 없는 것을 꺼려 말라."

말을 끝맺자 공중을 향해 손짓하여 백학을 잡아타고 표연히 사라지니, 부인이 미처 한 말도 묻지 못하여 간 곳이 없는지라, 부인은 어린 자식과 더불어 서러워함은 이루 말할 나위도 없으며, 다만 양처사는 간혹 공중으로 글월을 보내올 따름이요, 마침내 그 종적은 집에 이르지 아니하더라.

화음현(華陰縣)에서 규수(閨秀)를 만나다

양처사가 신선이 되어 사라진 후로 모자가 서로 의지하여 세월을 보내더니 소유의 재주와 총명이 뛰어나므로, 그 고을 태수가 신동이라 일컬어 조정에 천거했으나, 양소유는 늙은 어머니가 염려스러워 사양하며 즐겨 나가지 아니하더라. 그의 나이 십사오세에 이르매 청수한 풍채는 *반악(潘岳) 같고, 문장은 이백(李白) 같고, 필법은 왕희지(王羲之) 같고, 아울러 지략이 *손빈(孫臏)·**오기(吳起) 같아서, 천문·지리와 *육도·삼략(六韜三略)과 창쓰고 칼쓰는 수법이 귀신 같아 모르는 바 없이 모두 통달하니, 이는 대체로 전세에 행실을 닦은 사람으로서 마음씨가 깨끗하고 생각함이 시원스러워서 이치에 통달함이 여느 사람이나 속된 선비에 견줄 바 아니겠더라. 하루는 모친께 고하

---

*반악(潘岳)——중국 진대(晋代)의 미남.

*손빈(孫臏)——제(齊)나라 위왕의 태사(太師).

*오기(吳起)——위문후(魏文侯)의 장수(將帥). 초나라 재상.

*육도 삼략(六韜三略)——병법의 고전(古典).

기를,

"부친이 하늘로 올라가실 때 집안이 지체가 높고 귀하기를 소자에게 부탁하신지라, 이제 가세 빈한하여 노모 늙도록 고생하시니, 만약에 소자가 집 지키는 개가 되고, 꼬리 끄는 거북이 되어 세상에 나아가 공명을 구하지 않으면 가문을 빛내지 못하고, 따라서 늙으신 어머님의 마음을 위로할 길이 없사오니, 이는 부친이 바라시던 뜻을 어김이나이다. 소자가 듣자온즉 지금 나라에서 과거를 베풀어 인재를 고른다 하오니, 소자 잠시 모친 슬하를 떠나 과거를 보러 가려 하나이다."

유씨는 아들의 뜻이 워낙 만만치 않음을 알아차렸으나 소년이 먼 길을 가는 것이 염려되고 한편 이별이 길어질까 염려되었으나 이미 그 활발한 기상을 막지 못하겠기로, 허락하고 행장을 꾸려 주면서 경계하여 일러 주기를,

"네가 나이 어려 경험이 적고 먼 길이 처음인지라, 부디 몸가짐을 조심하며 수이 돌아와 이 늙은 어미의 기다림을 저버리지 마라."

양소유(楊少游)가 모친의 뜻을 받들고 하직한 후 삼척동자와 작은 나귀 한 필로 길을 떠나 여러 날을 가다가 화주(華州) 땅 화음현에 이르니 장안(長安)이 멀지 아니하니라. 산천경개가 무척 아름다울 뿐더러 과거 보는 날짜도 아직 멀기에, 매일 수십 리씩 가면서 명산도 구경하고 옛 사적도 찾으니, 객지의 회포가 그다지 쓸쓸하지 않더라. 문득 보니 그윽한 곳에 집이 있는데, 수풀이 보기 좋게 무성하고 늘어진 수양버들이 그림자를 엉기고 연기는 비단을 깐 듯하고, 그 속에 조그만 다락집이 있는데 단청(丹靑)이 찬란하며, 깨끗하고 시원하고 그윽하여 맑은 경치가 매우 사랑스럽기에 이에 채찍을 끌며 천천히 더듬어 가 보니, 긴 가지 짧은 가지가 땅에 얽혀 하늘거리는 폼이 미녀가 머리를 감고 바람을 맞으며 빗질하는 것 같기에 가히 아름답고 구경할 만하므로, 손으로 버들가지를 휘어잡고 머뭇거리며 더 나아가지 못하고 탄식하기를,

"우리 시골 촌중에도 비록 아름다운 나무가 많으나, 내 일찍이 이

　　같은 버들은 보던 중에 처음이렷다."
하고는, 드디어 양류사(楊柳詞)를 지으니, 읊었으되,

　　　　楊柳靑如織　長條拂花樓
　　　　願君勤種意　此樹最風流
　　　　수양버들이 푸르러 짜는 듯하니
　　　　늘어진 가지가 그림다락에 떨치더라
　　　　알고 싶건대 그대 부지런히 심은 뜻은
　　　　이 나무가 가장 풍류 있음이리라

　　　　楊柳何靑靑　長條拂綺楹
　　　　願君臭攀折　此樹最多情
　　　　수양버들이 어찌 이렇듯 푸르를꼬
　　　　늘어진 가지가 무늬기둥에 떨치더라
　　　　바라건대 그대는 휘어잡아 꺾지 말라
　　　　이 나무가 가장 정이 많도다

　　소리 높여 한번 읊어 보니, 그야말로 쇠를 치고 돌을 치는 듯 가던
구름이 머무르고, 산곡간에 울려 번져 다락 위에 들리니, 그 속에서
마침 가인이 낮잠에 취했다가 깜짝 놀라 깨어나 베개를 밀치고 수놓
은 창문을 밀어 젖히고는, 아로새긴 난간에 의지하여 사면으로 소리
나는 곳을 찾다가, 문득 양생과 더불어 두 눈이 마주치니 구름 같은
머리는 흩어졌는데 옥비녀는 비스듬히 걸려 있고, 잠자던 눈은 몽롱
하여 꽃다운 정신이 어리석은 듯하고, 약한 기질이 힘이 없어, 졸음의
흔적이 아직도 눈썹 끝에 맺혔으며, 뺨의 연지는 반이나 지워져서 본
디의 자색과 예쁘장한 몸가짐은 말로써는 도저히 형용치 못하고, 그
림으로도 나타내지 못하겠더라.
　　두 사람은 서로 물끄러미 바라볼 뿐이요, 한 마디 말도 건네지 못하
더니, 양생이 동자를 객사로 먼저 보내어 저녁상을 차리게 하였더라.

오래지 않아 동자가 돌아와 저녁을 갖추었음을 알리건만 문을 닫고 들어가니 오직 그윽한 향기가 떠돌 따름이었더라.

양생이 동자의 되돌아옴을 도리어 원망하였고 한번 구슬발을 내리매 수삼천 리를 격한 듯하여 동자와 함께 돌아가면서도, 한 걸음에 세 번씩 돌아보았으나 이미 가인의 창문은 닫힌 채요, 객사에 돌아와 한숨지며 앉으니 정신이 혼미하더라.

진채봉(秦彩鳳)이 글월을 보내다

원래 이 여인의 성은 진씨(秦氏)요, 이름은 채봉(彩鳳)이니 진어사(御史)의 딸이니라. 모친을 일찍이 여의고 또 그 형제가 없으며 나이는 바야흐로 비녀를 꽂을 때에 이르렀으되, 아직은 시집가지 아니하였더라. 이 무렵 어사는 서울에 올라가 있고, 소저가 홀로 이 집에 남아 있었는데 뜻밖에도 용모가 비범한 사나이를 만나 그 글을 들었는지라, 이에 생각에 잠기되,

"여자가 남자를 따르는 것은 평생의 큰 일이라. 한 세상 영욕(榮辱)과 백년의 고락(苦樂)이 모두 사나이에게 달린 것이므로, 탁문군(卓文君)은 과부의 몸으로 사마상여(司馬相如)를 따랐거늘, 하물며 나는 처자의 몸이라. 스스로 알게 된 혐의는 있을지라도, 신하도 임금을 가린다는 옛말과도 같이 저 사나이의 성명과 주소를 묻지 아니하였다가는 후일에 부친께 사뢰어 중매를 보내고자 한들 동서남북 어느 곳으로 찾으리요?"

하고, 이에 한 폭 *시전지(詩箋紙)를 펴서 두어구 글을 써서 유모에게 주며 이르기를,

"이 글봉을 가지고 저 객사에 가서, 아까 작은 나귀를 타고 이 누각 술히에 와 양류사를 읊조리던 상공을 찾아가 전하되 내가 꽃다운 인연을 맺어 이 한 몸을 의탁하려는 뜻을 알아차리게 하려니와 허수이 함이 없도록 삼갈지어다. 이 상공은 용모가 옥 같고 눈썹이 그

*시전지(詩箋紙) ── 시나 편지를 쓰는 종이.

림 같아서 만인이 섞인 가운데서도 봉이 닭무리 속에 있는 것 같을 터이니, 유모는 몸소 찾아보고 이 글월을 전하라."

유모 대답하되,

"삼가 가르치시는 대로 하려니와, 후일 어르신네께서 아시고 물으면 무어라 대답하며, 그 상공이 이미 장가들었든지, 혹은 또 혼인을 정하였다면 어찌하리이까?"

소저는 이 말에 대답하기를,

"부친이 물으시면 내 스스로 대답할 것이요, 그 상공이 이미 아내를 맞이했다면 내가 부실(副室)되기를 꺼리지 않으리라. 그러나 내 이 사람을 보니 나이 이팔 청춘이라 아내를 가진 것 같지는 아니하도다."

유모가 객사에 양류사를 읊조리던 손님을 찾아 물으니, 양생이 이른 만나 주며 묻기를,

"양류사를 지은 이는 곧 소생이라. 무슨 일로 찾느뇨?"

유모는 양생의 수려한 얼굴을 보고는 다시 의심치 아니하고 일러주기를,

"여기가 말씀할 곳이 못되나이다."

양생은 의아하게 여기면서 노파를 인도하여 객사로 들어가 조용히 찾아온 뜻을 물으니, 유모가 되묻기를,

"상공이 양류사 지으실 때에 어떠한 사람과 상면한 일이 있나이까?"

양생이 망연히 대답하되,

"소생이 과연 누상의 선녀를 만났거니와, 그 고운 빛이 아직도 내 눈에 아롱지고 신기한 향내가 아직도 내 옷에 풍기노라."

유모는 다시 말하기를,

"바로 말씀드리오면, 그 집은 곧 우리 주인 진어사 댁이며, 그 소저는 우리 댁 규수요, 이 늙은이는 그 젖어미옵나이다. 우리 소저 어려서부터 마음이 맑고 성품이 영민하여 사람을 알아보는 바 있더니, 오늘 상공을 첫눈에 알아보고 한평생을 의탁코자 하나 어르신

네가 지금 서울에 계시니 돌아오셔야 하겠고, 대사를 정하려 해도
그 동안에 상공은 아마도 다른 곳으로 떠나실 터이니, 큰 바다에 뜬
부평초와 같은지라 어찌 종적을 찾을 수 있으리요? 삼생(三生)의
연분은 중하고 한때의 혐의는 경한 고로 잠시 권세로써 부끄러움을
무릅쓰고 이 늙은이를 시켜서 상공의 성함과 거주를 묻삽고 아울러
아내가 없나를 알아오라 하시더이다."
양생이 기쁜 마음에 사례하기를,
"소생의 성명은 양소유요, 집은 초나라 땅에 있으며, 나이가 어려
아직 장가들지 아니하고 오직 한분 노모가 계시니, 예식은 두 집 부
모께 아뢰고 하려니와, 꽃다운 언약은 이제 한 말로써 정하노니 화
산(華山)이 길이 푸르고 위수(渭水)가 마르지 아니함으로 맹세하노
라."
유모가 역시 기꺼워하며 소맷자락에서 글봉을 꺼내어 양생에게 주
거늘, 떼어 보니 그 또한 양류사(楊柳詞)라, 글에 읊었으되,

> 樓頭種楊柳　擬繫郞馬住
> 如何折作鞭　催向章臺路
> 다락 머리에 수양버들 심었음은
> 낭군의 말 매어 머무르게 함이거늘
> 어찌하여 꺾어 채찍을 만들어
> 서울길을 재촉하여 향하는고

양생이 한번 읽고 그 글귀가 청신함을 사랑하여 칭찬하여 마지않기
를, 왕우승(王右丞)이 아무리 학사라도 이에서 더할 수 없다 하고 이
어서 시전지에 글 한 수를 써서 유모에게 주니, 유모 이를 받아 품에
넣고 주막문을 나가려 하니 양생이 다시 불러 일러주기를,
"소저는 진(秦) 땅 사람이요, 나는 초(楚) 땅 사람이라, 한번 헤어지
면 산천이 멀어 소식을 전하기 어려울 터이니 오늘의 이 약속에 확
실한 중매가 없어 믿을 만한 거리가 없는지라, 오늘 밤 월색을 타서

소저의 모습을 다시 바라보고자 하나니, 그대는 소저께 아뢰어 물어 보라. 소저의 글에 그 뜻을 비췄으니 즉시 회보하라."

유모는 응낙하고 돌아와 소저께 아뢰기를,

"양공이 화산과 위수로써 맹세하며 꽃다운 인연을 완전히 맺고, 또한 소저의 글을 칭찬하며 또 글지어 화답하더이다."

하고, 양공의 글을 바치기에 소저가 받아 보니 그 글에 읊었으되,

楊柳千萬絲　絲絲結心曲
願作月下繩　好結春消息
수양버들 늘어진 천만 갈래 실가지에
올마다 애틋한 심정 맺혀 있더라
바라선대 날 아래 노를 꼬아
좋은 봄소식을 맺으리라

소저가 글을 읽고 나니 꽃다운 얼굴에 기쁜 빛이 가득한지라, 유모가 다시 아뢰기를,

"양공이 오늘 밤에 조용히 만나 글을 지어 서로 화답하여 봄이 어떠할지 아뢰어 보라 하더이다."

소저는 이 말에 미소를 지으며 말하기를,

"남녀가 예식을 올리기에 앞서 사사로이 서로 만남은 예절을 벗어난 듯하나, 이내 몸을 그 사람에게 의탁하려 하니 어찌 어길 수 있으리요? 그러나 야밤중에 만나면 남의 말이 무서울 뿐더러 부친이 아시면 필연 중죄로 다스릴 터이니 밝은 날을 기다려 대청에 모여서 언약을 맺음이 옳으니 유모는 다시 가서 이 말을 전하라."

유모는 곧 객사로 달려가서 양생을 보고 소저의 말을 자세히 전하니, 양생이 탄복하되,

"소저의 영민하신 생각과 올바르신 말씀은 내가 따르지 못하리라."

하고, 유모에게 신신부탁하여 내일 일을 틀림없이 하라 하니, 유모는 응낙하고 되돌아가더라.

남전산(藍田山)에서 도사(道師)를 만나다

이밤에 양생은 객사에서 쉬었으나 엎치락뒤치락 잠을 이루지 못하고 닭 울기만 기다리니, 봄밤이 도리어 지루하기만 하거늘, 이윽고 샛별이 비치며 북 소리가 들려 오는지라, 동자를 불러 나귀를 먹이게 하였더니, 갑자기 천병만마(千兵萬馬)의 들끓는 소리가 문 밖에서 요란하며 서쪽으로부터 달려오기에, 양생이 대경실색하여 급히 옷을 걸치고 길가에 나가 본즉, 병기 가진 군사와 피난 가는 사람들이 산에 가득하고 들판에 넘쳐 소란하며 분잡한데 군사의 소리는 풍우 같고 백성의 곡성은 원근에 울리는지라, 옆의 사람한테 물어 본즉 '신책장군(神策將軍) 구사량(仇士良)이 스스로 왕이라 일컫고 군사를 일으켜 모반하매, 천자가 양주(楊州)로 나아가 순행하시는데, 관중(關中)이 요란하고 적병들이 흩어져 백성의 집을 노략질한다' 하며, 또 들은즉 '함곡관(函谷關)을 닫고 오가는 사람을 막고서 귀천을 막론하고 군대로 집어넣는다'하기에 양생이 기급을 하여 황망히 동자로 하여금 나귀를 재촉하여 남전산(藍田山)에 올라가 바위틈에 숨으려 하였더니, 홀연 산에 자그만 초가집이 보이는데 색구름이 가리고 맑은 학의 울음 소리가 들리기에 인가가 있음을 알고, 동자를 잠시 서 있게 한 다음 바위틈 길을 더듬어 올라가니, 도사 한 분이 책상을 의지해서 누워 있다가 일어나 앉으며 묻기를,

"그대는 피란(避亂)하는 사람이니 필시 회남땅 양처사의 아들이렷다."

양생이 일변 놀라며 공손히 재배하고 눈물을 흘리며 대답하되,

"소생은 과연 양처사의 아들이옵니다. 부친을 여읜 후 다만 노모께 의지하옵다가, 비록 재주는 없사오나 마음에 바라는 바 있어 외람되이 과거를 보러 가옵는데, 화음 땅에 이르러 졸지에 난리를 만나 피란하려고 깊은 산을 찾아 들어가다가 뜻밖에 신선을 뵈옵게 되니, 이는 하늘이 도우사 선경(仙境)을 밝게 하심이외다. 부친의 소

식을 오래 듣지 못하와 세월이 흐를수록 사모하는 마음 간절하옵는데, 지금 말씀을 듣자온즉 부친의 소식을 아실 듯 싶사오니 부디 바라옵건대, 선군(仙君)은 한 말씀을 아끼지 말으시고 남의 아들의 마음을 위로해 주소서. 부친은 지금 어느 산에 계시며 또한 기체 어떠하시나이까?"

도사가 웃으며 일러주기를,

"그대의 어른이 나와 함께 자각봉(紫閣峰) 위에서 바둑을 두다가 작별한 지 오래지 아니하되, 어디로 가신지는 모르거니와 안색이 변치 아니하고 머리도 희어지지 않았으니 그대는 너무 염려치 마라."

양생이 울며 말하되,

"혹시 선군의 힘을 입어 부친을 한번 뵙기를 바라나이다."

노사는 나시 웃으며 이르기를,

"부자의 정이 비록 깊으나 선계와 속세가 자별하니, 그대를 위해 주선하려 하여도 할 수 없을 뿐더러 삼신산(三神山)이 멀고 *십주(十州)가 넓어서 그대 어른의 거처를 알기 어렵도. 그대가 이미 여기왔으니 좀더 머물러 있다가 도로가 트이거든 돌아간다 해도 늦지아니하리라."

양생이 부친의 안후는 들었으나, 도사가 주선할 뜻이 없으니, 부친을 뵈올 길이 끊어지매 심회가 처량하여 눈물로 옷이 젖으니, 도사가 위로하되,

"모였다 흩어지고 흩어졌다 모이는 것은 또한 떳떳한 이치이니, 울어 보아도 쓸데없는 일이니라."

양생이 눈물을 거두니 말끔히 세상 생각이 사라져서, 동자와 나귀가 산문 밖에 있음을 잊어버리고 자리에 옮겨 앉으며 도사께 사례하더라.

---

*십주(十州)——신선(神仙)이 사는 곳.

거문고와 퉁소를 배우고 방서(方書)를 받다

도인이 벽에 걸린 거문고를 가리키며 말하기를,

"그대는 능히 이것을 탈 줄 아느냐?"

양생이 대답하되,

"본디 이것을 몹시 즐기오나 스승을 만나지 못해 신묘한 곡조를 배우지 못하였나이다."

도인이 동자로 하여금 거문고를 양생에게 내주고 한번 타보라 하기에, 양생이 이를 받아 무릎 위에 놓고는 풍입송(風入松) 한 곡조를 타니, 도사 웃으며 말하기를,

"그대 손 놀리는 품이 가볍고 빨라서 가르쳐 볼 만하다."

하고는, 몸소 거문고를 옮겨 천고에 전하지 못하던 너덧 가지 곡조를 차례로 가르치니 그 소리가 맑고 아담하여 인간세계에서 듣지 못하던 바니라.

양생이 본디 정신이 신통하여 음률을 한번 배우면 그 신묘한 것을 능히 통달하는지라, 도사가 매우 기꺼워하여 다시 백옥으로 만든 퉁소를 꺼내어 몸소 한 곡조를 불어 양생을 가르치며 다시 일러주기를,

"음률을 아는 사람끼리 서로 만나기란 옛 사람도 어렵게 여기던 바라, 이제 거문고 하나와 퉁소 하나를 그대에게 주노니 반드시 쓸 곳이 있을 터이니 기억하여 둘지어다."

양생이 공손히 두 손으로 이를 받으면서,

"선생은 곧 가친의 친구이시라 소생이 가친이나 다름없이 섬기고자 하오니, 바라건대 소생을 제자로 삼아 주사이다."

도사는 웃으며 말하기를,

"사람이 당하는 부귀의 괴로움을 그대가 수월히 벗어나지는 못하리라. 어찌 나를 좇아 산 속에서 세월을 보내리요? 또한 그대가 돌아갈 곳이 나와는 다르니, 나의 제자될 사람이 아니라. 그러나 간절한 뜻을 저버릴 수 없어 팽조방서(彭祖方書) 한 권을 주노니, 이 법

을 익히면 비록 장생불사(長生不死)는 못할지라도 족히 평생에 병이
없고 늙는 것을 물리치리라."

양생이 다시 일어나 절하고 이를 받으면서 아뢰기를,

"선생께서 소자더러 인간세상의 부귀를 누리겠다 하시니 외람되이
앞날의 일을 묻겠사온데, 소자는 화음현에서 진씨 댁 여자와 혼인
할 것을 의논하옵다가 난리에 쫓겨 여기에 왔사온즉, 모를 노릇이
긴 하오나 이 혼인이 제대로 이뤄지겠나이까?"

대사가 크게 웃으며 일러주기를,

"혼인이란 밤같이 어두운 것이라, 쉽사리 경솔하게 누설치 못할 것
이라. 그러나 그대의 아름다운 인연은 여러 곳에 있으니 진씨녀만
을 외곬으로 생각할 것이 아니로다."

양생이 꿇어앉아 분부를 받고 색실에서 같이 사는데 날이 아직 밝
기에 앞서, 도사가 양생을 불러 깨우며,

"도로가 이미 트이고, 과거는 내년 봄으로 물렸거니와 생각건대 그
대의 모친이 기다리실 터이니 속히 고향으로 돌아가 모친의 근심
을 풀어드리라."

하고는, 이어서 노비를 장만해 주므로 양생이 백배사례하고 거문고와
퉁소와 방서(方書)를 거두어 가지고 동구 밖으로 나갈새 슬픔을 이기
지 못하여 돌아보니 그 집과 도사가 이미 간 곳이 없고 오직 밝은 날
에 산에 색구름이 아롱질 뿐이요, 양생이 산에 들어갈 때에는 버들꽃
이 떨어지지 않았더니, 하룻밤 사이에 국화가 만발하였기에 양생이
매우 이상스레 여겨 사람한테 물어 본즉 '나라에서 각도 군사를 불러
올려서 겨우 다섯 달 만에 역적을 처부숴 진정시키고, 천자는 서울로
돌아가시고, 과거는 내년 봄으로 물려 놓았다' 하더라.

양생의 비회(悲懷)와 그 모친 유씨의 경계(警戒)

양생이 다시 진어사의 집을 찾아가니 뜰 앞에 선 버들은 풍상을 겪
어 옛날 빛을 잃었고, 채색한 누각은 다 재가 되어 타다 남은 주춧돌

과 기와만이 빈 터전에 쌓였을 뿐이요, 동리가 황량하여 닭이나 개소리가 들리지 아니하니 사람의 일이 쉽사리 변함을 슬퍼하여, 백년가약을 어기게 됨을 한숨지며 버들가지를 휘어잡고 석양을 등지고서 한갓 진소저의 양류사만 읊조리고 있는데, 글자와 글귀마다 솟구치는 눈물이 비점(批點)을 찍더라. 서운한 마음으로 돌아와 주막집 주인더러 묻되,

"진어사의 가족이 이제 어디 있느뇨?"

주인이 얼굴을 찡그리며 대답하기를,

"상공은 듣지 못하였나이까? 전일에 어사가 서울에 올라가 벼슬을 하고 오직 소저가 비복을 거느리고 집을 지켰는데, 난리가 가라앉은 후에 어사가 역적의 벼슬을 살았다 하여 극형에 처하여 내다 베고서 소저를 서울로 잡아가더니, 그 후에 들은즉, 어떤 이는 끔찍한 화를 면치 못하였다 하며, 또는 관비로 끌려갔다고도 하며, 오늘 아침에 관원들이 많은 죄인의 가솔들을 호송하여 이 주막 앞으로 지나가기에, 그 연고를 물어 본즉 이 무리가 다 영남현(英南縣)에 노비로 들어가는 사람들이라 하는데, 어떤 이는 말하기를 그 속에 진소저도 끼여 있더라 하더이다."

양생이 이 말을 듣고 눈물을 흘리고 괴이하게 여기며 탄식하기를 '남전도사가 진씨와의 혼인은 어두운 밤 같다 말씀하시더니 필시 소저는 죽었으리라'하고는, 이에 행장을 거두어 수주(秀州)로 떠나가더라.

이 무렵 유씨부인은 서울의 난리 소문을 듣고 아들이 병화(兵禍)에 죽을까 염려되어 주야 하늘을 우러러 정성들여 축수하니, 안색이 초췌하고 온몸이 파리하여 아무래도 오래 부지하지 못할 듯하더니, 아들이 돌아오는 것을 보자 붙들고 통곡하며 죽었던 사람이 다시 살아서 만난 듯이 기뻐하더라.

어언 묵은 해는 지나가고 새봄이 돌아오니, 양생이 또 과거를 보러 가려고 하는지라, 유씨는 경계하여 일러주되,

'거년(去年)에 네가 서울 가서 위험한 고비를 겪던 것이 지금까지

무섭고 놀라운 터라, 네 나이가 어리니 아직은 공명을 다툼이 늦지 않으나 말리지 아니하는 것은 나도 역시 뜻하는 바 있는 연고로다. 이 수주는 심히 좁고 궁벽한 곳이므로 문벌이든지 재주나 용모가 거의 배필 될 만한 사람이 없는지라, 네 나이 열여섯이 되었으니 지금 정혼치 아니하면 때를 넘기기 쉽도다. 서울 자청관(紫淸觀)의 두 연사(杜鍊士)는 곧 나의 외사촌 형님인데, 도사가 된 지 비록 오래나 그 연세를 헤어본 즉 혹시 생존하셨을 듯하다. 그 분의 기상이 비범하고 지식이 넉넉하여 명문거족에 출입하지 않음이 없으니, 반드시 너를 친자식같이 알고 극력 주선하여 어진 배필을 구하여 줄 터이니 네 이를 유의하라.'

하고, 편지를 써 주거늘, 소유는 모친의 그 말을 듣고 비로소 화음현 진씨의 일과 언약을 아뢰고서 처량한 빛을 보이기에, 유씨가 탄식하며 타이르되,

"진씨녀가 비록 아름다우나 이미 연분이 없어 그러하도다. 또 화패(禍敗)를 당한 집 자식이 설혹 죽지는 않았다 할지라도 만나기란 어려우니, 네 빨리 단념하고 다른 곳에 장가들어서 늙은 어미의 마음을 위로하라."

소유는 모친께 하직하고 길을 떠나니라. 낙양(洛陽)에 이르러 졸지에 소낙비를 만나 남문 밖 술집으로 들어가 비를 피하며 술을 사먹을 새 주인더러,

"이 술이 상품이 아니로다."

하니, 주인이 이에 대답하기를,

"상공이 만일 상품을 구하실진댄 천진교 다릿목에서 파는 술이 제일이요, 그 이름이 낙양춘(洛陽春)이며 값이 천냥이라."

하므로, 양생이 속으로 생각하되,

'낙양은 예로부터 제왕이 다스리는 땅이라 번화하고 화려함이 천하의 으뜸이거늘, 내 지난해에는 다른 길로 갔으므로 그 좋은 경치를 못 보았는데, 이번 길에는 잠시 머물러 보고 가리라.'

천진교 주루(酒樓)에서 계섬월(桂蟾月)을 만나다

양생이 동자를 시켜 나귀를 몰아 천진교를 향해 가더니 성안에 들
어서매 물화(物貨)가 번창하고 누각과 정자가 화려하여 낙수(洛水) 강
물은 푸른 그림을 비스듬히 펴놓은 듯하고 천진교에는 채색 무지개가
양끝에 꽂히고 주루(朱樓)와 화각(畵閣)은 공중에 솟아서 햇빛을 받아
물 위에 거꾸로 아롱지고 주렴의 그림자는 향내나는 거리에 비꼈으니
가히 장관을 이룬 곳이더라. 화려한 누각 앞에 이르니 은안장의 백마
는 길가에 매였고, 마부와 종아이들이 드나들기에 누각 위를 우러러
본즉, 풍악 소리는 중천에 울리고 비단옷 향기는 십리에 퍼지는지라,
양생이 동자를 시켜서 물어 보니 성안 소년들과 모든 공자가 이름난
기생을 데리고 놀이한다 하더라.

양생이 들으니 호기가 등등하고 시흥이 도도하므로, 이에 누 머리
에서 나귀를 내려 곧장 누상에 오르니, 소년서생 십여 인이 미인을 거
느리고 비단자리 위에 앉아 술상이 낭자하고 *고담준론(高談峻論)하는
데, 몸차림이 말쑥하고 의기양양한지라, 양생이 좌중을 향하여 인사
하기를,

"생은 시골 선비라. 과거 보러 가는 길에 이곳에 이르렀는데, 풍악
소리에 젊은 몸이 그저 지나칠 수 없어 염치를 돌아보지 않고, 불청
객(不請客)이 스스로 왔사오니 바라건대 제공은 용서하시라."

여러 서생이 양소유의 용모가 수려하고 차림새가 말쑥함을 보매 일
제히 일어나 절하며 맞아들여, 자리를 나누어 각기 성명을 통한 후에,
좌중에 두생(杜生)이라 하는 자 있어 말하기를,

"양형이 정말로 과거 보러 가는 선비이면 비록 청하지 않은 손이라
도 오늘 놀이에 참여함이 무방하고, 또 저런 귀한 손이 우연히 모였
으니 흥취가 더할 나위 없는지라, 무슨 거리낌이 있으리요?"

양생이 이 말을 받아 하는 말이,

---

*고담준론(高談峻論)──── 고상하고 준엄한 언론.

"이 모임을 보건대 단지 술잔으로 서로 권하실 뿐 아니라, 아무래도 시회(詩會)를 겸하여 글을 비교하시는 듯하니 소제가 외람되이 제 공들의 연회에 참여함은 심히 분수에 넘치는 일이외다."

여러 사람이 양생의 말씨가 공손하고 나이 어림을 업신여겨 대답하기를,

"양형은 나중에 온 손이니 글을 지어도 좋고 아니 지어도 무방하니, 우리와 함께 술이나 마시고 노는 것이 좋도다."

하고는, 뒤이어 재촉하여 순배를 돌리고서 기생들을 시켜 풍류를 들려 주기에, 양생이 잠깐 취한 눈을 들어 기생들을 둘러보니 이십여 인이 각기 재주가 있으되 오직 한 기생만은 단정히 앉아 풍류도 아니하고, 접대도 하지 않되, 맑은 용모와 고운 태도가 실로 천하의 일색이라, 소유가 심신이 산란하여 어느새 순배를 잊었고, 그 미인이 또한 양생을 바라보고 가만히 추파로써 정을 보내더라. 다시 양생이 자세히 보니 여러 폭 시전(詩箋)이 쌓여 있기에 서생들을 향하여 묻기를,

"저 시편은 필시 제형들의 아름다운 글일 것이니 가히 한번 보아도 되겠소이까?"

서생들이 미처 대답하기 전에 미인이 불쑥 일어나 시전을 가져다 양생 앞에 놓기에, 소유가 낱낱이 훑어본즉 도합 십여 장 글인데, 그 가운데서 우열은 있으나 모두 그만그만하여 사람을 놀랠 만한 글귀가 없는지라 소유가 속으로 뇌이기를,

"내 일찍이 들으니 낙양(洛陽)에는 인재가 많다고 하던데, 이것으로 미루어 본즉 거짓말이로다."

이에 시전을 미인 앞으로 되돌리고서 서생들을 향하여 허리를 굽혀 절하며 말하기를,

"초(楚) 땅 사람이 당나라의 글을 보지 못했다가, 이제 다행히 제형들의 주옥 같은 글을 대하게 되니, 흉금이 열리며 안목이 높아졌소이다."

이즈음 여러 사람이 대취하였으므로 정신없이 서로 지껄이기를,

"양형이 자못 글귀의 묘한 것만을 알고 그 밖의 묘함은 알지 못하렷

다 ! ”

양생이 말하기를,

“제형들의 보살핌을 입어 이제는 의심없는 벗이 되었거늘, 어찌 그 밖의 묘한 것을 가르쳐 주지 않소이까?”

좌중에 왕생(王生)이라 하는 자 크게 웃으며 말하기를,

“형에게 말하기가 무엇이 어려우리요? 우리 낙양은 본디 인재가 많다 일컫는 고로 전부터 과거에 낙양 사람이 장원을 못하면 *탐화랑(探花郎)이 되는지라, 우리 여럿이 다 글로써 헛된 이름을 얻었으나 스스로는 그 우열과 고하(高下)를 매겨 보지 못했는데, 지금 저 낭자의 성은 계씨요 이름은 섬월이라, 자색과 가무가 동경(東京: 洛陽)에서 으뜸일 뿐 아니라, 고금의 글을 모르는 것 없이 다 잘 알고 더욱 글을 보는 안목이 묘하고 신통하므로 낙양의 모든 선비가 글지어 물으면, 평론과 조탁(彫琢)이 능란하여 털끝만큼도 빠짐이 없으니, 이러므로 우리가 지은 글을 계랑(桂娘)에게 넘겨 주어 그 눈에 드는 것을 가곡에 넣고 풍류에 실어 그 고하를 매기며, 한편 계랑의 성명이 달 속의 계수를 따랐으매 이번 장원에 장원할 길조가 실로 여기에 있으니, 이 어찌 묘하지 아니하뇨?”

두생(杜生)이 다시 덧붙여 말하기를,

“이 밖에도 기기묘묘한 것이 있으니, 즉 모든 글 중에서 한 수를 가려 내어 계랑이 노래하면 그 글을 지은 사람이 오늘 밤에 꽃다운 인연을 계랑과 더불어 맺고 우리들은 이를 치하하는 사람이 될 것이니, 이 어찌 절묘한 일이 아니리요? 양형도 역시 사내라, 흥취가 없지는 않을 터이니 또한 글을 지어 우리와 더불어 고하(高下)를 다툼이 좋으렷다.”

양생이 되묻기를,

“제형들이 글 지은 지 이미 오래니, 나는 모르는 터라, 계랑이 벌써 어떤 사람의 글을 노래하였느뇨?”

양왕이 대답하되,

---

*탐화랑(探花郎)── 과거에 셋째로 급제한 자.

"계랑이 아직은 맑은 목청을 아껴 앵두 같은 입술을 꼭 다물고 고운 입술을 열지 아니하여, 아직도 맑은 노래 곡조를 우리에게 들려 주지 아니하였노라."

양생이 말하기를,

"소제가 일찍이 초 땅에 있으면서 다소 글귀나 지어 보았으나, 관 밖의 사람이니 제형들과 더불어 재주를 겨룸은 외람하외다."

왕생이 외치되,

"양생의 용모가 여자보다 아름다우니 장부의 뜻이 없고, 글재주도 또한 없소그려!"

양생이 비록 겉으로는 사양하였으나 계랑을 한번 보매, 방탕한 마음을 이기지 못하여, 그 곁에 빈 시전지가 있음을 보고, 한 폭을 뽑아 난숨에 내려써서 글 세 수를 지으니, 순풍을 만난 배가 바다에서 달아 나고 목마른 말이 물을 마시는 것 같으매 모두들 놀라 낯빛이 달라지니라.

양생이 붓을 자리에 내던지며 말하기를,

"마땅히 제형들에게 가르침을 청할 것이로되 오늘의 시관(試官)은 계랑이라 하니, 글장 바치는 시각이 혹시 늦을까 염려스럽소이다."

하고는, 곧 시전지를 계랑에게 넘겨 주는데,

楚客西遊路入秦　酒樓來醉洛陽春
月中丹桂誰先折　今代文章自有人
초나라 객이 서으로 놀 때 진나라로 드니
주루에 와 낙양춘에 취하였더라
달 가운데 붉은 계수나무 뉘 먼저 찍을꼬
금대 문장에 사람이 스스로 있도다

天津橋上柳花飛　珠箔重重映夕暉
側耳要聽歌一曲　錦筵休復舞罷衣
천진교 위에 버들꽃이 날리고

구슬발은 거듭거듭 저녁빛에 비치었더라
귀를 기울여 노래 한 곡조를 들으니
비단자리에 다시 비단옷 춤을 쉬라

花枝羞拂玉人妝　未吐纖歌口已香
待得樑塵飛盡後　洞房花燭賀新郎
꽃가지가 옥인의 단장 부끄럽게 하더니
가는 노래 아니 뱉어 입이 이미 향기롭더라
시러곰 대들보에 티끌이 날린 후를 기다려
동방화촉에 신랑을 하례할러라

　섬월이 샛별 같은 눈을 잠깐 들어 한 번 보더니, 맑은 노랫소리가
흘러나와 학이 구름 높은 하늘에서 우짖고 봉이 대숲에서 우는 듯, 피
리소리를 빼앗기고 거문고가 곡조를 일으키니, 만좌한 사람들이 넋을
잃고 얼굴빛을 고치더라.
　처음 서생들은 양생을 업신여기다가 필경에는 글 세 수를 섬월이
노래부르게 되므로 자연 흥취가 깨지면서 서로 얼굴을 쳐다보고는 말
이 없는데, 이는 섬월을 양생에게 내주기가 분하고 그렇다고 언약을
저버리기 어려운 탓이리라. 양생이 그 기색을 알아채고 훌쩍 일어나
며 작별인사를 하되,
　"소제가 우연히 제형들의 두터운 대접을 받아 놀이에 취하고 또 배
　부르니, 참으로 감사하외다. 앞길이 아직도 멀고 갈길이 바쁘니 후
　일 다시 즐거운 *곡강(曲江) 큰 잔치에 끼어들어 나의 정분을 털어
　보겠소이다."
하고는, 이어서 조용히 누각을 내려가거늘, 서생들도 또한 붙잡지 아
니하더라.

─────────────────────────────

*곡강(曲江)──── 장안 근교의 강, 매년 과거에 급제한 수재들이 놀이하는 곳.

섬월(蟾月)이 베개 위에서 절색(絶色)을 천거하다

양생이 누각에서 내려와 나귀를 타고 길로 나서니, 계랑이 뒤쫓아 내려와 양생한테 말하기를,

"이 길로 가시면 길가에 회칠한 담이 있고 그 밖에 앵두꽃이 만발한 곳이 첩의 집이오니, 바라건대 상공은 먼저 가셔서 첩을 기다리소서. 첩이 또한 뒤쫓아 가겠나이다."

소유가 응낙하고 가니라. 섬월이 누에 다시 올라가 서생에게 말하기를,

"모든 상공이 첩을 더럽다 아니하시고 한 곡조 노래로 오늘 밤의 인연을 정했사오니, 이제 어찌하오리까?"

서생들이 대답하되,

"양가는 객(客)이라. 우리가 약속한 사람이 아니니 거리낄 것이 없노라."

서로들 이말 저말을 늘어놓으면서 결정을 짓지 못하기에,

"사람이 신용이 없으면 옳다고 할 수 있겠나이까? 첩이 마침 병이 있어 먼저 돌아가오니, 바라건대 상공들은 종일토록 못다한 즐거움을 풀어 보소서."

하고 내려가니, 서생들이 불쾌는 하되 처음의 약속이 있고 보니, 그 비웃음을 당하고도 감히 무어라 한 마디도 못하더라.

이리하여 양생은 객사로 돌아가 쉬었다가 날이 저물매 섬월의 집을 찾아가니, 벌써 뜨락을 쓸고 등불을 밝히고 어김없이 기다리기에, 소유가 나귀를 앵두나무에다 매어 놓고 문을 두드리니, 섬월이 신도 못 신고 달려나와 맞으며 하는 말이,

"상공이 먼저 떠났거늘 어찌 이제야 오시나이까?"

양생이 이에 대답하되,

"'일부러 뒤늦게 오려 했던 것이 아니라, 말이 앞으로 나아가지 않는다'라는 옛말도 있느니라."

하고, 서로 붙잡고 들어가 두 사람이 마주앉아 기쁨을 이기지 못하더라. 섬월이 옥잔에 술을 가득히 따라 금루의(金縷衣) 한 곡조로써 권하니, *화용월태(花容月態)와 고운 노랫소리가 능히 사람의 정신을 홀려 빠져들게 하는지라, 소유가 춘정을 억누르지 못하고 보드라운 손을 이끌고 금침에 누이니, *무산(巫山)의 꿈과 *낙포(洛浦)의 인연이라도 그 즐거움에 견주지 못하겠더라. 섬월이 양생에게 이르기를,

"첩의 한몸을 낭군께 의탁코자 하옵는데, 청컨대 첩의 심정을 대강 말씀드리겠사오니 굽어 들으시고 불쌍히 여기소서. 첩은 본디 소주(韶州)땅 사람이온데, 부친이 일찍이 고을 아전이 되었으나 불행히 타향에서 죽었나이다. 살림살이는 구차하고 고향은 먼데다가 몹시 외로워 형편이 운구(運柩)할 도리 없고, 또한 장사를 아니 지내지도 못하겠기에, 계모가 첩을 창기로 팔아서 백 냥 돈을 받아갔나이다. 그로부터 첩이 욕을 참으며 설움을 머금고 몸과 마음을 굽혀 손님을 섬기었는데, 하늘이 무심치 않다면 다행히 군자를 만나서 다시 일월의 밝은 빛을 보기 바라오며, 첩의 집 누각 앞이 곧 *장안(長安)으로 가는 길목이오라, 오가는 나그네들이 집 앞에서 쉬어가지 않는 분이 없사오되, 이러구러 사오 년 동안에 낭군 같은 분을 만나지 못했삽더니 평생 소원을 오늘 밤에야 이루었나이다. 낭군이 만일 첩을 더럽다 아니하오시면 첩은 밥짓는 종이 되기를 원하오니 낭군의 뜻이 어떠하시나이까?"

양생이 정답게 대하며 좋은 말로 위로하기를,

"나의 깊은 정이 계랑과 조금도 다를 리야 없겠지만, 나는 가난한 선비요, 또한 노모가 살아 계시니, 계랑과 함께 백년해로를 기약코자 하면 모친의 의향이 어떠하실지 모르고, 만일 처첩을 다 거느리

---

*화용월태(花容月態)──아름다운 여자의 고운 얼굴과 태도.
*무산(巫山)의 꿈──초나라 회왕과 양왕이 산대(山臺)에서 낮잠을 자다가 신녀(神女)를 만난 것.
*낙포(洛浦)의 인연──낙수(洛水)의 여신(女神) 밀희(密姬)를 조식(曹植)이 만난 것.
*장안(長安)──당시의 서울.

게 되면 계랑이 달갑게 여기지 않을 것이요, 계랑이 비록 믿지는 않는다 하더라도 천하에 그대 같은 숙녀가 없을 터이니 염려할 것은 없느니라."

섬월이 대답하기를,

"오늘날 천하에 재주가 낭군을 넘어설 사람이 없을 것이매 이번 과거에는 장원으로 급제하실 것이오며, 또한 정승의 *인끈과 대장의 *절월(節鉞)이 머지 않아 낭군께 돌아올 것이오며, 그러하오면 온천하의 미녀가 다 낭군을 따르고자 하오리니, 이몸이 무엇이 귀하다고 털끝만치라도 감히 사랑을 독차지할 마음을 가지겠나이까? 바라옵건대 낭군께서는 명문의 규수에게 장가드사 어머님을 봉양토록 하옵시고, 한편 천한 이몸을 버리지 마옵소서. 첩은 이후로 몸을 굳게 지키고 부르심만 기다리겠나이다."

소유가 대답하되,

"내 지난날 화주 땅을 지나다가 우연히 진씨 여자를 만나니, 그 용모와 빛나는 재주가 족히 계랑과 더불어 견주어 볼 만하더니만 불행히도 이제는 만날 수 없으니, 계랑이 이제 날더러 숙녀를 어디서 구하라 하는가?"

섬월이 이르기를,

"낭군이 말씀하시는 사람은 필시 진어사의 딸 채봉일 것이옵니다. 진어사 영감이 일찍이 고을의 원님으로 계실 적에 진소저는 첩과 함께 친히 지냈사오며, 그 낭자 역시 탁문군(卓文君)의 모습이 있사오니, 낭군께서 어찌 사마장경(司馬長卿) 같은 정이 없사오리까? 그러하오나 지금 생각하옴은 무익한 일이오니, 소청하거니와 낭군께서는 다시 다른 집에 구혼토록 하소서."

양생이 대답하되,

"예로부터 절색(絶色)이 같은 시대에 있지 않거늘, 이제 계랑과 진랑이 같은 때에 있으니, 정명(精明)한 기운이 이미 다하지 않았는가

---

*인끈——병권을 장악한 벼슬아치가 매달아 차는 길고 넙적한 녹비 끈.
*절월(節鉞)——조선 왕조 때 왕이 내주던 절과 부월. 생살권(生殺權)을 상징함.

두려울 따름이라."

섬월이 크게 웃으며 대답하기를,

"낭군 말씀을 듣자오니, '우물 안의 개구리'란 허물을 면키 어렵겠나이다. 첩이 잠시 우리 창기들의 공론을 낭군께 아뢰겠나이다. 천하의 *청루(靑樓)에 삼절색(三絶色)이란 말이 있사온데, 강남 땅에 만옥연(萬玉燕)이요, 하북 땅에 적경홍(狄驚鴻)이요, 낙양에 계섬월은 바로 소첩이오라. 홀로 헛된 이름만 얻었거니와, 옥연과 경홍은 참으로 당대의 절색이오니, 어찌 천하에 절색가인이 없다 하시나이까? 옥연은 서로 멀리 떨어져 있으므로 비록 한 번도 만나보지 못하였으나, 남방에서 오는 사람들이 칭찬치 않는 이가 없으니 헛말이 아님을 미루어 알 것이오며, 경홍은 첩과 더불어 따뜻한 정이 형제 같으니 그 내력을 대충 말씀드리겠나이다. 적경홍은 파주 땅 양가집 딸로서 부모를 일찍 여의고 고모한테 의지하여 살다가 십여세부터 절묘한 재색이 하북 땅에 소문이 났기로 근방 사람들이 천금(千金)으로 사첩을 삼고자 하므로 중매가 문턱이 닳도록 드나들었는데, 경홍은 고모에게 말하여 모두 다 물리쳤다 하옵니다. 그러하오니 모든 중매쟁이들이 그 고모를 힐난하면서, '낭자가 죄다 물리치고 허락지 아니하니, 도대체 어떤 사람을 얻어야 마음에 들겠는고? 대승상(大丞相)의 첩을 삼고자 하느냐? 절도사의 부실을 삼고자 하느냐? 명사(名士)한테 몸을 바치고자 하느냐? 수재(秀才)에게 보내고자 하느냐?' 하고 성화같이 물으니, 경홍이 가로맡아 대답하옵기를, '만일 진나라 때 동산에서 기생을 이끌던 사안석(謝安石) 같을진댄 족히 대승상의 첩이 될 것이요, 만일에 삼국시대 사람에게 곡조를 알게 하던 주공근(周公瑾) 같을진댄 족히 절도사의 부실이 될 것이요, 당현종(唐玄宗) 때 청평사(淸平詞) 드리는 한림학사 이태백 같을진댄 명사를 족히 따를 것이요, 한무제(漢武帝) 때 봉황곡(鳳凰曲)을 들려 주던 사마상여(司馬相如) 같은 이 있을진댄 족히 수재를 따르리라. 마음 가는 대로 할 터이니 어찌 미리 요량하

---

*청루(靑樓)──창기의 집. 기루(妓樓).

리요' 하니, 여러 중매쟁이들이 비웃고 흩어졌다 하옵니다. 그리고
는 경홍이 홀로이 생각하기를, '궁벽한 시골 처자가 이목이 밝지
못하니, 장차 어찌 천하에 뛰어난 사나이를 가리어 점잖은 집안의
어진 배필을 구할 것이랴? 오직 창녀는 영웅호걸과 자리를 같이
하여 수작을 피우고, 또 학문을 열어 귀공자나 왕손을 맞아들일 수
있으니, 현우(賢愚)를 가려내기 쉽고 우열을 쉽사리 판단할 수 있을
것이나, 이를테면 대를 초안(楚岸)에서 구하고 옥을 남전산(藍田山)에
서 캐내는 것과 같으니 어찌 기재(奇才)와 묘품(妙品) 얻기를 근심
할 것이랴' 하면서, 뒤이어 스스로 몸을 팔아 창기가 되어 뛰어난
사나이에게 몸을 맡기고자 하더니, 수년이 못 가서 이름을 널리 떨
치게 되온지라, 삼년 가을에 산동(山東) 하북(河北) 열두 고을의 문
인과 재사가 업도(鄴都)에 모여 잔치를 베풀고 놀이할새 그 좌석에
서 예상곡(霓裳曲)을 부르며 한바탕 춤을 추니 편편하여 놀란 기러
기 같고 나는 봉 같아서, 수없이 늘어앉은 이름난 미녀들이 모두 다
낯빛을 잃었다 하오니 그 재주와 용모를 가히 짐작할 수 있으오리
다. 잔치가 파하매 홀로 동작대(銅雀臺)에 올라 달빛을 받고 거닐면
서 옛글을 더듬어 사모하다가 가슴을 찌르는 글을 읊조리며 향을
나눠 준 지난날의 일을 조상하고, 이어서 조조(曹操)가 *이교자(二
喬子)를 누각에 감추지 못했음을 웃으니, 보는 사람마다 그 재주를
사랑하고 그 뜻을 기이히 여기지 않는 이 없었으니, 지금 규중에 어
찌 또 이런 처녀가 없사오리까? 경홍이 첩과 더불어 상국사에서
놀이할새 서로 마음에 간직한 일을 의논하다가 경홍이 날더러 말하
기를, '우리 두 사람이 만일 뜻에 맞는 군자를 만나거든 서로 천거
하여 한 낭군을 같이 섬기면 거의 백년 신세를 그르치지 않으리라'
하기에 첩도 또한 뜻을 같이하기로 하였는데, 이제 낭군을 뵈오니
문득 경홍이 생각나오나, 경홍이 벌써부터 산동제후(山東諸侯)의
궁중에 들어갔으니 이른바 *호사다마라 하겠나이다. 제후의 후궁생

---

*이교자(二喬子)──국색(國色)의 두 여자.
*호사다마(好事多魔)──좋은 일에는 흔히 나쁜 일이 생김.

활이 비록 극진하오나, 이 역시 경홍의 바라던 바 아니오니 분하오이다. 어찌하오면 경홍을 다시 보고 이 사정을 말해 볼까 하고 아주 안타깝기만 하나이다."

양생이 이르기를,

"청루 속에 비록 재주 있는 여자가 많다 하나, 어찌 사대부가 규수 대신으로 창기를 맞아들이도록 양보할 수 있을까보냐?"

섬월이 이에 대답하되,

"첩이 목도한 바로는 진낭자 같은 여자는 없사오나 만약에 진낭자만 못하오면 첩이 어찌 낭군에게 천거하오리까? 그러하오나 첩이 벌써부터 듣자오니 장안 사람들이 모두 칭찬하되 정사도(鄭司徒)의 딸이 아름다운 자색과 그윽한 덕행으로 요즘 여자 가운데 제일이라 하오니, 첩이 비록 몸소 보지는 못했으나, 예로부터 헛칭찬으로 이름난 일은 없다 하오니, 낭군이 서울에 가시거든 유의하여 찾아보시기 바라나이다."

이야기하는 사이에 동녘이 밝아 온지라 두 사람이 같이 일어나 세수하고 섬월이 말하기를,

"이곳은 낭군께서 오래 머무르실 자리가 아니오며, 더구나 어제의 모든 공자들의 심술궂은 생각이 없지 않을 터이오니, 상공께서는 일찍 길을 떠나시도록 하소서. 이후도 모실 날이 허다하오니 어찌 여자의 섭섭한 심정을 말할 수 있사오리까?"

양생이 사례하며 이르기를,

"계랑의 말이 금석같이 굳으니, 마땅히 가슴 속에 새겨 두리라."

하고 눈물을 흘리면서 작별하니라.

거짓 여관(女冠)의 거문고

양생이 낙양을 떠나 장안 서울에 이르러 사관을 정하고 과거 보는 날을 기다리되 아직도 멀었는지라. 사관 주인한테 자청관(紫淸觀)의 소재를 물으니 춘명문 밖이라 하기에 곧 예물을 갖추어 가지고 두연

사(杜練士)를 찾아가니, 그 연세가 육십여세에 계행(戒行)이 아주 높
아 자청관 여관(女冠) 가운데 으뜸이 되어 있더라. 소유가 절하며 뵈
옵고 모친의 편지를 올리니, 연사가 안부를 묻고 눈물을 흘려 가면서
말하기를,

"그대의 자당과 이별한 지 이십여 년에 아들이 이렇듯 큼직하니 세
월이 빠르구나. 내 몸이 늙어 서울 같은 번화하고 소란스러운 데 있
기가 싫어 장차 멀리 공동산으로 가서 선도(仙道)를 닦으며 마음을
세상 밖에 붙이려 하였더니 그대 자당의 편지부탁이 이러하시니,
내 마땅히 그대를 위하여 더 머물러 있겠노라. 그대의 풍채가 빼어
나서 천상의 신선 같으니, 요즘 규수 가운데 상대가 될 만한 배필을
얻기가 어려울까 하노라. 그러나 차차 골라 볼 것이니, 겨를이 있
거든 다시 한 번 찾아오도록 하라."

양생이 이에 대답하기를,

"소질(小姪)이 집안은 가난하고 어머님께서는 연로하신데, 나이 이
십이 가깝도록 궁벽지 시골에서만 살았던 탓으로 마음대로 아내될
사람을 가려내지 못하면서도 희구(喜懼)를 간절히 바라고 계시던
차에 도리어 의식(衣食)의 근심을 끼치고 효성을 펴지 못하여 죄송
하옵더니, 이제 숙모를 뵈옵고 이렇듯 걱정하시는 것을 뵈오니 감
격하여 마지않겠나이다."

곧 하직하고 물러가더니, 이즈음 과거일자가 차츰 박두하나, 혼처
구한다는 말을 들은 이후로는 공명을 바라는 마음이 멀어져 가기에,
수일 후 다시 자청관을 찾으니 연사가 웃으며 말하기를,

"한 곳에 처녀가 있는데, 그 재주와 용모가 실로 양생의 배필이 됨
직하나, 그 문벌이 너무도 높으니 육대가 내려오는 공후(公侯)요,
삼대가 내려오는 대신 집안이라, 양생이 이번 과거에 장원을 하면
혼인 가망이 있거니와 그렇지 못하면 말을 꺼내 보아도 쓸데없으니
그대는 번거롭게 나를 찾지 말고 과거공부에 힘써 장원을 따도록
하라."

양생이 물어 보기를,

"대체 뉘집 색시오니까?"

연사가 가르쳐 주기를,

"정사도(鄭司徒)의 딸인데, 붉은 문이 한길로 트이고 문 위에 창을 걸쳐 놓은 것이 바로 그 집이니라. 그 딸이 바로 선녀요, 속세 사람은 아니더라."

소유가 문득 섬월의 말이 생각나기에 이 여자가 어떠하기에 이토록 칭찬을 듣는가 하면서, 연사에게 되묻기를,

"정씨규수를 숙모께서 이미 보신 일이 있나이까?"

연사가 대답하되,

"내가 어찌 보지 못하였으리요? 정소저는 바로 하늘 사람이니 그 아름다움을 입으로 형용키는 어려우니라."

다시 소유가 말하기를,

"소질이 너무 자랑하는 말 같사와 송구하오나, 이번 과거에 장원하기란 주머니 속의 물건 집는 듯 쉽사오니 이것은 염려할 거리가 되지 않으오나, 평생 *병통 같은 소원이 있사온즉, 처녀를 보지 못하고서는 구혼할 생각이 없사오니, 숙모님께서는 자비로우신 마음을 베푸시와 소질로 하여금 그 용모를 한번 보게 해주소서."

연사가 놀라며 하는 말이,

"재상갓집 여자를 어찌 쉽사리 볼 수 있으리요? 그대가 혹 내 말을 믿지 못하는 것이 아닌고?"

양생이 대답하되,

"소질이 어찌 숙모의 말씀을 의심하오리까마는, 사람의 소견이 같지 않은 법이오니 숙모의 눈이 어찌 소질의 눈과 같사오리까?"

연사가 이르기를,

"봉황과 기린은 어른, 아이들이 다 상서(祥瑞)롭다 일컫고, *청천백일(靑天白日)은 어질고 어리석은 이가 모두 보나니 참으로 눈 없는 사람이 아니거늘, 어찌 그 자태와 심덕(心德)을 알아보지 못하리요?"

---

*병통——어떤 사물의 자체 안에 해가 되는 점.

*청천백일(靑天白日)——맑게 갠 날.

양생이 불쾌한 마음으로 사관으로 돌아갔다가, 기어이 연사의 허락을 듣고 싶어서 이튿날 새벽에 또 도관으로 찾아가니, 연사가 웃으며 이르기를,

"양랑(楊郞)이 필시 일이 있으렷다."

소유가 또한 웃고 대답하기를,

"소질이 정소저를 보지 못하고는 의심이 가시지 않겠사오니, 다시 바라옵건대 모친이 부탁하신 뜻을 돌아보시고 소질의 간절한 생각을 살피시어 신기한 계책으로써 한 번 바라보게 해 주소서."

연사가 머리를 좌우로 저으면서,

"극히 어려운 노릇이로다."

하고는 깊이 생각에 잠겼다가 다시 말하기를,

"네기 보기에 그대는 총명하고 영민하니 힉문을 배우는 어가에 음률을 익힌 바 있느뇨?"

소유가 대답하되,

"소질이 전세에 도사를 만나 신묘한 곡조를 배워 족히 오음육률(五音六律)을 다 알고 있나이다."

연사가 말하기를,

"대재상의 집이라 담이 높고 중문이 다섯 겹이요, 화원이 아주 깊으니 몸에 날개가 돋지 않고서는 넘어갈 길이 없고, 정소저가 글을 읽고 예절을 알아서 일거일동이 예절에서 벗어남이 없으며, 지난날 우리 도관에서 분향도 한 바 없고 또 절에 가서 재를 올리는 법도 없고 정월 보름날에 등불구경도 아니하고 삼월 삼짓날 즐거운 곡강(曲江)놀이에도 끼이지 아니하니, 남이 어디로 따라가 엿볼 수 있으리요? 또 한 가지 일에 다 잘 되기를 바라나 양랑이 즐겨 따르지 않을 듯하도다."

소유가 대답하되,

"만일 정소저를 보아서 *승천입지(昇天入地)하고 부탕도화(赴湯蹈火)할지라도 어찌 따르지 아니하오리까?"

---

*승천입지(昇天入地)——하늘로 오르고 땅으로 들어감. 자취를 감춤.

연사가 이르기를,

"정사도는 근래에 와서는 몸 늙고 병들게 되어 벼슬살기를 좋아하지 아니하고, 오직 흥을 산수와 음률에 두고, 그 부인 최씨도 본디 음률을 좋아하므로, 소저 총명하고 영민하여 천만 가지 일에 모르는 것이 없고, 음률에 있어서도 청탁고저(淸濁高低)를 한번 들으면 쉽사리 이를 분석하여 비록 사광(師曠)의 총명과 *종자기(鍾子期)의 신통이라도 이를 넘지 못할 것이니, 최부인이 언제나 새 곡조를 들으면 반드시 그 사람을 불러 앞에서 아뢰게 하여, 소저로 하여금 높낮음을 평론케 하며 책상머리에 몸을 기대고 노래 듣는 것을 낙으로 삼으니, 내 의향으로는 양랑이 진실로 거문고를 탈 줄 알거든 미리 한 곡조를 익혀 두고 기다리고 있노라면, 삼월 그믐날은 영부도군(靈府道君)의 생신이라, 정사도 집에서는 해마다 계집종을 보내어 향촉(香燭)을 가지고 도관으로 오나니, 양랑이 이때에 여복으로 바꾸어 입고 거문고를 뜯어 계집종이 듣게 하면 필연 돌아가서 부인께 여쭐 것이요, 그러면 부인께서 틀림없이 청해 갈 터이니 정사도 집에 들어간 후에 소저를 만나 보거나 못 보거나 하는 것은 모두가 연분에 달렸으니 내가 알 바 아니요, 별로 다른 계책은 없도다. 또한 그대의 용모가 아리따운 여자의 모습이고, 수염이 나지 아니하였으니 변장하기 어렵지 아니하도다."

소유는 크게 기뻐하며 물러가서는 손꼽아 그믐날을 기다리더라.

원래 정사도의 슬하에는 다른 자식이 없고 오직 한 딸뿐인데, 그 부인이 해산하던 날 잠결에 본즉 하늘에서 선녀가 내려와 명주(明珠) 한 개를 방 안에다 놓으니, 오래지 않아 소저를 낳았으므로 이름을 경패(瓊貝)라 붙이니라. 점점 자라남에 따라 아름다운 자색과 기이한 재주가 실로 만고에 제일이라. 사도 부처가 이를 매우 사랑하여 그 배필될 사람을 구하고자 하나 마땅한 곳이 없어, 나이 열여섯 살이 되도록 아직 혼처를 정치 못하였더라.

*종자기(鍾子期)——중국 춘추 시대의 초나라 사람. 당시 백아(伯牙)는 거문고를 잘 탔는데, 그 거문고 소리를 듣고 백아의 심정을 잘 헤아렸다는 일로 유명함.

하루는 최부인이 소저의 유모인 전구를 불러 이르기를,

"오늘은 영부도군의 생신날이니 네가 향촉을 가지고 자청관에 가서 두련사에게 전하고, 아울러 옷감과 다과로써 나의 그리워 잊지 못하는 정의를 아뢰라."

유모가 분부를 듣고서 작은 가마를 타고 도관에 이르니 그 향촉을 받아 삼청전(三淸殿)에 공양하고, 또한 비단과 다과를 보내주심을 깊이 사례하며 유모를 대접하여 보내려 할새, 이 때 양생이 별당에서 거문고 한 곡조를 타는지라, 유모가 교자를 타려 하다가 무심코 들은즉 거문고 소리가 별당 서편에서 나는데, 그 음률이 맑고 새로워서 구름 위에 떠 있는 듯하기에, 교자를 머무르게 하고 귀를 기울여 듣다가 연사를 돌아보고 묻기를,

"이몸이 우리 부인을 좌우로 모시는 데 끼여 유명한 사람들의 거문고를 많이 들었으나, 이 같은 음률은 금시 초문이니 알지 못하겠소이다만 어떠한 사람이 타는 것이오니까?"

연사가 대답하여 일러주기를,

"일전에 어린 여관(女冠)이 초 땅에서 올라와 서울 구경을 하고자 하면서 아직 이 도관에 머물러 때때로 거문고를 타는데, 이몸은 음을 잘 모르는 고로 그 청탁(淸濁)을 아직 분간치 못했더니 이제 그대가 이렇듯이 칭찬하는 것을 보니 필경 명수로다."

유모 전구가 말하되,

"우리 부인께서 이 말을 들으시면 필시 부르실 터이니 좀더 그 사람을 만류하여 다른 곳으로 떠나지 못하게 하소서."

연사가 이를 승낙하고 유모를 돌려보낸 다음, 들어와 유모 전구의 말을 소유에게 전하니 소유가 기뻐하며 부인이 부르기를 고대하더라.

정사도댁(鄭司徒宅)에서 지음(知音)을 만나다

이때 유모가 정사도댁으로 돌아와 부인께 아뢰되,

"자청관에 어떤 여관이 있어 거문고를 타는데 신기한 음률을 내니

참으로 이상하더이다."

부인이 이 말을 듣고서 이르기를,

"내가 한번 듣고자 하노라."

하고는, 이튿날 보교(步轎) 한 채와 시비 한 사람을 보내어 연사에게 말을 전하되,

"젊은 여관의 거문고를 한번 듣기를 원하니, 그 사람이 오기를 꺼리더라도 아무쪼록 권하여 보내도록 하시오."

하거늘, 연사가 그 시비를 돌아보며 양생에게 일러주기를,

"귀하신 분이 부르시니, 그대는 사양치 말도록 하라."

양생이 대답하되,

"시골 천한 몸이 귀부인 앞에 나아가 뵈옵기 어려운 노릇이오나, 연사의 말씀을 어찌 감히 거역할 수 있겠나이까?"

이에 여도사(女道士)의 두건과 의복을 갖추어 입고 거문고를 가지고 나오니 위부인(魏夫人)의 모습에 *사자연(謝自然)과도 같은 풍채이므로, 정씨댁의 시비가 탄복하기를 마지않더라. 소유가 정사도댁에 이르러 시비의 안내로 들어가니, 최부인이 대청에 앉았는데 그 몸가짐이 엄전한지라, 소유가 당하에서 재배하니 부인이 답례하며,

"시비의 말을 듣고 거문고를 한번 듣고 싶어 청했는데 도인(道人)의 맑은 거동에 접하니 세속의 어지러운 생각이 일시에 없어지는 것을 알겠노라."

이어서 자리를 마련해 주거늘, 소유가 자리를 사양하며 인사말을 하되,

"이몸이 본디 초 땅 사람으로서 떠돌아다니는 신세이온데, 촌스러운 재주로써 외람되이 부인 앞에 나아오니, 황송하기 그지없소이다."

부인이 시비를 시켜 거문고를 가져다가 만지면서 칭찬하기를,

"참으로 묘한 재목이로다."

소유가 대답하되,

---

*사자연(謝自然)── 선녀의 이름.

"이 재목은 용문산(龍門山) 위에서 백년이나 묵은 오동나무이온지라. 성질이 굳고 단단하여 금석(金石) 같사오니, 천금을 주고도 사지 못할 것이오이다."

이렇게 대답하고 있는 사이에 섬돌에 그늘이 이미 옮아오거늘, 소저의 움직임이 막연하도다.

양생이 마음이 조급하고 걱정이 되기에 부인께 사뢰기를,

"이몸은 비록 옛날 곡조를 많이 익혔으나, 요즘의 곡조를 타지 못하올 뿐 아니오라 곡조의 이름조차 모르옵는데, 자청관 여관에게 들사온즉 댁 따님께서 음률을 알기로는 오늘의 종자기(鍾子期)라 하오니, 바라옵건대 천하에 으뜸가는 재주를 가지신 따님의 가르침을 받고자 하나이다."

부인이 이를 허락하고 시비로 하여금 소저를 부르니, 이윽고 수놓은 창문이 열리며 기이한 향내가 풍기더니, 소저 나와 부인 곁에 앉으므로 양생이 몸을 일으켜 절한 다음 눈을 얼핏 들어 바라보니, 아침해가 붉은 노을을 헤치며 솟아오르고, 연꽃이 바로 푸른 물에 비친 것 같아 정신이 오락가락하고 눈앞이 아른거려 능히 바라볼 수 없더라. 소저의 앉은 자리가 멀어 눈길이 미치지 못함을 안타까이 여겨 부인께 아뢰기를,

"이몸은 소저의 자상한 가르침을 받고자 하오나, 대청이 너무 넓어서 성음(聲音)이 흩어져 자세히 듣지 못할까 두렵소이다."

부인이 시비를 시켜 여관의 자리를 앞으로 옮기고 앉기를 권하니, 비록 부인의 자리에 가깝고 마침내는 소저의 오른편이 되어서, 멀리 서로 마주볼 때만 못하나, 양생이 감히 두번 다시 간청하지는 못하더라. 시비를 시켜 화로에 향을 피우니 양생이 자리를 고쳐앉아 거문고를 당기며 묻는 말이,

"여섯 가지 꺼리는 것이 없소이까?"

소저 대답하기를,

"매우 찬 것과, 매우 더운 것과, 크게 바람 부는 것과, 비가 많이 오는 것과, 빠른 우레와 눈 오는 것을 꺼리는데, 지금은 이 여섯 가지

54

가 다 없노라."

양생이 다시 묻기를,

"일곱 가지 타지 못하는 일이 없나이까?"

소저가 대답하기를,

"초상난 것을 들은 자와, 마음이 어지러운 자와, 일에 의심을 가진 자와, 몸이 정결치 못한 자와, 의관을 정제치 못한 자와, 향을 피우지 않은 자와, 지음(知音)을 만나지 못한 자가 타지 못하니, 지금은 또한 이런 결점이 없노라."

양생이 진심으로 탄복하며 먼저 예상곡(霓裳曲)을 타니, 소저가 탄복하기를,

"참으로 이 곡조는 아름답도다! 완연히 태평성대(太平聖代)의 기상이라 사람마다 다 알아듣기는 하되, 그 신묘함이 도인의 솜씨요 같은 자 없을 터이니, 이는 이른바 '어양비고동지래(漁陽鞞鼓動地來)하니 경파예상우의곡(驚罷霓裳羽衣曲)이라'는 곡조가 아닌가? 음란한 곡조라 족히 듣지 못하겠으니, 다른 곡조 타기를 바라노라."

양생이 다시 한 곡조를 타니 소저가 말하기를,

"이 곡은 즐겁되 음란하고 슬프되 너무 급하니, 곧 *진후주(陳後主)의 '옥수후정화(玉樹後庭花)라', 이른바 죽어 지하에서 만약에 진후주를 만나면 '기의중문후정화(豈宜重問後庭花)'라 하는 것이 아닌가, 숭상할 바 못되니 다른 곡조를 아뢰라."

양생이 또 한 곡조를 타니 소저가 말하기를,

"이 곡조는 서러운 듯, 감격한 듯, 상념하는 듯하니, 옛날에 채문희(蔡文姬)가 난리를 만나 오랑캐에게 잡혀 갇혀 두 아들을 낳았는데 그 후에 조조(曹操)가 문희를 위하여 몸값을 치르고 돌아오게 하니, 두 아들과 이별할새 이 곡조를 지어 슬픈 뜻을 붙이니, 이는 이른바 '호인낙루천변초(胡人落淚川邊草)요, 한사단장대귀객(漢使斷腸對歸客)이라'는 것이 그것이로다. 그 소리는 들음직하나 절조를 잃은 사람이라 어찌 족히 논의할 수 있으리요? 새 곡을 청하노라."

*진후주(陳後主)——중국 남북조 시대의 진의 군주, 나라를 잃었음.

양생이 다시 한 곡조를 타니, 소저가 말하기를,

"이는 왕소군(王昭君)의 출새곡(出塞曲)이니, 몸이 그곳에 이름을 슬퍼하고, 화공이 공평치 못하였음을 원망하고, 불평하는 마음으로써 곡조 가운데 붙였으니 이는 곧 '수연일곡전악부(誰憐一曲傳樂府)하여 능사천추상기라(能使千秋傷綺羅)오' 하는 것이라. 그러나 이는 오랑캐 땅의 곡조요 변방의 소리라. 본디 바른 것이 아니니, 다른 곡조가 없을꼬?"

양생이 또 한 곡조를 타니, 소저가 얼굴을 고치며 말하기를,

"내 이 소리를 들은 지 오래더니, 도인(道人)은 실로 범인이 아니로다. 이는 반드시 영웅이 때를 만나지 못하여 마음을 속세 밖에 붙이고 충의의 기운이 문란하여진 가운데 가득하니 *혜숙야(嵇宿夜)의 광릉산(廣陵散)이 아닌가? 급히 동시(東市)에 벨 때 해그림자를 돌아보고 한 곡조를 타되 '원통하다! 광릉산을 배우려 하는 자 없기에 내 아껴 전하지 않았더니, 슬프다 광릉산이 이로부터 끊어졌노라' 하니 이는 곧 '독조하동남(獨鳥下東南)하니 광릉하처재(廣陵何處在)오' 하는 것이라. 후세에 전한 자 없다 하는데 도인이 정녕 해숙야의 넋을 만나 보았도다."

양생이 꿇어앉아 대답하기를,

"소저의 슬기로움이 오늘날 따라갈 이 없소이다. 이몸이 지난날 스승에게 듣자오니 그 말씀이 지금의 소저의 말씀과 똑같소이다."

하고, 또 한 곡조를 타니, 소저가 칭찬하여 이르기를,

"푸른 산은 높이 솟아 있고 푸른 바다는 넓디넓은데 신선의 자취가 속세에 보이니, 이는 *백아(伯牙)의 수선조(水仙操)가 아니오? 이는 곧 '종자기를 이미 만났으니 유수(流水)를 아뢰매 무엇이 부끄러울꼬' 하는 것이라. 도인의 지음(知音)을 백아의 넋이 안다면 종자기(鍾子期)의 죽음을 그다지 서러워하지는 아니하리로다."

양생이 또 한 곡조를 타니, 소저가 옷깃을 여미고 꿇어앉아 말하기

---

*혜숙야(嵇宿夜)——죽림칠현의 한 사람.
*백아(伯牙)——춘추 시대의 음률인. 종자기의 친우.

를,

　"거룩하고 극진하도다. 성인(聖人)이 어지러운 세상을 당하여 온 천
하를 돌아다니며 백성을 구제할 뜻이 있으니 *공선부(孔宣父)가 아
닌가? 누가 능히 이 곡조를 지으리요? 필연 의란조(猗蘭操)이니
이는 곧 '*구주(九州)를 떠돌아 정처가 없다' 함이 아닌가?"

　양생이 꿇어앉아 향을 피우고 다시 한 곡조를 타니, 소저가 탄복하
며,

　"아름답도다 이 곡조여! 천지만물이 부드러워 모두가 봄빛이요 높
디높고 넓디넓어서, 무어라 이름지을 수 없으니, 이는 대순(大舜)
의 남훈곡(南薰曲)이라. 이는 곧 '남풍지훈혜(南風之薰兮)여 해오민
지온혜(解吾民之慍兮)'로다. 진선진미(眞善眞美)함이 이에 앞설 자
없으니, 비록 다른 곡조가 있을지라도 더 바라지 않겠노라."

　양생이 우러러 대답하기를,

　"이몸이 듣사옵기로는 음률 아홉 번에 천신이 내린다 하오니, 이제
이미 여덟 곡조를 타고 아직도 한 곡조가 남았으니 다시 타보고자
하나이다."

하고 거문고 기둥을 바로잡고 줄을 골라 타니, 그 소리가 흐르는 듯
또렷하며, 또한 타오르는 듯하여 능히 사람으로 하여금 심신을 방탕
케 하며, 뜰앞에 백 가지 꽃이 일시에 활짝 피어나고 제비는 쌍쌍이
날고 꾀꼬리가 서로 우짖는 듯하니, 소저는 잠깐 고운 눈길을 떨어뜨
리고 눈을 바로 뜨고 잠잠히 앉았더니 봉혜봉혜귀고향(鳳兮鳳兮歸故
鄕)하여 오유사해구기황(遨遊四海求其凰)이란 곡조의 대목에 이르러서
는, 소저가 번득 눈길을 들어 양생을 보고 그 기상을 보더니, 붉은 빛
이 두 뺨에 오르고 누런 기운이 눈썹으로 사라지며, 취한 듯 갑자기
낯빛이 달라지더니 조용히 몸을 일으켜 내당으로 들어가므로, 양생이
깜짝 놀라 거문고를 밀치고 눈을 바로 뜨고 소저를 바라볼새 정신없
이 흙으로 만든 사람같이 섰는지라, 부인이 앉으라 하며 묻기를,

───────────────

*공선부(孔宣父)──── 공자.

*구주(九州)──── 전 중국(全中國).

"도인이 지금 탄 것은 무슨 곡조인고?"

양생이 잠깐 대답하되,

"이몸이 스승에게 배워 익혔으나 이름은 알지 못하는 고로 소저의 가르침을 기다리나이다."

소저가 오래도록 나오지 아니하기에, 부인이 시비를 보내어 연고를 물어 본즉, 시비가 돌아와 아뢰기를,

"아가씨께서 반나절이나 바람을 쏘였기로 신기가 불편하시와 나오지 못하겠다 하옵니다."

양생이 소저가 짐작이 가지 않았을까 하여 마음으로 미안하게 여겨 감히 더 머무르지 못하고 부인께 하직하되,

"소저께서 불편하시다 하온즉 이몸이 지나쳤나 보옵니다. 생각건대 부인께서 몸소 가보실 듯하옵기에 그만 물러가고자 하나이다."

부인이 은과 비단을 내다가 상금으로 주거늘, 양생이 사양하여 받지 않으면서,

"이몸이 비록 다소의 음률을 아오나 스스로 즐길 따름이오니, 어찌 광대같이 놀이채를 받으오리까?"

이어서 머리를 조아려 사례하고서 섬돌로 내려가더라.

정사도, 과거장에서 사위를 택하려 하다

부인이 소저의 병을 근심하여 곧 물어 보니, 괜찮더라. 이때 소저가 침방(寢房)으로 돌아와 시비에게 물어 보기를,

"춘랑의 병이 오늘은 어떠하냐?"

시비가 대답하되,

"오늘은 아가씨께서 거문고 소리를 들으신다는 말씀을 듣고, 병이 차도가 있어 일어나 세수를 했사옵니다."

본디 춘랑의 성은 가씨(賈氏)이며 서호(西湖) 사람인데, 그 부친이 서울에 올라와 승상부(丞相府)의 아전이 되어서 정사도 집에 공로가 많이 있더니, 불행히 병으로 죽으니 그때 춘랑의 나이 겨우 십세라.

정사도의 부처 그 의지할 곳이 없음을 불쌍히 여겨, 거두어 집안에 두고 소저와 더불어 놀게 하였는데, 그 나이는 소저와 한 달이 틀리나 용모가 매우 곱고 백 가지 태도를 갖추어 단정하고, 존귀한 기상은 비록 소저를 따르지 못할지언정 또한 절세의 미인이라. 문필과 바느질 솜씨의 신통함이 소저와 다름없으므로, 소저는 동생같이 알고 잠시도 곁을 떠나지 못하게 하여, 종과 주인의 구분은 있으나 실로 친구의 정이 있는지라. 본이름은 초운(楚雲)이었는데, 소저는 그 태도를 사랑하여 한퇴지(韓退之) 글에서 다태도춘공운(多態度春空雲)이라는 글귀를 떼어서, 그 이름을 고쳐 춘운(春雲)이라 하니 집안에서는 모두들 그렇게 부르더라.

춘랑이 소저를 보고 묻기를,

"아까 모든 시녀들이 다투어 말하기를 대청에서 거문고 타는 여관이 용모가 신선 같고 희한한 곡조를 타므로, 아가씨께서 대단히 칭찬하신다 하옵기로 제가 불편함을 참고 한번 구경코자 했사온데, 그 여관이 어찌 그다지도 속히 돌아갔나이까?"

소저가 얼굴을 붉히면서 천천히 말하되,

"내가 몸가짐을 조심하고 마음 가지기를 옥같이 하여 발자취가 중문 밖을 넘지 아니하고, 하는 말이 친척에게도 미치지 않는 것은 너도 잘 아는 바거늘, 하루 아침에 남한테 속아 수치를 당하니 차마 어찌 낯을 들어 사람을 대하겠느냐?"

춘랑이 놀라며 되묻기를,

"이상하옵니다. 어찌 된 영문이옵니까?"

소저가 다시 대답하되,

"아까 왔던 그 여관의 용모가 청수하고, 거문고의 재주도 신묘하더라."

하고, 되풀이하며 말을 끝맺지 못하기에 춘랑이 이르기를,

"그 여관이 어떻게 하더이까?"

소저가 대답하되,

"그 여관이 처음에 예상곡을 타고 나중에 대순의 남훈곡을 타기로

칭찬해 주고 그치기를 부탁하였더니, 여관이 또 한 곡조 있다 하여, 다시 새 곡조를 탔는데, 이것이 사마상여(司馬相如)가 탁문군(卓文君)의 마음을 돋우던 봉구황곡(鳳求凰曲)이라. 내 비로소 의심나기에 자세히 보니 그 얼굴과 몸놀림이 여자와는 판이하니, 필시 간사한 사내가 봄빛을 구경코자 변복하고 들어온 것이니, 다만 분한 것은 네가 병만 없었던들 같이 보고서 그 진위를 가려냈을 것이 아니겠느냐? 내가 규중처녀로서 알지 못하는 남자와 함께 반나절이나 마주앉아서 이야기를 하였으니, 비록 모녀간이라도 모친께 차마 이런 말씀을 아뢰지 못하였으니, 네가 아니고서야 뉘한테 이런 말을 밝히겠느냐?"

춘랑이 웃으며 말하기를,

"사마상씨의 봉구황곡을 처사인을 듣시야 놋하오리까? 아가씨께서는 혹시나 술잔 속에 활그림자를 보셨나이까?"

소저가 대답하되,

"그렇지 않도다. 이 사람이 곡조를 타는데 차례가 있었으니, 만일 마음에 없을진댄 하필이면 봉구황곡을 모든 곡조 끝에 탔겠느냐? 하물며 여자 가운데는 용모가 혹 가냘픈 자도 있고 혹은 억세게 생긴 자도 있으나, 기상이 씩씩하기를 이 같은 사람은 보지 못하였으니, 내 생각으로는 과거가 임박하여 사방 선비들이 모두 서울로 모여들었으니, 그 중에서 내 소문을 잘못 들은 자가 망령되이 꽃구경이나 하자고 계교를 꾸민 듯하도다."

춘랑이 이르기를,

"그가 틀림없이 남자이오면, 그 얼굴의 청수함이 이와 같고, 그 기상의 호탕함이 이와 같고, 음률에 정통함이 이와 같으니 그 재주가 높고 많음을 족히 알 수 있겠나이다. 어찌 미리 사마상여처럼 되지 않으리라 말하겠나이까?"

소저가 일러두기를,

"그자가 설혹 사마상여가 되더라도 나는 결코 탁문군이 되지는 않으리라."

춘랑이 대답하되,

"탁문군은 과부요, 아가씨는 처녀이오며, 탁문군은 유의하여 뒤를
따랐고 아가씨는 무심히 들으셨나니, 아가씨께서 어찌 탁문군을 들
추시나이까?"

두 사람이 희희낙락하게 웃어가며 이야기하더라.

하루는 소저가 부인을 모시고 앉았노라니, 정사도가 새로 난 과거
방(科擧榜)을 들고 들어와 부인을 주며 일러주기를,

"딸아이의 혼사를 지금까지 정하지 못하였으므로, 이번 과거방 속
에서 훌륭한 신랑을 가려 내고자 하였더니, 이제 본즉 장원은 양소
유(楊少遊)로 회남(淮南) 사람이며, 나이는 십육 세요, 또한 과거문
지은 것을 사람마다 칭찬하니 필시 일대 문장(一大文章)이요, 또한
들은즉 풍채가 빼어나고 골격이 비범하여 장차 큰 그릇이 되리라
하고, 아직까지 장가들지 아니하였다 하니, 만일 이 사람으로써 사
위를 삼으면 내 마음에 좋을 듯하오."

부인이 이에 답하기를,

"귀로 듣는 것이 눈으로 보는 것만 못한 법이니, 남들이 비록 칭찬
하나 어찌 다 그 말을 믿으오리까? 몸소 보신 연후에 결정을 내리
심이 좋을까 하옵니다."

사도가 말하기를, 그 역시 어려운 노릇은 아닐 것이라 하더라.

정사도, 양한림으로 사위를 정하다

소저는 그 부친의 말씀을 듣고 침방으로 돌아와 춘운에게 이르기를
"일전에 거문고 타던 여관이 초 땅 사람이라 일컫고 나이가 십육 세
가량이더니, 이제 장원이 회남 사람이라 하는데, 회남은 바로 옛날
의 초 땅이라, 나이도 비슷하니 의심이 없을 수 없노라. 반드시 부
친께 와서 선을 보일 터이니, 네가 유심히 보아 두도록 하라."

춘운은 대답하되,

"그를 이몸은 지난번에 보지 못하였으니, 어린 소견에는 소저께서

몸소 문틈으로라도 엿보시는 것만 못하리라 믿소이다."

말을 끝내자 처자는 서로 쳐다보며 웃음짓더라.

이 무렵에 양소유는 계속하여 회시(會試)와 전시(殿試)에 다 장원으로 뽑히어 곧 한림(翰林) 벼슬에 올라 이름이 세상에 떨치니, 공후귀족(公侯貴族) 가운데 딸 가진 사람들이 다투어 가며 청혼하되, 소유는 이를 다 물리치고 예부(禮部)로 권시랑(權侍郎)을 찾아보고 정사도 집에 통혼할 뜻을 아뢰며 소개해 줄 것을 청하니, 권시랑이 곧 편지를 써주기에 소유가 받아 간수하고 정사도의 집으로 나아가 명첩을 드리니, 정사도 맞아들여 객실에서 만나는데 양장원이 머리에 계화(桂花)를 꽂고 양옆으로 풍악을 거느려 풍채의 아름다움과 예절의 공손함이 사람으로 하여금 기꺼움을 마지않게 하더라.

시도댁의 아래있사람들이 소지 한 사람을 빼놓고는 모두 들릭거리며 구경하는데, 춘운이 부인의 시비에게 묻기를,

"내가 지금 영감님과 마나님께서 하시는 말씀을 들은즉 일전에 거문고 타던 여관의 표종(表從) 양장원이라 하시던데 그때 모습과 같느뇨?"

하니, 시비들이 다투어

"내외종(內外從) 남매간인들 어찌 용모가 그렇듯 흡사할꼬?"

하기에, 춘운이 소저께 아뢰되,

"과연 짐작하심에 일호(一毫)도 어긋남이 없소이다."

소저가 일러주기를,

"네 마땅히 다시 가서 그 사람이 말하는 바를 듣고 오렷다."

춘운이 나아가 오래된 후에 다시 돌아와 아뢰기를,

"영감님께서 아가씨를 위하여 양장원께 통혼하시니, 양공이 사례하며 대답하옵기를 '소생이 과연 소저가 얌전하고 그윽하시다 함을 듣자옵고, 분수에 넘치는 욕망에서, 오늘 아침에 외람되이 통혼할 생각으로 권시랑께 가보온즉, 시랑이 편지를 써주며 대인(大人)께 드리라'하옵기에 소매 속에 넣고 왔나이다."

하고는 이어서 받들어 드리니, 정사도가 이를 보고 크게 기뻐하며 주

안상을 재촉하러 내당으로 들어가니라.

소저가 놀라며 무슨 말을 하려고 할 즈음에, 시비가 부인의 분부로 부르기에, 소저가 나아가 보니 부인이 말하기를,

"장원 양소유는 과방(科榜)에서 첫째요, 너의 부친이 이미 정혼하시니, 우리 두 늙은이가 이제 비로소 의탁할 사람을 얻었으매 다시는 근심할 거리가 없도다."

소저가 여쭈기를,

"소녀가 시비들의 전하는 말을 듣자오니, 일전에 거문고를 타던 여관의 용모와 흡사하다 하온데, 과연 그러하나이까?"

부인이 대답하되,

"그 말이 옳도다. 내 그 여관의 선풍도골(仙風道骨)을 사랑하여 오래도록 잊지 못하더니 이제 양장원을 보매 그 여관을 마주 대함과 같으니 그 아름다움을 족히 짐작하리로다."

소저는 머리를 숙이고 가냘픈 음성으로 여쭈기를,

"그가 비록 아름다울지라도 그 사람과 더불어 혐의쩍은 바 있사오니, 정혼하심은 불가하나이다."

부인이 눈살을 찌푸리며 나무라되,

"매우 고이한 말이로다! 너로 말하면 깊은 규중에 있고, 양공은 회남 사람이거늘 무슨 혐의쩍은 사단(事端)이 있단 말인고?"

소저가 다시 여쭈기를,

"소녀 이 말씀을 드리기 심히 부끄럽기로 이때까지 아뢰지 못하였나이다. 전일의 여관이 바로 양장원이온데 여복으로 변장하고 거문고를 타면서 소녀의 자태를 보려 함이었거늘, 그 간계에 빠져 종일토록 이야기를 주고받았으니 어찌 혐의가 없다 하겠나이까?"

비로소 부인이 놀라며 묵묵히 앉아 있는데, 정사도가 양장원을 접대하여 보내고 내당으로 들어와, 희색이 만면하여 소저에게 이르기를,

"경패(瓊貝)야, 네가 오늘 용을 타니 매우 유쾌한 일이로다!"

부인이 소저의 말을 사도께 전하니 사도 다시 소저에게 물어 보고

서, 양생이 봉구황곡을 타던 이야기를 듣고 크게 웃으며 말하되,
"양장원은 진실로 풍류를 아는 남아로다. 옛날에 왕유학사(王維學
士)가 악공의 의복을 입고 태평공주 집에서 비파를 타고, 뒤이어 과
거에 장원을 하였다고 오늘까지 일러 오는 말이 있더니, 양생이 숙
녀를 구하고자 여복으로 바꿔 입었다 하니, 진실로 재주가 비상한
사람이거늘, 한때 희롱한 일을 어찌 혐의할 것이랴? 하물며 너는
여도사를 보았을 뿐, 양장원을 보지는 않은 것이니 양장원의 여도
사 차림한 것이 네게 무슨 관계가 있겠느뇨?"
소저가 여쭈기를,
"소저가 남에게 이렇듯 속았사오니 진실로 부끄러워 죽을 것만 같
나이다."
정사도 다시 웃으면서 이르기를,
"이는 늙은 아비가 알 바 아니니, 네가 후일 양생에게 물어 보도록
하라."
하고 몸가짐이 정중하거늘, 부인이 사도께 묻기를,
"양공이 혼례를 어느 때 거행코자 하더이까?"
사도가 대답하되,
"납채(納采)는 속히 행하고, 성례(成禮)는 가을을 기다려, 저희 대
부인을 모셔온 연후에 날짜를 받자고 하더이다."
뒤이어 날을 잡아 한림학사의 예물을 받고, 그를 불러들여 후원 별
당에 거처케 하니, 양한림은 사위의 예로써 정사도 내외를 섬기고, 사
도 내외는 친자식같이 사랑하더라.

정소저가 십삼랑으로 하여금 묘계를 베풀다

하루는 소저가 우연히 춘운의 침방을 지나치는데, 춘운이 비단신에
수를 놓다가 춘곤을 이기지 못하여 수틀을 베고서 조는지라, 소저가
방안으로 들어가 바느질 재주가 신묘함을 탄식하다가 수틀 밑에 글씨
쓴 종이가 있기에 펴본즉 곧 시를 읊은 것이라, 거기 쓰였으되,

憐渠最得玉人親　步步相隨不暫捨
燭滅羅帷解帶時　使爾抛却象床下
으뜸가는 옥인을 얻어 사귐을 어여삐 여기니
걸음과 걸음이 서로 좇아 잠시도 놓지 못하더라
촛불을 끄고 비단 장막 속에서 띠를 풀 때에
너로 하여금 상아침상 아래에 던지리라

소저가 보고 나서 스스로 말하기를,
"춘랑의 글재주가 매우 늘었도다! 수놓은 신으로써 제몸을 비하고
옥으로써 나를 비기어, 여느 때도 내 곁을 떠나지 못하더니, 제가
장차 시집을 가면 나와 더불어 사이가 뜸을 가리킨 것이니, 춘랑이
진실로 나를 따르고 있도다!"
이에 그 글을 다시 보다가 벙긋 다시 웃고 홀로 하는 말이,
"춘랑의 글 뜻이 내가 잔 침상 위에 오르고 싶어하였으니 이는 나와
함께 한 낭군을 섬기려 함이라. 그 마음이 이미 움직였도다."
하고는, 춘랑(春娘)의 꽃다운 꿈을 깨칠까 두려워, 몸놀림을 조심하여
가만히 되돌아 나와서 내당으로 들어가 부인께 뵈온즉, 부인이 바야
흐로 시비를 독촉하여 양한림의 저녁상을 차리시기에 소저가 여쭈되,
"모친께서 양한림의 음식과 의복을 몸소 주장하시니, 정신이 흐려
지실까 걱정이므로, 소녀 마땅히 그 괴로움을 당할 것이로되 사람
들이 꺼리는 바이오며, 또한 예법에도 없삽기로, 이제 춘랑이 나이
들어 장성하여 수종들기를 감당하겠사오니, 별당으로 보내어 양한
림의 모든 절차를 받게 하와 늙으신 어머님의 근심을 되도록이면
덜어 드릴까 하나이다."
부인이 말하기를,
"춘운의 신묘한 재질로서야 무슨 일을 못하랴마는 다만 그의 아비
가 우리집에 공이 많았고, 또 춘운의 인물이 남에게 뛰어나니 부친
께서 사랑하사 장차 어진 배필을 구하고자 하실 터이니, 끝내 너를
섬기게 함은 춘운의 원하는 바 아닐 줄로 아노라."

소저가 여쭈기를,

"저 애의 뜻을 알아보니 소녀와 더불어 서로 헤어지지 않으려 하더이다."

부인이 일러주되,

"시집갈 때 비첩(婢妾)이 따르는 것은 또한 예법에도 있으나, 춘운을 여느 비자(婢子)에 견줄 바 아니니, 너와 한가지로 가는 것은 장구한 생각이라고는 할 수 없노라."

소저 다시 여쭈기를,

"양한림이 방년(芳年) 십육 세의 서생으로, 전날 거문고로 재상가의 규수를 희롱하였으니 그 기상으로 어찌 홀로 한 여자만 지키고 있사오리까? 타일 승상부(丞相府)에서 만종록(萬鍾祿)을 누리면, 그 집에 장차 몇 사람의 춘운이 있게 될 줄 아나이까?"

말을 마치지 못하여 사도 들어오니, 부인이 소저의 말을 옮겨 아뢰거늘, 사도가 고개를 끄덕이며 일러 두기를,

"딸아이의 행례(行禮) 전이기는 하나, 춘랑이 딸아이와 서로 헤어지기를 싫어할 것이로되 필경은 매한가지라, 먼저 보냄을 무엇이 가로막겠느뇨? 젊은 사나이가 비록 춘정(春情)이 일지라도 펴보지 못할 것이로되, 빨리 춘랑을 별당으로 보내어 양공의 적막한 회포를 위로케 하오. 그러나 경패의 마음에 불평이 있을 듯하니, 어찌하면 치우치지 않게 할 수 있을꼬? 부인이 경패의 의중을 알아보고 조처함이 좋을까 하오."

그러고서 정사도는 외당으로 나아가니라.

소저가 모친께 여쭈되,

"소녀에게 한 계교가 있으니, 춘랑의 몸을 빌려 소녀의 창피함을 씻고자 하나이다. 십삼랑(十三郎)을 시켜서 여사여사하오면 전일의 수치를 씻을 수 있을까 싶나이다."

정사도의 모든 조카들 중에서 대체로 십삼랑이 성품이 순량하고 재질이 명민하며 재치가 발랄하여 어느 때나 농지꺼리와 장난을 잘 하므로, 양한림과 더불어 마음과 뜻이 맞아들어 막역한 사이였다.

소저가 침소로 돌아와 춘운에게 묻되,

"내 너와 더불어 머리털이 이마를 가렸을 때부터 정의가 두터워, 서로 놀면 꽃가지를 다투어 갖고자 서로 울며 싸우기도 하였거니와, 내 이미 혼폐(婚幣)를 받았으니 너도 필경은 백년대사를 자랑하였을 터이나 내가 알지 못하여 묻노니, 어떠한 사람에게 몸을 맡기고자 하느냐?"

춘운이 대답하되,

"이몸이 편벽되이 아가씨의 무애(撫愛)하신 은혜를 입사와 여태까지 지내왔사오니, 만분의 일이라도 은혜에 보답하는 길은, 이몸을 마치도록 아가씨의 경대를 받드는 외에는 다른 도리가 없사오리다."

소저가 이르기를,

"그렇다면 내 너와 더불어 한 가지 계책을 의논코자 하는데, 전일 양랑한테 당한 수치를 네 아니면 누가 씻어 주겠느냐? 우리집 산정(山亭)은 종남산 궁벽한 곳이니 경개가 비길 데 없어 속세 같지 않은지라. 그 산정에다 네가 신방을 차리고, 또한 십삼랑으로 하여금 여사여사하여 계교를 쓰면 대략 설치(雪恥)할 것이니, 너는 잠시의 수고를 꺼리지 말라."

춘운이 대답하되,

"어찌 아가씨의 명을 어길 수 있으리요마는, 후일 무슨 면목으로 양한림을 대하오리까?"

소저가 이르기를,

"남을 속이는 수치가 남에게 속는 수치보다는 나을 것이 아니냐?"

양한림은 궐내에 들어가 입직하고 공고(公故)를 치르는 외에는 달리 분주한 일이 없고, 출번(出番)을 마치면 오히려 한가한 날이 많은지라, 혹은 친구 심방도 하고 혹은 들 밖으로 유화(柳花)를 찾는데, 하루는 정 십삼랑(鄭十三郎)이 찾아와 청하기를,

"서울 남문 밖 멀지 않은 곳에 한 고요한 경지의 경개가 비길 데 없으니 내 형과 더불어 한번 소풍코자 하오."

양한림이 대답하되,

"바로 그것이 내 뜻이라 ! "

하고는 드디어 주효를 이끌고 추종을 물리치고 십여 리를 나아가니,
산 높고 물 맑아서 별천지요, 속세와는 다르더라. 기화요초(琪花瑤草)
는 향기를 뿜어 속객의 코를 찔러 속세의 생각을 잊게 하는지라. 한림
이 정생과 더불어 물가에 앉아 술잔을 나누며 글을 읊으니, 바야흐로
때는 봄과 여름의 어름이라. 백 가지 꽃이 아직도 피어 있고 만 가지
나무가 물위에 비치는데, 홀연 떨어진 한떨기 꽃이 시내에 떠오거늘,
한림이 춘래편시 도화수(春來遍時桃花水)란 글귀를 외우며 말하기를,

"이 사이에 필연 무릉도원(武陵桃源)이 있으렷다."

정생이 대답하기를,

"이 물이 자각봉(紫閣峯)에서 근원이 발하여 내려오는지라. 지난날
들으니 꽃 피고 달 밝을 때면 간혹 신선의 풍악 소리 구름 사이에
서 나는 고로 들은 사람이 있다 하나, 소제는 선도(仙道)와 인연이
없어 그 동구에도 들어가 보지 못했소그려. 오늘 형의 발자취를 따라
선경에 다다라 신선의 약을 먹고 옥녀의 술을 맛보고자 하오."

한림이 기꺼이 말하되

"천하에 신선이 없으면 모르되, 만일 있다면 이 산중에서 만나보리라."

하고 찾아가 구경코자 하는데, 갑자기 정생집 하인이 땀을 흘리며 달
려와 아뢰기를,

"아씨의 환후가 졸지에 위급하나이다."

정생이 급히 일어나며 이르기를,

"실인(室人)의 병이 이렇듯 급하니, 역시 아까 말한 바 인연이 없음
을 가히 짐작하겠도다 ! "

하고는, 나귀를 채찍질하며 돌아가니라.

양한림이 선녀를 만나다

양한림이 정생을 보낸 다음에 몹시 무료하나 구경할 흥취 아직도
다하지 아니하였으므로, 물줄기를 따라 동구로 들어가니 물과 돌이

깨끗하여 한 점의 티끌도 없으니 마음이 저절로 상쾌한지라 홀로 거
니는데, 붉은 계수나무의 잎새 하나가 물위에 떠내려오더라. 잎새에
글씨 두어 줄이 씌었거늘 집어 보니 한수의 글이라 하였으되,

　　　仙狵吠雲外　知是楊郎來
　　　신선 삽살개가 구름 밖에서 짖으니
　　　알쾌라, 이는 양랑이 오는도다

　한림이 괴이쩍게 여기어 말하기를,
　"이 산 위에 어떻게 사는 사람이 있으며, 이 글이 어떠한 사람의 지
음일꼬?"
　이어서 점차 들어가니 거의 칠팔 리는 갔는데, 길이 험하고 날이 저
물어 밝은 달이 동녘 하늘에 오르기에, 달빛을 따라 수풀을 뚫고 시내
를 건너니, 오직 놀란 새가 울고 슬픈 원숭이가 울 따름이요, 별은 높
은 봉우리에 흔들리고, 이슬은 솔가지에 내리니 밤이 깊어 감을 알겠
더라. 몹시 창황할 즈음에 십여세 난 푸른 옷의 계집아이가 냇가에서
옷을 빨다가 한림이 오는 것을 보고 깜짝 놀라 일어나 가며, 한편 소
리쳐 아뢰기를,
　"아씨, 낭군이 오시나이다."
하기에, 한림이 듣고 괴이쩍게 여기며 다시 수십 보를 나아가니 산이
둘러 있고 길이 막혔으나, 작은 정자가 물가에 날아갈듯이 다가서 있
는데, 진실로 신선 사는 곳이겠더라.
　한 여인이 놀빛을 헤치며 달빛을 띠고 벽도(碧桃)나무 아래 홀로 섰
다가, 한림을 향하여 허리 굽혀 절하고서,
　"양랑이 오시기가 어찌 이다지도 늦사오니까?"
　한림이 크게 놀라며 자세히 살피니, 여인은 몸에 붉은 비단옷을 입
고 머리에는 비취비녀를 꽂고, 허리에 백옥패를 비꼈으며 손에는 봉
미선(鳳尾扇)을 들었는데, 산뜻하고 시원스런 몸가짐이 속세사람은
아니더라. 양한림이 황급히 대답하기를,

"소생은 어지러운 세계의 속인이요, 그대와 더불어 달 아래에서 기
약한 바 없거늘, 늦게 온다 함은 어찌 된 연고이뇨?"

여인이 정자에 올라 이야기하기를 청하기에, 그리로 들어가 주인과
손이 자리를 잡은 다음, 계집아이를 불러,

"낭군이 멀리서 오셨으므로 주린 빛이 보이니, 약간의 다과를 올리
도록 하라."

하니, 이윽고 구슬상에 진찬을 베풀고 백옥잔에 자하주(紫霞酒)를 내
오니, 맛이 산뜻 시원하며 향기가 무르녹아, 어느덧 한잔 술에 취하는
지라, 한림이 말하기를,

"이 산이 비록 높으나 하늘 아래 있거늘, 선랑(仙娘)은 어찌하여 옥
경(玉京)의 짝을 떠나 속되이 예서 기거하시나이까?"

미인이 탄식하여 마지않기를,

"옛날 일을 말씀드리오면 슬픔이 앞서나이다. 첩은 *서왕모(西王母)
의 시녀요, 낭군은 자미궁(紫微宮) 선관이었는데, 옥제께서 왕모께
잔치를 베푸실제 여러 선관이 모였을 때, 낭군이 우연히 첩을 보시
고 선과(仙果)를 던져 희롱하더니, 잘못되어 중벌을 받아 인간으로
환생시키고, 첩은 다행히 형벌을 받아 귀양살이로 여기 있사오니,
낭군은 이미 인간세계의 연기와 티끌에 가리어 능히 전생의 일을
생각해 내지 못하시거니와, 첩은 귀양 기한이 벌써 찼기에 장차 요
지(瑤池)로 돌아갈 터이온즉, 한 번 낭군을 보고 잠시 옛정을 펴보
고자 하여 선관께 간청을 드려 기한을 물리고, 또 낭군이 이에 나오
실 줄 미리 알고서 고대하였더니 이제 욕되이 오시니 옛 인연을 무
던히 잊겠나이다."

이때 계수나무 그림자는 바야흐로 비끼고 은하수는 이미 기울어졌
기에, 한림이 미인을 이끌고 잠자리에 드니 바로 옛날에 유신(劉晨)과
완조(阮肇)가 천태산(天台山)에 이르러 선녀와 더불어 인연을 맺음과
흡사하니 꿈이 아니요, 참일 같되 참일이 아니더라.

겨우 은근한 정을 다 풀매 산새는 벌써부터 꽃가지에 지저귀고 동

*서왕모(西王母)—— 곤륜산에 있는 선녀.

녘이 밝았는지라, 선녀가 먼저 일어나 한림에게 이르기를,
　　"오늘은 첩이 하늘에 오를 기한이 되어, 선관이 상제(上帝)의 칙교
　　를 받들고 깃발을 갖추어 소첩을 맞을 적에, 만일 낭군께서 여기 계
　　시온 줄 아오면, 피차에 다 죄를 입을 것이오니 낭군은 빨리 산을
　　내려가 몸을 피하소서. 낭군께서 만일 옛정을 잊지 아니하오면 다
　　시 만나뵐 날이 있사오리다."
하고, 이윽고 비단수건에다 이별시를 써서 한림에게 주니 읊었으되,

　　　　相逢花滿天　相別花在地
　　　　春色如夢中　弱水杳千里
　　　　서로 만날 제 꽃이 하늘에 가득하더니
　　　　서로 이별하매 꽃이 땅에 있더라
　　　　봄빛이 꿈 속 같으니
　　　　약수 천리가 아득하도다

　　한림이 그 글을 보매 이별하는 회포가 너무도 서럽기에 소매 마구
리를 찢어 화답하는 글 한 수를 써서 선녀에게 주니 읊었으되,

　　　　天風吹玉佩　白雲何離披
　　　　巫山他夜雨　願濕襄王衣
　　　　하늘바람이 옥패를 부니
　　　　흰 구름이 어찌 그리 흩어지는고
　　　　무산 다른 밤비에
　　　　바라건대 양왕의 옷을 적시라

　　선녀는 받들어 글을 보고 말하기를,
　　"아름다운 나무에 달이 숨고 *계전(桂殿)에 서리가 날리는데, 구만
　　리 밖의 모습을 그려내는 것이 오직 이 글뿐이옵니다."

─────────────────────

*계전(桂殿)──── 월궁(月宮).

하고, 드디어 향주머니에 감추고, 거듭거듭 재촉하기를,

"때가 이미 다 되었으니, 낭군은 급히 떠나소서."

한림이 손을 들어 눈을 씻고 '몸조심하라'고 당부한 후에 작별하고 겨우 수풀 밖에 나와 정자를 돌아보니, 푸른 나무는 첩첩하고 흰 구름은 자욱하여 마치 요지(瑤池)의 한 꿈을 깬 듯하기에, 별당에 돌아와 후회하기를,

"선녀의 귀양이 풀리는 기약이 지금이라 하니, 잠깐 산중에서 몸을 깊은 곳에 숨기고 여러 선관들이 맞아가는 것을 보고 돌아와도 또한 늦지 아니하거늘, 내 어찌 조급히 내려왔을꼬?"

하고, 한탄함을 마지않다가, 새벽에 일찍 일어나 동자를 거느리고 다시 전일에 선녀를 만났던 곳을 찾아가니, 복사꽃은 웃는 듯, 냇물은 우는 듯한데 빈 정자만 덩그러니 남아 있고 향기로운 티끌이 이미 고요하거늘, 난간에 의지하여 푸른 하늘을 바라보고 색구름을 가리키며 탄식하기를,

"선랑(仙娘)이 저 구름을 타고 상제께 조회(朝會)하겠거늘 바라본들 어찌 닿을 수 있으랴?"

이에 정자에서 내려가 복사나무를 의지하고, 눈물을 뿌리면서 홀로 지껄이기를,

"이 꽃만은 당연히 내 끝없는 한을 알아주리라."

하면서, 양한림은 섭섭히 돌아가더라.

가춘운이 선녀도 되고 귀신도 되다

하루는 정생(鄭生)이 양한림에게 와서 말하기를,

"전날에는 안사람의 신병으로 말미암아 형과 더불어 마지막까지 놀지 못하였으니 지금까지 서운하도다. 아직도 도성 밖 장림(長林)에 버들그늘이 확실히 좋으니 마땅히 반나절의 겨를을 내어 한바탕 놀이를 벌이고, 형과 더불어 꾀꼬리 노래를 들어 봄이 좋을 듯싶소."

양한림이 이에 응하되,

"녹음과 방초가 꽃철보다 나으렷다!"

하고, 두 사람이 동행하여 성문 밖으로 나아가 무성한 수풀을 가려서 풀을 자리삼아 앉고는 꽃가지로 수놓으며 술을 마실새, 문득 보니 가까이 황폐한 무덤이 하나 있는데, 쑥대는 우거지고 잡풀이 떨기를 이루어 구슬픈 바람에 나부끼고, 두어 떨기 말라빠진 꽃이 거친 언덕 위, 어지러이 선 나무 사이로 그윽하게 보이는지라. 한림이 취흥으로 말미암아 무덤을 가리키며 탄식하되,

"사람은 귀천(貴賤)과 현우(賢愚)를 막론하고, 누구나 다 한 번 죽어 흙으로 돌아가는 법이니, 옛적에 맹상군(孟嘗君)의 부귀로도 당시의 옹문(雍門)의 거문고 곡조에 '천년만년 후에는 초동목수(樵童牧竪)가 무덤 위에서 뛰놀며 이것이 맹상군의 무덤이로구나' 하는 소리에 눈물을 흘렸다 하니, 어찌 살아 생전에 취하지 아니하랴?"

정생이 말하기를,

"형은 저 무덤의 유래를 알지 못할 것이오. 저것인즉 장여랑(張女娘)의 무덤인데, 여랑의 아름다운 자색이 세상에 떨치므로 장여화(張麗華)라 일컫더니, 불행히도 이십 세에 죽으매 여기 묻어 주고, 그 뒤에 사람들이 불쌍히 여겨 꽃과 버드나무를 무덤 앞에 심어 표하고, 애석한 죽음을 위로케 한 것이니, 우리 두 사람도 또한 술 한 잔을 부어 꽃다운 넋을 위로함이 어떠하오?"

한림이 본디 다정한 사람이라 이에 응하되,

"형의 말이 지극히 당연하오!"

하고, 정생과 더불어 무덤 앞에 이르러서 술을 들어붓고, 각기 글을 지어 외로운 넋을 조상하니, 한림의 글에 읊었으되,

美色曾傾國　芳魂已上天　管絃山鳥學　羅綺野花傳
古墓空春草　虛樓自暮烟　秦川舊聲價　今日屬誰邊
미색이 일찍이 나라를 기울이더니
꽃다운 혼이 이미 하늘에 올라갔도다
거문고 줄[琴絃]은 산새가 배우고

*깁과 비단은 들꽃이 전하더라
옛 무덤에 부질없이 봄풀이요
빈 다락에 스스로 저무는 연기더라
진천의 옛 성가는
오늘날 뉘집에 붙였는고

정생의 글에 읊었으되,

問昔繁華地　誰家窈窕娘　荒涼蘇小宅　寂寞薛濤莊
草帶羅裾色　花留寶靨香　芳魂招不得　惟有暮鴉翔
묻노니 옛적 번화한 곳에
뉘집의 요조한 낭자런고
*소소의 집이 황량하고
*설도의 별장이 적막하더라
풀은 깁치마 빛을 띠었고
꽃은 보배사마귀의 향기를 지녔더라
꽃다운 넋을 불러 얻지 못하는데
오직 저녁 까마귀만 날게 하더라

　두 사람이 소리내어 읊조리고는 정생이 무덤 둘레를 돌아보다가, 사초(莎草)가 떨어진 틈에서 흰 비단헝겊에 쓴 글을 들어 읊으며 뇌이기를,
　"어떤 다정한 사람이 이 글을 지어 장여랑 무덤에 넣었을꼬?"
하기에, 한림이 받아본즉, 일전에 자기 소매 마구리를 찢어 글을 써서 선녀에게 주었던 것이라. 가슴이 내려 앉도록 놀라며 '지난번에 만났던 미인이 바로 장여랑의 망령이로다'하는 생각이 들어 식은 땀이 등

---

*깁——명주 실로 바탕을 좀 거칠게 짠 비단.
*소소——남제(南齊)의 이름난 기생.
*설도——당나라의 이름난 기생.

골에 흐르며 놀란 가슴을 진정치 못하더니 이윽고 깨닫기를,

"신선도 하늘이 정한 연분이요, 귀신도 하늘이 정한 연분이니, 선관과 귀신을 구태여 분별할 필요는 없다."

하고는 정생이 마침 일어나 돌아선 틈을 타서 다시 한 잔 술을 따라 무덤에 붓고 마음 속으로 축원하되,

'유명(幽明)은 비록 다르나 정의(情誼)에는 간격이 없으니, 오직 바라건대 꽃다운 혼령은 이 적은 정성을 굽어 살피고, 오늘 밤에 거듭 옛 인연을 이어주도록 하오.'

양생은 축원을 마치자, 정생과 더불어 돌아와 홀로 화원 별당에서 베개를 의지하고 미인을 생각하는 마음이 간절하여 잠을 이루지 못하니, 이때 월색은 발에 비치고 나무 그림자는 창에 가득하고 사방이 고요한데, 사람의 소리가 은은히 들리며 발자취가 완연하기에, 한림이 문을 열고 본즉, 자각봉에서 만나던 선녀더라. 마음에 놀랍고도 또한 기꺼운지라, 문지방을 뛰쳐나가 여인의 가냘픈 손을 이끌고 방으로 들어오려 하니 미인이 사양하되,

"첩의 근본은 낭군이 알고 계시오니 아마도 꺼림칙한 마음이 없지 않으오리다. 첩이 처음으로 낭군을 만났을 적에 바로 말씀드리고자 하였으나, 혹시 낭군이 놀라실까 두려워 신선이라 거짓 일컫고 하룻밤 고임을 입사와 영광이 극진하고 정의가 이미 깊어서, 끊어진 혼이 두 번 잇고 썩은 살이 되살아나는 듯하옵더니, 오늘 다시 첩의 무덤을 찾아 술부어 제사지내고 글을 읊어 조상하여 임자 없는 고혼을 위로하여 주시니, 첩은 감격한 마음을 이기지 못하옵고 후은대덕(厚恩大德)을 사례하고 적은 정성이나마 몸소 말씀드리고자 잠시 들른 것이오니 어찌 감히 썩은 몸으로 다시 군자의 몸에 가까이 할 수 있겠나이까?"

한림이 다시 여인의 옷소매를 당기며 이르기를,

"세상에 귀신을 미워하는 자는 우매하고 겁 많은 사람이라. 사람이 죽으면 귀신이 되고, 귀신이 변하여 사람이 되나니, 사람으로서 귀신을 두려워하는 자는 못생긴 사람이요, 귀신으로서 사람을 피하는

자는 신령치 못한 귀신이라. 그 근본인즉 하나이니 어찌 유명(幽明)을 판단하리요? 내 소원인즉 이와 같고, 내 정이 또한 이러하니 낭자는 어찌 나를 배반할 수 있으리요?"

미인이 말하기를,

"첩이 어찌 낭군의 은정을 저버리겠나이까? 첩의 눈썹이 검고 두 뺨이 붉은 것을 보시고 사랑하시나 이는 다 헛것이요 참된 모습은 아니오니, 이는 모두 요사한 꾀로 교묘하게 꾸며서 산 사람으로 하여금 상접케 하려 함이나이다. 만일 낭군이 첩의 참모습을 보고자 하실진댄, 곧 두어 조각 백골에 푸른 이끼가 서로 얽혀 있을 따름이오니, 이같이 추하고 더러운 물건을 귀하신 몸에다 가까이 하시려 하나이까?"

한림이 말하기를,

"부처님 말씀에 '사람의 몸은 물거품과 바람꽃을 거짓으로 만든 것이라' 하셨으니, 뉘가 능히 참인 줄을 알며 또 거짓인 줄을 알아보리요?"

이끌고 들어가 자리에 누워 그 밤을 편히 지내니, 오가는 정이 전보다 몇 갑절이나 더한지라, 한림이 미인에게 일러두기를,

"이제부터는 밤마다 만나서 서름서름함이 없도록 하오."

미인이 대답하되,

"사람과 귀신이 길이 비록 다르나 깊은 정에 이르는 바에는 서로 자연히 감응되나니, 낭군이 첩만을 생각하심이 실로 지성에서 우러나는 것이온즉 첩이 의탁하려는 마음이 어찌 간절치 않으오리까?"

이윽고 새벽 종소리에 여인이 일어나 꽃나무 사이로 사라지기에 한림이 난간에 의지하며 보낼새, 밤에 다시 만나기를 기약하나 미인이 대답지 아니하며 총총히 가버리더라.

두진인(杜眞人)의 상(相) 보는 일이라

한림이 선녀를 만난 후로는 친구를 찾아보는 일도 없고, 손님도 맞

는 일이 없이 고요히 화원에 있으면서, 밤이면 선녀가 오기를 기다리고 날이 밝으면 다시 밤을 기다려서 스스로 감격하여 마지아니하되, 미인이 즐겨 자주 오지 아니하니 한림의 기다림이 점차로 간절하여지니라.

하루는 두 사람이 화원 협문을 거처 들어오는데, 앞에 선 이는 정십삼랑이요, 뒤에 따르는 이는 처음 보는 사람이더라. 정생이 뒤에 따르는 사람을 불러 한림에게 보이며 말하기를,

"선생은 태극궁(太極宮)의 두진인(杜眞人 : 杜處士)인데 상보는 법과 점치는 술법이 *이순풍(李淳風)이나 원천강(袁天剛) 같으므로, 이제 양형의 상을 보고자 하여 모시고 왔소이다."

한림이 두진인을 두손 잡아 맞아들이며 이르기를,

"높으신 성화(聲華)를 이미 듣잡고, 이제 또 뵈오니 천만 뜻밖이로소이다. 선생이 필시 정형의 상을 보았을 터인데 어떠하더이까?"

정생이 대답하되,

"이 선생이 내 상을 보고 '삼년 안에 과거에 급제하고 또 장차 팔주자사(八州刺使)가 되리라' 하는데, 나에게는 넉넉히 맞을 것이니, 형도 시험삼아 물어 보오."

한림이 말하기를,

"어진 사람은 곧 복(福)을 묻지 아니하고 다만 재앙을 물을 따름이니, 오직 선생은 바른 대로 말해 보라."

두진인이 한동안 자세히 본 뒤에 일러주기를,

"양한림의 두 눈썹이 다른 사람과는 달라서 봉의 눈이 *살쩍을 향했으니 벼슬이 삼정승(三政丞)에 이를 것이요, 얼굴빛이 분을 바른 듯하고 둥근 구슬 같으니, 이름이 장차 천하에 들릴 것이요, 용행호보(龍行虎步)하니 손에 병권을 잡아 위엄이 떨치고, 공후(公侯)를 만리 밖에 봉할 것이니 무슨 일이든 실패됨이 없겠으나, 한갓 오늘이 마당에 횡액(橫厄)이 있으니, 만일 나를 만나지 못하셨더면 위태

---

*이순풍(李淳風)——중국 당대(唐代)에 신선의 도술을 연구한 사람.
*살쩍——뺨의 귀 앞에 난 머리털.

할 뻔했소이다.”

한림이 말하기를,

“사람의 길흉(吉凶)과 화복(禍福)이 스스로 따라가 구하지 아니하면 모두 생기지 않는 법이나, 오직 병이라 하는 것만은 사람이 피하기 어려운 바이니 나에게 중병 들린 징조나 없느뇨?”

두진인이 이에 대답하되,

“이는 참으로 심상치 않은 재앙이렷다! 푸른빛이 천정(天庭)을 꿰 뚫었고, 간사한 기운이 명당(明堂)을 침노하였으니, 한림댁에 혹시 내력이 분명치 못한 노비(奴婢)가 있지 않소이까?”

한림은 속으로 벌써 장여랑의 비밀인 줄 깨달았으나 정이 앞을 가 리므로, 조금도 놀라거나 두려워하지 않으며 대답하기를,

“그러한 일은 도시 없노라.”

두진인이 다시 묻기를,

“그러하오면 혹시 옛 무덤을 지나치다가 마음이 흔들려 섬찟하였거 나, 혹은 귀신과 함께 꿈 속에 논 일이 있소이까?”

한림이 대답하되,

“역시 그런 일도 없노라.”

정생이 덧붙여 말하기를,

“두선생의 말씀에는 털끝만치도 틀림이 없으니, 양형은 자세히 생 각해 보도록 하오.”

한림이 대답하지 않으므로 두진인이 다시 다짐하기를,

“사람은 양기(陽氣)요 귀신은 음기(陰氣)인 고로, 주야의 서로 바뀜 과 인신(人神)이 서로 다름이 물과 불이 서로 받아들이지 못함과 같 거늘, 이제 상공의 얼굴을 보매 귀신에게 홀림이 이미 몸에 어리었 기로, 수일 후에 병이 골수에 박혀 목숨을 구하지 못할까 두려워하 노니 그때에 이르러 상보는 자가 말하지 않았다고 원망치 마소이 다.”

한림이 내심으로 ‘두선생의 말이 신기하나, 장여랑이 나와 더불어 길이 즐겁도록 지낼 것을 굳게 맹세하고, 서로 사랑하는 정이 날로 더

하니, 어찌 그가 나를 해칠 것이랴' 하는 생각에서, 말을 내쳐 두선생에게 이르기를,

"사람의 장수와 단명은 날 때부터 정한 바이거늘, 내게 진실로 장상(將相)과 부귀(富貴)할 상이 보일진댄, 요사한 귀신이 어찌 감히 나를 범하리요?"

두진인이 대답하되,

"사생(死生)이 다 상공에게 있고 내게는 관계없는 일 아니리요!"

하고 소매를 떨치며 가거늘, 한림도 또한 만류치 아니하더라.

정생이 위로하되,

"양형은 본디 길한 사람이라 신명(神明)이 필연 도우실 터이니, 어찌 귀신을 두려워할 것이오? 술객(術客)들이 이따금 허튼 소리로 사람을 놀라게 하니 가증한 노릇이렷다."

이에 술상이 나오매 종일토록 취한 후 각기 헤어지니라.

한림이 이날 밤에 술이 깨어 향을 피우고 고요히 앉아서 여랑이 오기를 기다리나 끝내 종적이 없기에, 한림이 책상을 치고 이르기를,

"밝은 샛별이 빛나거늘 아직도 미인이 오지 않는구나."

하고 촛불을 끄고 자려 하는데, 갑자기 창 밖에서 여랑이 울며 호소하기를,

"낭군이 요사한 도사(道士)의 부적을 머리 위에 감추어 두었기에 첩이 감히 가까이 가지 못하나이다. 첩이 비록 낭군의 뜻이 아님을 아오나, 이 역시 인연이 끝났으므로 요사한 것들이 날뛰는 바이오니, 엎드려 바라옵건대 낭군은 몸을 돌보소서. 첩은 이제부터 영이별을 하겠나이다."

한림이 크게 놀라며 문을 열고 본즉 벌써 온데간데 없고 단지 한 조각 글발만이 돌 위에 놓였기에, 곧 떼어 보니 여랑이 지은 글이라. 쓰였으되,

昔訪佳期躡彩雲　更將淸酌酹荒墳
深誠未效恩先絶　不怨郞君怨鄭君

옛적 아름다운 기약을 찾아 색구름을 밟았고
다시 맑은 술잔을 가져 거친 무덤에 부었더라
깊은 정성 본받지 못하고 은혜 먼저 끊어졌으니
낭군을 원망치 아니하고 정군을 원망하노라

한림이 한 번 읊고 서러워하나, 한편 생각하면 괴이쩍고도 이상한 일인지라, 머리를 어루만져 보니 무엇인가 상투에 있기에, 내어보니 곧 귀신을 쫓는 부적이더라.
"요괴한 사람이 나의 일을 그르쳤도다!"
하고 분연히 꾸짖고는, 드디어 그 부적을 찢고 다시 여랑의 글을 잡고 읊어 보다가 크게 깨달으며 이르기를,
"여랑이 몹시 정생을 원망하니 이는 정 십삼랑의 강난이로다! 기실은 악한 일이 아니나, 좋은 일을 짓궂게 훼방함이 두진인(杜眞人)의 요술이 아니요, 정생이 한 짓이니 내 반드시 욕을 보여 주리라!"
하고, 여랑의 글을 차운(次韻)하여 글 한수를 지어 주머니 속에 감추고는 탄식하되,
"글은 비록 되었으나, 누구를 주어야 옳으리요?"
그 글에 읊었으되,

　　冷然風馭上神雲　莫道芳魂寄古墳
　　園裡百花花底月　故人何處不思君
　　냉연히 바람을 몰아 신통한 구름에 올라가니
　　꽃다운 넋이 외로운 무덤에 붙임을 말하지 마라
　　동산 속에 백 가지 꽃이요, 꽃 밑에는 달이거늘
　　고인이 어디선들 그대를 생각지 않으리요

글뜻이 간절하고도 비창하더라.

정사도 집에서 해혹(解惑)하다

이튿날 정생의 집에 가 찾으니 없는지라, 연삼일을 찾되 출입하여 한 번도 만나지 못하니라. 또한 여랑의 그림자도 묘연한지라, 자각정 (紫閣亭)에 가서 찾고자 한들 신령과 접촉하기 어려우니 속수무책이라. 자나깨나 잊지를 못하고 식음(食飮)이 점점 줄어들므로, 정사도 내외가 주효를 갖추어 한림을 맞아 한담을 나누며 술을 즐길새, 사도가 말하기를,

"양군이 요즈음 어찌하여 신광이 파리하뇨!"

한림이 대답하되,

"십삼군과 더불어 연일 과도히 마셨더니, 아마도 그로 말미암음인가 하나이다."

정생이 득달같이 나타나기에 양한림이 흘겨보고서 말을 걸지 아니하였더니 정생이 먼저 입을 열되,

"형이 근래에 벼슬살이에 골몰하여 심사가 불편한가, 혹은 고향 생각이 간절하여 병이 난 것인가? 어찌하여 그토록 용모가 파리하고 정신이 쓸쓸하오?"

마지못하여 한림이 대답하기를,

"부평초(浮萍草) 같은 사람이 어찌 그렇지 않겠소?"

사도가 이때 말을 꺼내니,

"우리집 비복들이 말하기를 '양군이 어떠한 미인과 더불어 화원에서 어울려 말하더라'하니, 이 말이 옳은고?"

한림이 얼른 대답하기를,

"화원이 외진 곳이라 혹 오가는 사람은 있으되 그런 일은 없사오니, 필경 말하는 자가 미쳤나 보옵니다."

정생이 말하되,

"도량이 넓은 형이 여자와 상종함을 부끄럽다는 태도를 하느뇨? 일전 형의 말이 거칠어 두진인을 물리쳤으나, 형의 기색을 보니 짐

작이 가는지라, 소제가 형을 위해 두진인의 귀신 쫓는 부적을 형의
머리 속에 감추어도 형이 대취하여 알지 못하기로, 소제가 그 밤에
동산 수림 속에 숨어 엿본즉, 어떤 여귀가 형의 침방 밖에서 울며
하직하고 곧 사라졌으니 이로 미루어 보더라도 두진인의 말이 영검
하고 소제의 정성이 극진하거늘, 사례치 아니하고 도리어 노여움을
품고 있음은 어찌 된 일이오?"

한림이 아무래도 감추기 어려운 줄을 알고, 사도를 향하여 사죄하
되,

"소서(小婿)의 일이 과연 해괴하오니 장인께 자세히 아뢰겠나이
다."

이에 이르러 전후사실을 낱낱이 들어 아뢰고 또 여쭈기를,

"십삼형이 나를 위하는 줄은 알겠으나, 그 여낭이 귀신이라고 하나
기질이 씩씩하고 마음이 바르고 넓어서, 요사스럽지 아니하니 결코
사람에게 해를 끼치지 않을 것이요, 소서가 비록 잔망하고 용렬하
오나, 그렇다고 귀신에게 홀릴 바 아니거늘 정형이 부적으로써 여
랑의 출입을 끊으니 마음에 걸리는 바 없지 않나이다."

사도가 박장대소하며 이르기를,

"양한림의 운치(韻致)와 풍채가 옛날의 송옥(宋玉)과 흡사하니 신녀
(神女) 부르는 법이 없겠느뇨! 내 양생을 희롱하는 말이 아니라,
내가 소시에 우연히 이인을 만나 귀신 부르는 법을 배웠으니, 이제
사위를 위하여 장여랑의 혼령을 불러들여 당장에 사죄케 하여 사위
의 마음을 위로하려니와, 그대의 생각을 모를 일이니, 의향이 어떠
한고?"

한림이 대답하되,

"송옥이 비록 이부인(李夫人)의 혼을 불렀으나 그 법이 전해 오지
못한 지 이미 오래오니, 소서는 그 말씀을 믿지 못하겠나이다."

정생이 말하기를,

"장여랑의 혼을 양형은 한 마디의 수고도 허비하지 아니하고 불렀
으매, 소제는 이를 또 한 조각 부적으로 쫓아냈으니, 이로 미루어

보면 귀신을 어지간히 부릴 수 있을 터이니 형은 무슨 의심을 두느뇨?"

사도 또한 이르기를,

"믿지 못하겠거든 이를 보라."

하고는, 드디어 부채를 들어 병풍을 치며 부르되,

"장여랑이 어디에 있느뇨?"

홀연히 한 여인이 병풍 뒤로부터 나와 웃음을 머금고 음전한 모습으로 부인 뒤로 천천히 서기에, 한림이 눈을 들어보니 분명한 장여랑인지라, 심신이 황홀하여 사도와 정 십삼랑을 물끄러미 바라보며 묻기를,

"이것이 진실로 사람이뇨, 귀신이뇨? 그렇지 아니하면 꿈이뇨 생시뇨?"

사도와 부인은 슬며시 웃고, 정생은 허리를 잡고 웃다가 제대로 일어나지를 못하였으며 좌우의 시비들도 허리를 펴지 못하는지라, 사도가 말하되,

"이제야 사위를 위하여 그 경위를 바로 말하리라. 이 아이는 신선도 아니요, 귀신도 아니요, 바로 내 집에서 이르는 바 춘운(春雲)이니, 근래에 양한림이 화원별당에 홀로 있으므로 심히 적막하겠기에, 내 이 여자를 사위에게 보내어 객지의 무료함을 위로케 하였더니, 젊은 것들이 중간에서 속임수로 희롱하여 괴롭혔으니 어찌 우습지 않겠는고?"

정생이 바야흐로 웃음을 그치고 이르기를,

"미인을 두 번이나 만난 것이 다 소제의 중매한 힘이거늘, 그 은혜는 감사치 아니하고 도리어 원수같이 여기니 형은 아마도 배은망덕(背恩忘德)하는 사람인가 보오."

또한 정생이 웃음을 참지 못하기에, 한림도 따라 웃으며 이르기를,

"장인이 보내시는 것을 중간에서 정형이 조롱했거늘 무슨 은덕을 베풀었다 하오?"

정생이 이에 대답하여 덧붙이되,

"조롱한 책망은 소제가 달갑게 들으려니와, 그 계책을 꾸며 지시하기는 그 사람이 따로 있으니, 이 어찌 소제의 죄라 하리요?"

한림이 정생을 돌아보며 말하기를,

"정형이 꾸미지 않았으면 뉘가 능히 이런 장난을 하였으리요?"

이에 정생이 대답하되,

"성인의 말씀에 '너에게서 나간 자는 너에게로 돌아온다' 하셨으니 형은 다시 생각해 보오. 남자가 여자로 변하였거든, 하물며 속인이 신선도 되고 신선이 귀신도 됨이 어찌 그다지도 괴이타 하리요?"

이에 이르러 한림이 크게 깨닫고 웃으며 사도를 향하여 여쭈되,

"옳소이다! 일찍이 소저에게 죄를 지은 적이 있삽더니 소저가 필시 원망을 잊지 아니함이로소이다."

사도와 부인이 웃을 따름이요, 대답지는 아니하더라.

한림이 춘운을 돌아보며 이르기를,

"춘랑아, 네 실로 영민하고 영리하도다! 그러나 사람을 섬기고자 하면서 먼저 그 사람을 속임이 부녀자의 도리라 하겠느뇨?"

춘운이 꿇어앉아 대답하되,

"첩은 다만 장군의 영만 들었을 뿐, 천자의 조서(詔書)를 듣지 못하였나이다."

한림이 탄복하여 말하기를,

"옛날에 양왕(襄王)은 무산(巫山)의 선녀를 만났을 때, 아침에 구름이 되고 저녁에 비가 됨을 분별치 못했다 하더니, 이제 나는 춘랑이 신선도 되고 귀신도 됨을 분별 못하였은즉, 참사람이 어찌 구름과 비로 더불어 의논하리요? 생각건대 천변만화(千變萬化)의 술법이 이로 말미암아 얻어지리라. 내 들으니, 강한 장수에 약한 군사 없다 하더니 그의 비장(神將)이 이와 같으니, 그 대장은 친해 보지 아니하여도 족히 지략이 많음을 알겠도다!"

좌중이 한바탕 다 웃고 다시 주효를 내어와 종일토록 취할새, 춘운이 또한 새사람으로 말석에 참여하였다가 밤이 이슥하여 촛불을 잡고 한림을 모셔 화원에 이르니, 한림이 취흥을 이기지 못하여 춘운의 손

을 잡고 희롱하되,

"너는 참말로 선녀냐? 귀신이냐? 내 선녀도 사랑하고 귀신도 사랑하였거늘, 하물며 참미인을 사랑치 못할쏘냐! 그러나 너로 하여금 신선도 되게 하고 귀신도 되게 한 사람이 장차 월궁에 항아(姮娥)가 될꼬, 남악에 *진인(眞人)이 될꼬?"

춘운이 교태를 머금고 대답하되,

"천한 이몸이 외람한 일을 저질러 기망한 죄가 많사오니, 엎드려 상공의 용서를 비나이다."

한림이 이르기를,

"네 변화를 일으켜 귀신이 될 때도 꺼리지 않았거늘 이제 무엇을 허물로 삼으리요?"

춘운이 일어나서 한림께 사례하더라.

양한림이 연나라에 사신으로 가다

전자에 양소유가 장원한 후 정사도집 사위가 되기로 작정하였을 때에, 그 해 가을에 고향으로 내려가 모친을 서울에 모시고 올라와 성례하기로 하고, 또 한원(翰苑)에 들어가 벼슬에 매여 아직 근친(覲親)을 못하였다가 이즈음 여가를 내어 시골로 내려가려 할새, 때마침 나라에 일이 많았으니, *토번(吐蕃)은 자주 변방을 침노하고 하북지방의 세 절도사는 혹은 연왕(燕王)이니 혹은 조왕(趙王)이니 혹은 위왕(魏王)이니 자칭하고, 강한 이웃과 연락하여 군사를 일으켜 장난하므로, 천자께서 근심하시고 장차 군사를 내어 치려고 할새, 문무 제신(諸臣)을 모으시고 하순(下詢)하시는데 의논이 분분하여 같지 않기에 한림학사 양소유가 출반주(出班奏)하기를,

"옛날 한무제(漢武帝)가 남월왕(南越王)을 불러 효유(曉諭)하던 일과 같이 급히 조서를 내리시와 화와 복으로써 효유하옵시고, 마침

---

*진인(眞人)──도교의 진의(眞義)를 닦는 사람.

*토번(吐蕃)──티벳 족.

내 귀순치 아니하거든 군사를 내어 치는 것이 만전의 책인 줄로 아
뢰오."

천자가 그 말을 좇아 소유로 하여금 어전에서 조서를 초해 내도록
하시니, 소유가 엎드려 명을 받잡고 즉시 지어 올린즉, 천자가 크게
기꺼워하며 하교하시되,

"전중엄절(典重嚴截)한 은덕과 위엄을 두루 말하여 효유하는 뜻이
니, 미친 도적이 스스로 감동하리라."

하시고, 삼진(三鎭) 절도사에게 곧 조서를 내리시니, 조나라와 위나라
는 임금의 칭호를 버리고 조정의 명을 받들어 글을 올려 죄를 청할새,
사신을 보내어 말 일만 필과 비단 일만 필을 공물로 바쳤으되, 오직
연왕만은 땅이 멀고 군사가 강함을 믿고 귀순치 않는지라, 천자께서
'양신의 절노사가 항복함은 오로지 양소유의 공이라'하시며, 이에 조
서를 내려 포상하시되,

"하북 땅 세 절도사가 각각 한 모퉁이씩 웅거하여 강함을 믿고 이웃
과 손을 잡은 지 거의 백 년이라. 덕종황제께옵서 십만 대군을 발하
사 장수로 하여금 치시되 마침내 능히 그 강함을 꺾지 못하고 그 마
음을 항복받지 못하였거늘, 이제 양소유의 한 장 글로써 두 진(鎭)
을 항복받으니, 군사 한 명도 수고치 아니하고, 또한 한 사람도 죽
이지 아니하고 인군(人君)의 위엄을 널리 만 리 밖에 떨친지라 짐
이 심히 가상히 여겨 비단 삼백 필과 말 오천 필을 주어 포상하는
뜻을 보이노라."

하시고, 이어서 벼슬을 돋우고자 하시거늘 소유가 어전에 나아가 머
리를 조아리고 받지 아니하며 상주하되,

"조서를 대신 초하는 것은 신자된 자의 직분이옵고, 두진이 귀순함
은 성상의 위엄이오니 신이 무슨 공으로써 이 중한 포상을 받사오
며, 하물며 한 진이 아직도 항거하여 변방을 요란케 하옵거늘, 신
은 칼을 들고 창을 잡아 나라의 수치를 능히 다 씻지 못함을 한탄하
오니 승탁(陞擢)하시는 명을 어찌 따르오리까? 신자의 충성을 다
함은 직품이 높아지는 데 간격이 없삽고, 싸움에 이기고 패함은 군

사의 다과(多寡)에 있지 아니하오니, 신은 바라옵건대 한 무리의 군
사를 얻어 조정의 위엄을 의지하여 나아가 연나라의 도적으로 더불
어 죽기로써 결단하고, 힘써 싸워 천은(天恩)의 만분지 일이라도 갚
고자 하는 줄로 아뢰오.”

천자가 그 뜻을 장하게 여기시어 대신들에게 반문하시니, 모두 엎
드려 상조하기를,

“세 진이 정족지세(鼎足之勢)이더니 이제 두 진이 이미 항복하였으
므로, 조그마한 역적의 형세는 곧 솥에 든 고기의 형세요, 구멍에
든 개미와 같사오니, 군사로써 나아가오면 반드시 마른 것을 꺾고
썩은 것을 꺾는 것 같사오며, 또 천자의 군사는 먼저 꾀를 쓰고 뒤
에 치나니, 엎드려 바라옵건대 양소유를 보내어 이해(利害)로써 효
유하다가 끝내 항복지 아니하거든 곧이어 군사를 냄이 좋을 줄로
아뢰오.”

천자께서도 옳게 여기어 양소유에게 절월(節鉞)을 내리시며,

“연나라에 가서 효유하라.”

하시니, 소유는 명을 받잡고 절월을 가지고 떠날새 정사도에게 하직
하니, 사도가 일러 두기를,

“변방은 인심이 모질고 억세어서 조령(朝令)을 거역함이 한두 번이
아니거늘, 양한림이 한낱 선비의 몸으로 위험한 땅에 들어가니, 만
일에 뜻지 않은 변이 생기면 이 늙은 것의 불행만이 아니라, 한
나라의 수치가 될 것인즉 내 몸 늙어 조정공론에 참여치 못했으나
마땅히 한 장 글을 올려 간쟁(諫爭)코자 하노라.”

한림은 만류하면서,

“장인은 너무 염려치 마옵소서. 변방백성이 조정이 안정치 못함을
틈타서 잠시 소란한 일일 것이니, 천자께서 신무(神武)하시고 조정
이 청명하여 조나라와 원나라의 두 강한 나라가 이미 귀순하였으
니, 적은 연나라쯤을 어찌 근심하겠나이까?”

사도가 다시 이르기를,

“성상의 명이 이미 내리시고 그대의 뜻이 또한 이미 정해졌으니 이

늙은 것이 다시 할 말이 없겠거니와, 오직 바라건대 모든 일에 조심
하여 몸을 보중하고, 군명을 욕되게 하지 말도록 유념하라."
부인이 눈물을 흘려 작별하되,
"현명한 선비를 얻은 후로는 적이 늙은 마음을 위로할 수 있더니,
양공이 이제 먼 길을 떠나니 내 가슴 속이 어떠하겠소? 자못 바라
는 것은 먼 길을 빨리 돌아오도록 하오."
양한림이 물러가 화원 별당에 이르러 행장을 갖추어 곧 발행할새,
춘운이 옷을 잡고 여쭈기를,
"상공이 한원에 입직하실새 첩이 일찍 일어나 침구를 싸고 조복을
받들어 입혀드리면, 상공께서는 곁눈으로 첩을 보시고 항상 안타까
이 여기사 떠나기를 싫어하심이 많사옵는데, 이제 만리길의 이별을
당하여 무어라 한 마디 쓰라린 말씀이 없나이까?"
한림이 크게 웃으며 이르기를,
"대장부가 나라일을 당하여 중임을 받았으니 생사를 또한 돌아보지
못하겠거늘, 구구한 사정을 어찌 마음대로 의논하랴? 춘랑이 부질
없이 슬퍼하여 꽃 같은 얼굴을 상치 말고, 삼가 소저를 받들어 얼마
동안 잘 있으면, 내 성공한 후 허리에 금인(金印)을 차고 호기있게
돌아올 터이니 기다리도록 하라."
하고, 곧 문에 나아가 수레를 타고 이윽고 낙양(洛陽)에 다다르니,
옛날에 지나던 자취가 아직도 변치 아니하였더라.
당시 십육 세의 한낱 서생의 몸으로 작은 나귀를 타고 행색이 심히
초라하였는데, 수년이 가지 않아 절월(節鉞)을 세우고 사마(駟馬)를
타고 이르니, 낙양의 현령(縣令)이 분주히 길을 닦고 하남부윤(河南府
尹)은 공손히 길을 인도하니, 광채가 온 길에 비치고, 여염백성들이
다투어 구경하고, 오가는 행인들은 우러러보며 부러워하니 이 어찌
장관이 아니리요.
한림이 먼저 동자를 시켜 계섬월의 소식을 알아 오도록 하기에, 동
자가 섬월의 집을 찾으니 대문은 겹겹이 잠기고 청루도 열지 않은 채
요, 오직 앵두꽃만이 피어 있을 뿐이거늘 이웃 사람에게 물어 보니 그

대답인즉,

　"섬월이 상년 봄에 먼 고장의 상공과 더불어 하룻밤 인연을 맺은 후
　로는 병이라 핑계하고 오는 손을 사절하며 관가 잔치에도 들어가지
　아니하더니, 얼마 안 가서 미친 체하며 패물붙이를 다 떼어 버리
　고, 도사의 의복으로 바꿔 입고는 사방으로 두루 다니면서 산수(山
　水)를 구경하는데, 아직 돌아오지 아니하였으니 지금 어느 산에 있
　는지 알지 못하노라."

　동자가 돌아와 이 연유를 아뢰니 한림이 하염없이 실망하며 섬월의
집을 지나칠새, 옛자취와 옛정을 그리며 눈물을 머금고 객사에 돌아
와도 밤에 잠을 이루지 못하더니, 부윤이 기생 수십 명을 보내어 즐거
이 해주려는데, 모두가 일등 명기라. 붉은 단장과 화려한 의복으로 고
운 것을 다투고 아리따움을 자랑하며 한번 눈여겨 보기를 바라되, 한
림은 아무런 흥취가 없어 한 사람도 가까이 함이 없이 이튿날 아침 떠
남에 앞서 글을 지어 벽상에 쓰니, 읊었으되,

　　雨過天津柳色新　風光宛似去年春
　　可憐玉節歸來地　不見當壚勸酒人
　　비가 천진을 지나매 버들빛이 새로우니
　　풍광이 지난날의 봄과 완연히 같더라
　　가히 어여쁘다. 옥절이 돌아오는 땅에
　　술자리에 술 권하는 이 보지 못할러라

　붓을 던지고 수레에 올라 앞길로 나아가니, 모든 기생들이 멀리 가
는 거동을 보고 다만 부끄러울 뿐이라. 다투어 그 글을 베껴 부윤께
바치니, 부윤이 기녀들을 꾸짖되,

　"만일 양한림의 한번 눈여겨 봄을 입었던들 이름이 틀림없이 백 배
　나 더할 것을 한림의 눈에 들지 못하니, 낙양 땅이 무색하도다."

　이에 이르러 한림의 유의하는 사람의 이름을 알아서 사면에 방을
붙여 섬월의 거처를 찾아내고, 한림의 돌아오는 날을 기다리더라.

천진교에서 계섬월을 다시 만나다

양한림이 연나라에 다다르니, 아득한 변방 사람들이 일찍이 황성(皇城)의 위엄 있는 거동을 보지 못하였다가 한림의 몸차림을 보니, 땅 위의 기린 같고 구름 속의 봉황 같은지라, 다투어 수레를 둘러싸고 길을 막으며 한번 보기를 원치 않는 자가 없더라.

양한림이 연왕과 서로 만나보려 할새 한림의 위엄은 빠른 우레 같고 은혜는 봄비 같아서, 변방 백성들이 모두 춤추고 노래하며 혀를 차고 서로 이르기를,

"성천자(聖天子)께서 장차 우리를 살리실 것이로다."

한림이 연왕과 서로 만날새, '천지의 위엄과 치분을 자주 일길으면서, 순역(順逆)과 향배(向背)의 도리'를 역설하니, 도도함이 바닷물일 듯하고, 늠름함이 추상 같아서 감복지 아니하지는 못하리라.

연왕이 황연히 놀라며 깨닫고 땅에 꿇어앉아 사죄하되,

"변방이 멀고 외진 곳이라 왕화(王化)가 미치지 못하는 고로 방자히 조정의 명을 거역하고, 밝은 곳을 향하여 귀순할 줄을 알지 못하였는데, 이제 명교(明敎)를 듣사오니 전죄를 스스로 깨닫겠소이다. 이제부터는 미친 마음을 길이 정제하고 신자(臣者)의 직분을 부지런히 힘써 지키오리니, 엎드려 바라건대 천사(天使)는 돌아가 조정에 아뢰어, 속국(屬國)으로 하여금 위태로움으로 말미암아 편안함을 얻게 하고, 화가 변하여 복이 되게 하소서."

뒤이어 벽루궁에 잔치를 베풀고 전송하면서, 황금 백 근과 준마 열 필을 선물로 주거늘, 한림이 일단 이를 물리치고 연 땅을 떠나서 돌아올새, 길을 떠난 지 십여 일 만에 한단(邯鄲) 땅에 이르니, 묘하게 생긴 한 소년이 말을 타고 앞길에 있다가 벽제(辟除) 소리를 듣고 말에서 내려 길가에 섰기에, 양한림이 바라보고 말하기를,

"저 서생이 탄 말은 팔준마(八駿馬)의 하나로다!"

하더니, 점차 가까이 보매 소년이 피어나는 꽃과도 같고 솟아오르는

달과도 같아서, 미묘한 태도와 청수한 광채가 사람의 눈을 쏘아 가히 바라보지 못하겠더라.

양한림이 말하기를,

"내 일찍이 경향 각지의 소년들을 많이 보았으되, 저 같은 소년은 금시초견(今始初見)이라."

하고, 추종(騶從)에게 이르되,

"네 가서 저 소년을 불러오라."

하고는 잠시 객사에서 쉴새, 소년이 이미 다다랐기에 한림이 사람을 시켜서 맞아들이매 소년이 들어와 엎드리니 한림이 사랑하여 말하기를,

"내 길에서 그대의 풍채를 사랑하여 일부러 사람을 보내어 청했으나, 혹시 돌아보지 않을까 염려하였는데, 이제 왕림하여 합석하게 되니 다행함을 이루 말로는 다할 수 없소. 그대의 성명을 알고 싶소."

소년이 이에 대답하되,

"소년은 북방 태생으로 적백란(狄百蘭)이라 부르오며, 궁벽한 시골에서 성장한 탓으로, 훌륭한 스승과 어진 벗을 만나지 못하여 학업이 매우 얕아 글이나 칼을 깨우치지는 못하였으되, 그래도 한 조각 정성된 마음은 지기지우(知己之友)를 위하여 죽고자 하옵니다. 이제 상공께서 하북 땅을 지나실새 위엄과 은덕이 아울러 떨치어 사람들이 모두 감동하오니, 우러러 사모하는 마음이 무궁하온지라, 소생의 천루(賤陋)함과 잔졸(孱拙)함을 생각지 아니하고, 이몸을 귀문에 의탁하여 계명구도(鷄鳴狗盜)의 천한 재주를 일깨워 보고자 하옵는데, 상공께서 몸을 굽혀 선비를 기다리시는 성덕을 베푸시니 황송무지로소이다."

한림이 더욱 기뻐하여 이르기를,

"바로 옛말에 이르는 '동성상응(同聲相應)하고 동기상통(同氣相通)'이라. 이제 두 뜻이 서로 합하니 장히 쾌한 일이로다! 일후부터는 적생(狄生)과 더불어 말고삐를 나란히 하여 행하면서, 밥상을 같이

하여 먹고 경치 좋은 곳을 지나면서 산수를 담론하고 밝은 밤을 만
나면 풍월을 읊조리면서 먼 길의 괴로움을 잊어버리리라."
하고는, 이어서 발행하여 낙양 땅에 이르러 천진교를 지날새, 지난날
섬월을 만나던 생각이 눈에 선하여 주루를 바라보며 구슬프게 홀로
말하기를,

"계랑(桂娘)이 만일 지난번에 내가 헛되이 지나간 줄을 알면 필연
여기 와서 기다릴 것이로다. 여관(女冠)이 되었다 하니 생각건대 그
종적이 도관(道舘)에 있지 아니하면 필연 이원(尼院)에 있을지니 그
소식을 어찌 들으리요? 슬프다. 이번 길에 또 서로 보지 못하면 어
느 세월에 다시 만날 수 있을꼬?"
하면서, 언뜻 눈을 들어 멀리 바라다본즉 한 미녀가 홀로 누각 위에
서서 수렴을 높이 걷어 올리고, 거마(車馬)가 오는 것을 유심히 보고
있으니 이는 곧 계섬월(桂蟾月)이더라.

한림이 골똘히 생각하던 차에 낯익은 얼굴을 보게 되니 그 아리따
움을 넉넉히 잡을 듯한지라. 수레를 풍우같이 몰아 누각 앞을 지날새,
두 사람이 서로 보고 반기는 정은 말로써 이루 나타낼 수는 없더라.
이윽고 객사에 이르니 섬월이 먼저 지름길로 달려와 이미 객사 안에
들어가 옷깃을 여미고 반기니, 슬픔과 기쁜 마음이 아울러 서려 올라
눈물이 말보다 앞서 흐르는지라, 이에 몸을 굽혀 하례하되,

"황명(皇命)을 받자와 원로에 말을 달리시되 기체 안강(安康)하시오
니, 사모하는 이내 마음에 족히 위로가 되겠나이다. 천첩의 일은
들어 아실 듯하니 다시 말씀드릴 것이 없사오며, 지난 봄에 상공의
소식을 들사온즉, 조서를 받들고 이 길을 지나셨다 하거늘 길이 멀
어 전송을 못하옵고 눈물만 흘릴 뿐이었더니, 현령(縣令)이 상공을
위하여 몸소 이몸을 찾아 객관 벽에 써 놓으신 글을 보이고 지나치
게 공경하는 대접을 하며, 스스로 전일에 난처했던 일을 사죄하고
'성중으로 들어가 상공이 돌아오시기를 기다리라' 간청하옵기로,
기꺼운 마음을 이기지 못하여 옛집에 돌아오매, 천첩도 스스로 이
몸이 소중한 줄을 깨닫삽고, 홀로 천진루에 서서 상공의 행차를 기

다리니 성내에 가득한 사녀(士女)와 오가는 행인들이, 그 뉘 소첩의
귀히 됨을 부러워하지 않았겠나이까? 천첩이 아직 모르거니와, 상
공이 영귀(榮貴)하셨는데 살림을 맡으실 부인을 이미 맞이하셨나이
까? 쾌히 말씀하옵소서."

한림이 이르기를,

"이미 정사도집과 정혼하고 성례는 아직 아니하였으나, 그 규수의
현숙함이 계랑의 말과 조금도 틀리지 아니하니, 좋은 중매의 은혜
가 태산 같도다."

하고 다시 옛정을 이으니, 차마 즉시 떠나지 못하고 잇따라 수일을 머
무를새, 계랑이 침방에 있는 고로 오래 적생을 청치 아니하였는데, 동
자가 급히 와서 아뢰되,

"소복(小僕)이 보오매 적생은 좋지 못한 사람이더이다. 사람들이 많
은 데서 계낭자와 더불어 희롱하더이다."

한림이 일러 두기를,

"적생이 그렇게 무례할 리가 있겠느냐? 더욱이 계랑은 의심할 바
없으니, 네 필시 잘못 본 듯하다."

동자가 흡족지 못한 마음으로 물러가더니, 이윽고 다시 와 아뢰되,

"상공께서 소복의 말을 그릇되었다 하시니, 그들의 희학질하는 것
을 친히 보소서."

하고, 서편 행랑(行廊)을 가리켜 보이기에 한림이 나아가 바라본즉,
두 사람이 낮은 담을 사이에 두고 서서 혹은 손목을 끌어당기며 희롱
하는데, 이에 그들이 조용히 하는 말을 들어 볼까 하여 가까이 가니,
적생은 신 끄는 소리에 놀라 달아나고 섬월은 돌아보고 자못 수상한
태도가 있는지라, 한림이 의아히 여겨 묻기를,

"이왕에 적생과 더불어 연분이 있었느냐?"

섬월이 이에 대답하되,

"첩은 적생과는 연분이 없삽고 다만 그의 누이와 정분이 있는 고로
그 안부를 묻는데, 본디 이몸이 천한 터이라, 자연히 이목(耳目)에
젖어 남자를 피할 줄 모르고서, 손을 잡고 희롱도 하고 입을 귀에

대고 가만히 말도 하여 상공의 의심을 사게 하였은즉 그 죄 죽어도 아까움이 없을 줄로 아뢰나이다.”

한림이 다시 이르기를,

“내 너를 의심하는 일이 없으니 너는 조금도 꺼리지 말도록 하라.”

이어서 그는 생각하기를,

‘적생은 아직도 소년이라, 내 눈에 띄었으니 꺼려함이 없지 않을 터이매, 내 마땅히 불러 위로하리라.’

하고 동자를 시켜 불러오라 하니, 이미 간 곳이 없는지라, 한림이 크게 후회하되,

“옛날의 초장왕(楚莊王)은 갓끈을 끊어 모든 신하의 마음을 편케 하였거늘, 이제 나는 모호한 일을 살피지 못하여 아름다운 선비를 잃으니 지금에 와서 부끄럽게 여기고 탄식한들 무엇하리요.”

곧 추종들로 하여금 두루 찾게 하니라.

그날 밤 섬월을 데리고 옛일을 말하며 새로운 정을 두터이 하고 술자리를 벌여 즐겁게 놀다가 밤이 이슥하매, 촛불을 물리치고 자리에 누웠더니 동녘이 밝는지라, 비로소 잠을 깨니 섬월이 거울에 마주앉아 단장을 새로 하거늘, 정을 쏟아 눈여겨 보다가 깜짝 놀라 다시 본즉, 가는 눈썹과 밝은 눈이며, 구름 같은 살쩍과 꽃 같은 뺨이며, 가는 허리와 눈빛같이 흰 살이 다 자세히 본즉 섬월 같으나 아니더라. 놀랍고도 한편 의심이 나거늘 한참이나 감히 묻지 못하더라.

객관(客舘)에서 또 적경홍(狄驚鴻)을 만나다

한림이 미인을 향하여 묻기를,

“낭자는 누구시오?”

미인이 대답하되,

“첩은 본디 파주(播州) 사람이오며 성명은 적경홍(狄驚鴻)이옵니다. 어렸을 적에 계섬월과 의형제를 정하였삽더니, 어젯밤에 계랑이 마침 병이 있어 상공을 모시지 못하겠다 하며 첩더러 대신 모셔 상

공의 꾸지람을 면케 하라 하옵기로, 첩이 감히 대신 모셔 외람히
자리에 있삽나이다."

말이 끝나기도 전에 섬월이 문을 열고 들어와 덧붙여 말하되,
"상공이 또 새사람을 얻었으니 첩은 삼가 치하하나이다. 첩이 일찍
이 하북 땅 적경홍을 상공께 천거하였사온데 과연 어떠하나이까?"

한림이 대답하기를,
"이름만을 듣던 것보다는 그 낯이 더욱 아름답도다!"

하고, 경홍의 모습을 다시 살펴본즉 적생과 털끝만큼도 다르지 않은
지라, 이에 물어 보기를,
"적백란 소년은 적랑의 오라비인가? 내 어제 적생에게 허물을 씌
워 안되었거늘 이제 어디 있느뇨?"

경홍이 더욱 웃으며 대답하되,
"천첩은 본래 형제자매가 없나이다."

한림이 이에 다시 한 번 자세히 보매, 훤히 깨달아 웃고 이르기를,
"한단(邯鄲) 길가에서 나를 따라온 자 본래 적랑이요, 어제 담모퉁
이에서 계랑과 더불어 말하던 자 또한 적랑일진대, 그러나 남복으
로 나를 속였음은 무슨 까닭인고?"

경홍이 대답하되,
"천첩이 어찌 감히 상공을 기망하리이까? 첩이 비록 아리땁지 못
하고 재주 없사오나, 평생에 대인군자(大人君子)를 따르고자 하였
삽더니, 연왕이 첩의 이름을 듣고 구슬 한 섬으로 첩을 사서 궁중에
드니, 비록 입에는 진수성찬(珍羞盛饌)이요 몸에는 능라주의(綾羅紬
衣)나 원하는 바 아니옵고, 금롱에 갇힌 앵무새같이 마음대로 나
오지 못함을 한스럽게 여기고 있삽는데, 전일에 연왕이 상공을 청
하여 잔치를 배설할새, 첩이 창틈으로 보온즉 평생 소원하던 상공
이었나이다. 그러나 궁문이 아홉 겹이니 어찌 넘을 수 있으며, 길
이 만 리이니 어찌 뛰어갈 수 있겠나이까? 오만 가지로 생각하여
겨우 한 가지 계책을 얻었으나, 상공이 떠나시는 날, 몸을 빼어 뒤
를 따라오면 연왕이 필시 사람을 보내어 뒤쫓을 터인 고로, 상공이

떠나간 지 수일 후에 연왕의 천리마(千里馬)를 가만히 끌어 타고, 이틀 만에 한단 땅에 쫓아 이르니 마침 상공께서 부르시었나이다. 그때에 이 사실을 아뢸 것이로되 이목이 번다하와 덮어 둔 죄 있사오나, 전일 남복한 것은 뒤쫓는 자를 피하려 하옴이옵고, 어젯밤에 당희(唐姬)의 옛일을 본받음은 계랑의 간청을 따른 것이오니, 전후의 죄를 비록 다 용서하실지라도 황송함은 오래도록 잊지 못하겠나이다. 상공이 그 허물을 괘념치 않으시며, 그 비루함을 꺼리지 않으시고, 높은 나무의 그늘을 빌리시와 한 가지 깃들임을 허용하여 주시오면 첩이 마땅히 계랑과 더불어 거취(去就)를 같이하여, 상공이 현숙한 부인을 맞으신 후에 계랑과 더불어 문하에 나아가 하례하겠나이다. "

한림이 칭찬하되,

"적랑의 높은 의기는 양가(楊家)의 *집불기생(執拂妓生)이라도 가히 따르지 못하겠거늘, 내 이위공(李衛公) 같은 장상(將相)의 재주 없음이 부끄러울 따름이라. 이미 서로 좋이 지내자 하였으니 무엇을 견주어 볼 것이랴?"

적랑이 사례함을 말지 않거늘 섬월이 말하되,

"적랑이 이미 첩의 몸을 대신하여 상공을 모셨으니, 첩이 또한 마땅히 적랑을 대신하여 상공께 사례하겠나이다."

이어 일어나 꾸벅꾸벅 절을 거듭하니라.

이날 두 여인과 더불어 밤을 지내고, 밝은 아침에 일러 두기를,

"원로에 남의 이목이 번거로워 동행치 못하나, 내 혼례를 지내면 곧 맞아들이겠노라."

하고, 서울을 향하여 떠나가니라.

난양공주(蘭陽公主), 옥퉁소 소리를 화답하다

이리하여 양한림이 서울에 돌아와 예궐하여 복명할새, 연왕의 표문

---

*집불기생(執拂妓生)──양소수(楊素守)의 손[客]인 이정(李靖)을 한 번 보고 따라감.

96

(表文)과 공물로 바치는 금은 비단이 마침 이른지라, 천자는 크게 기꺼워하며 그 노고를 위로하고, 그 공훈을 표창하여 장차 후(侯)를 봉하려 하시거늘, 한림이 크게 놀라 땅에 엎드려 머리를 조아리고 굳이 사양하매, 성상은 더욱 그 뜻을 가상히 여겨 그 의론을 들어 다시 예부상서(禮部尙書) 겸 한림학사를 삼고, 상급(賞給)도 많이 내리고 예우(禮遇)도 융숭하시니 그 영광이 고금에 견줄 바 없더라.

상서가 화원으로 돌아와 춘랑과 더불어 이별중의 회포를 풀며 새로운 즐거움을 말하니, 은근한 정은 이루 말로 다 나타낼 수 없겠더라.

천자께서는 양소유의 글재주를 매우 사랑하사 자주 편전(便殿)으로 불러들여 경서(經書)와 사기(史記)를 토론하시니, 양상서 예궐하는 날이 잦아지더라. 하루는 밤들도록 입시하였다가 직소(直所)에 돌아오니 월색이 명랑하여 그윽한 홍취를 일게 하매, 제대로 잠을 이루지 못하고 홀로 높은 누각에 올라 난간을 의지하고 앉아 달을 대하여 글을 읊조리는데, 문득 바람결에 들은즉 통소 소리가 멀리 구름 사이를 따라 점점 내려오더라. 그 곡조는 자세치 아니하나 그 음색(音色)은 이 세상에서 듣지 못하던 바라, 상서가 아전을 불러 물어 보기를,

"이 통소 소리가 대궐 밖에서 나는 것이뇨? 혹은 궁중 사람가운데 이런 곡조를 능히 부는 자가 있느뇨?"

아전이 대답하되,

"알지 못하겠나이다."

상서도 이어서 옥통소를 내어 두어 곡조를 불매, 그 소리 또한 하늘에 흐르는 구름을 머무르게 하더니, 홀연 청학 한 쌍이 대궐 안으로 날아들어와, 곡조에 맞추어 춤을 추니, 한림원의 모든 아전들이 신기하게 여기며 왕자진(王子晉)이 우리 마을〔官府〕에 있다 하더라.

이때 황태후(皇太后)에게 두 아들과 딸이 있으니, 성상과 월왕(越王)과 난양공주(蘭陽公主) 셋이니라.

난양공주가 탄생하실 적에 태후 꿈에 선녀가 구슬을 받들어 태후의 품 속에다 넣어 주더니, 공주 장성하시매 지혜와 자질이 모두 예법에 맞아 조금도 속된 버릇이 없고, 문필과 침선(針線)이 또한 신기하고

절묘하므로 태후 매우 사랑하시는데, 서역 태진국(西域太眞國)에서 백옥 통소를 조공으로 바치거늘, 그 꾸밈새가 극히 묘하므로 악공으로 하여금 불어 보게 하나, 소리가 나지 아니하더라.

이 무렵 공주가 어느 날 꿈에 선녀를 만나서 곡조를 배워 그 신묘함을 익혔는데, 꿈을 깨매 태진국의 옥통소를 시험하여 보니, 소리가 맑으며 음률에 저절로 맞기에 태후와 천자께서 다 기이하게 여겨 칭찬하시되 다른 사람은 아무도 부는 법을 모르더라.

매양 공주가 한 곡조를 불면, 모든 학이 스스로 전각 앞에 모여들어 마주 춤을 추는지라, 태후가 이를 보시고 성상께 이르시기를,

"옛날에 진목공(秦穆公)의 딸 농옥(弄玉)이 옥통소를 잘 불었다 하더니, 이제 공주의 한곡조가 농옥에게 지지 아니할지니, 반드시 소사(簫史) 같은 사람이 있은 언후에야 가히 공주를 하가(下嫁)시키겠소."

이러하므로 난양공주는 이미 장성하였으되 부마(駙馬)를 간택하지 못하였더라.

이날 밤에 난양공주가 마침 달을 바라보며 통소를 불어 학의 춤을 끝냈는데, 곡조를 마치매 청학이 한림원을 향해 날아가 그 동산에서 춤을 추니, 사람들이 서로 전하여 일컫기를, 양상서(楊尙書)의 옥통소 소리에 학이 춤을 춘다 하더라.

천자가 이 말을 들으시고, 신기하게 여기며 생각하시기를,

"공주의 인연이 필연 이 사람에게 있으렷다!"

하고, 태후께 아뢰시되,

"양소유의 연기(年紀)가 공주와 서로 맞사옵고, 그 풍채와 재주는 만조(滿朝)에 무쌍하오니 간택하시기 바라나이다."

태후가 웃고 이르시기를,

"소화(簫和)의 배필이 아직 없어 항상 염려이더니, 이제 그 말씀을 들으니 양소유는 곧 난양공주의 천생배필이요. 그러나 이몸이 친히 보고 정하겠으니, 상은 그리 아시오."

성상이 대답하시되,

"어렵지 않은 일이오니 일간 양소유를 별전으로 불러 보고 글을 강론하오리니, 그 사람됨을 어람하소서."

하셨는데, 난양공주의 이름이 소화이니, 바로 이는 그 옥퉁소에 소화(簫和)라는 두 글자가 새겨져 있으므로 이를 따른 것이니라.

봉래전(蓬萊殿)에서 궁녀에게 글을 지어 주다

천자께서 봉래전에 정좌하시고 내시를 보내어 양소유를 부르시니, 내시가 명을 받잡고 한림원에 나아가 보니 이미 사퇴하였고 정사도 집에 가 물어 본즉 아직 돌아오지 않았다 하기로, 내시가 황망히 두루 찾으니, 이때 양상서는 정십삼랑과 더불어 장안 주루에서 주랑이라는 명기를 데리고 이미 대취하여 노래를 부르고 취흥이 도도하여 의기양양한지라. 내시가 급히 달려가 입시하라시는 어명을 전하니, 정십삼랑은 기급을 하여 뛰어나가고 상서는 취안이 몽롱하여 내시가 벌써 누각에 오른 줄을 알지 못하거늘, 내시가 성화같이 재촉하니 상서는 기녀에게 부축을 받으며 일어나 조복을 입고 내시를 따라 대궐로 들어가 뵈온즉, 성상이 앉으라 명하시고 역대 제왕의 치란흥망(治亂興亡)을 논의하신데 그 대답이 명백한지라. 상이 매우 기꺼워하시며 다시 묻기를,

"글을 잘 짓는 것이 비록 제왕의 할 일은 아니라 할지라도 우리 조종(祖宗)이 진작부터 마음을 썼기로 어제 하신 시문(詩文)이 더러는 전파되어 오늘에 이르니, 경은 시험삼아 성제명왕(聖帝名王)들의 문장을 논의하라. 남의 시편이라 꺼리지 말고 논평하여 그 우열을 정하되 위로 제왕의 글은 누가 으뜸이며, 아래로 신하의 글은 누가 가장 나으뇨?"

양상서가 엎드려 대답하되,

"군신(君臣)이 글로써 서로 부르고 화답함은 요순(堯舜)에서부터 비롯하니 아직 이를 논의할 계제는 아니오며, 한고조(漢高祖)의 대풍가(大風歌)와 위태조(魏太祖)의 월명성희(月明星稀)는 제왕의 시사

(詩詞)의 으뜸이옵고, 서경(西京)의 이릉(李陵), 업도(鄴都)의 조자건(曹子健)과 남조(南朝)의 도연명(陶淵明), 사영운(謝靈運)의 네 사람이 가장 드러난 자들이옵나이다. 예로부터 문장이 성함이 우리 국조(國朝)만한 시대가 없사오며, 국조 중에서도 개원(開元)·천보(天寶) 연간같이 많은 재사가 속출한 때는 없사온데, 제왕의 문장으로서는 현종황제(玄宗皇帝)가 천고에 빛나시며 신하의 재주로서는 천하에 이태백을 당할 사람이 없나이다.”

“경의 뜻이 실로 짐의 생각과 맞는도다. 짐이 매양 이태백의 청평사(淸平詞)와 행락사(行樂詞)를 보매, 그와 한때에 있지 못했음을 한스럽게 여겼더니, 이제 경을 얻었으니 어찌 이태백을 부러워하리요? 짐이 옛법을 좇아 궁녀 십여 인으로 하여금 학문을 맡게 하니 곧 여중서(女中書)라. 글에 자못 재주가 있고 또 볼 만한 자 있는지라. 짐이 이태백의 취중 글 짓던 모양을 다시 보고자 하나니, 경은 궁녀들의 바라는 정성을 저버리지 말도록 하라.”

이에 궁녀를 시켜 어전에 유리 벼룻집과 백옥 필상(筆床)과 황옥 연적을 옮겨 놓으셨고, 모든 궁녀가 이미 글을 받으랍시는 어명을 들었으므로 각기 비단 수건과 비단 부채를 펴들고 상서 앞에 나오는지라. 상서가 취흥이 도도하고 글생각이 저절로 솟아나므로, 고운 붓을 들어 차례로 쓰매 풍운이 일고 번개같이 날려 해그림자가 옮기지 아니하여 앞에 그득한 부채 등속이 이미 다하였더라. 궁녀들이 차례로 꿇어앉아 상께 드린즉, 상께서 낱낱이 들추어 보시니 모두가 주옥 같은 글이라 칭찬하여 마지않으며 궁녀를 불러 이르시되,

“오늘 밤 한림이 수고하였으니 각별 좋은 술을 가져오라.”

하시니, 모든 궁녀가 더러는 황금 쟁반을 받들며 더러는 앵무 술잔을 잡아 맑은 술을 가득히 내오는데, 혹은 잠깐 꿇어앉았다 잠깐 서면서 다투어 절하고 다투어 권하므로 상서가 어전에서 좌우 두 손으로 잡아 차례로 마시니, 십여 배에 얼굴이 봄빛을 띠며 눈에 안개가 둘려 있기로, 상이 명하여 술을 물리고 이르시되,

“한림의 글 한 귀가 천금으로도 싸니 가위 무가지보(無價之寶)이거

늘, 너희는 무엇으로써 예폐(禮幣)를 주려 하느뇨?"

궁녀들 중에는 혹은 금비녀를 빼거나 혹은 옥패도 떼어 어지러이 던지니, 금이 소리하고 옥이 떨치더라.

상께서 내관에게 명하시어, 상서가 쓰던 지필연묵(紙筆硯墨) 등속과 궁녀들의 예폐를 거두어 가지고 한림을 따라가 그 집에 전하라 하시니, 상서는 사은하고 일어나다가 다시 자리에 쓰러지는지라, 내관이 부축하여 남문에 이르니 추종(騶從)들이 옹위하여 말에 올리니라.

양상서가 돌아와 화원에 이르니 춘운이 붙들어 올려 조복을 벗기고 묻기를,

"상공이 뉘집에서 이토록 취하셨나이까?"

상서의 취기가 심하여 머리만 끄덕이는데, 이윽고 하인이 어사(御賜)하신 필연(筆硯)과 비녀, 팔찌, 가락지 등등의 패물을 받들어 마루에 쌓아 놓으니, 상서가 희롱하여 이르기를,

"이 물건이 다 천자께서 춘랑에게 상급하신 것이니, 내 소득이 동방삭(東方朔)과 어떠할꼬?"

춘운이 다시 물으려 하나, 상서가 이미 정신없이 쓰러져서 코고는 소리가 마치 우레와도 같더라.

진채봉(秦彩鳳)이 다시 양랑(楊郎)을 알아보고 탄식하다

이튿날 상서가 늦게 일어나 세수하는데, 문 지키는 자가 급히 아뢰되,

"월왕(越王)께서 오시었나이다."

상서가 놀라 말하기를,

"월왕이 왕가(枉駕)하시니 필연 일이 있도다."

급히 나아가 맞아 상좌에 들이고 공손히 하례하니, 나이는 대략 이십 세요, 풍채가 청수하여 한 점의 속태(俗態)도 없더라.

상서가 꿇어앉아 묻되,

"대왕이 누추한 곳에 오시니, 무슨 가르치심이 있나이까?"

왕이 대답하기를,

"과인이 그윽히 경의 성화를 사모하나 출입 길이 달라 한 번도 맑은 말을 듣지 못하다가 이제 황상(皇上)의 명을 받들고 와서 칙교(勅教)를 전하노라. 난양공주 꽃다운 연기(年紀)를 당하여 바야흐로 부마를 간택하시더니, 황상이 상서의 재주와 덕을 매우 사랑하사 이미 간택을 정하시고, 과인으로 하여금 먼저 이 일을 통기(通寄)하라 하시니, 장차 조칙(詔勅)을 내리시리라."

이 말에 상서가 놀라며 엎드려 아뢰기를,

"천은(天恩)이 소신에게 내리시니, 복이 과하면 재앙이 생긴다 함은 이미 말할 나위 없는 바이오며, 신은 이미 정사도의 여아와 정혼하여 납채한 지 벌써 해를 거듭했사오니, 엎드려 바라거니와 대왕은 이 뜻으로써 횡싱게 아뢰어 주옵소서."

왕이 대답하기를,

"과인이 돌아가 그대로 품달(稟達)하려니와 아깝도다! 황상께서 미덥게 여기시던 뜻이 허사로 돌아갔노라."

양상서가 다시 여쭈기를,

"이는 인륜대사이오니 가히 경홀히 못할 일이오며, 신도 마땅히 궐문 밖에 엎드려 죄를 청하겠나이다."

왕이 곧 작별하고 돌아가기에 상서는 들어가 정사도를 보고, 월왕의 말한 바를 아뢴즉, 춘운이 이미 부인에게 고하였기에 온 집안이 어찌할 바를 모르며 사도는 근심 구름이 눈썹 위에 가득하여 능히 말도 못하거늘, 상서가 말하되,

"장인은 염려치 마옵소서. 천자께서 성총(聖聰)이 밝으사 법과 예(禮)를 중히 여기시니 필경에는 신하의 윤기(倫紀)를 어지럽게 아니하실 것이오니, 소서 비록 불민하오나 맹세코 송홍(宋弘)의 죄인은 되지 아니하오리다."

하더라.

지난번에 태후가 봉래전에 친림하시어 주렴 사이로 양소유를 보시고 마음에 미덥게 여겨 황상께 이르시기를,

"상서는 실로 난양의 배필될 자라, 무슨 별 이론이 없는 줄로 아뢰오."

이에 열왕을 보내시고, 천자도 바야흐로 불러 친히 이르고자 하시는데, 이때 상이 별전에 계시다가 어제 양소유의 글을 다시 보시려고 내관으로 하여금 여중서(女中書) 등이 받아 가진 글을 거둬들이게 하나, 모든 궁녀들이 다 깊이 감추었으되 오직 한 궁녀가 글 쓴 부채를 가지고 홀로 처소에 돌아가 품 속에 넣어두고, 밤새도록 슬피 울며 침식을 전폐하였는데, 이 궁녀는 곧 진채봉이니 화주 땅 진어사(秦御史)의 딸이니라. 진어사가 비명으로 참사를 당하고 채봉은 잡혀 서울로 올라와 대궐 나인으로 박히니, 궁녀들이 모두 진녀의 아리따움을 일컬어 주거늘, 상이 부르시고 *첩여(婕妤)를 봉하고자 하신데, 황후께서 꺼리시어 상께 간하되,

"진녀는 가히 총애하실 만하오나, 폐하께서 그 아비를 죽이시고 그 딸을 가까이 하심은, 옛날에 밝은 인군이 색을 멀리하고 형벌을 세우던 바에 어긋날까 염려되나이다."

상이 그 말을 옳게 여겨 받아들이시고는, 이에 채봉을 불러 물으시되,

"네 글을 아느냐?"

채봉이 대답하여 아뢰되,

"약간 글자를 알고 있나이다."

상이 이에 명하여 여중서를 삼아 글을 맡게 하여, 황태후 궁으로 나아가 난양공주를 모시고 글도 읽고 글씨도 익히게 하시니, 공주가 진녀를 지극히 사랑하여 잠시도 서로 떨어지지 아니하더라. 이날 태후를 모시고 봉래전에 나아가 황상의 명을 받자와 여중서들과 더불어 양상서의 글을 받을새, 상서는 곧 자나깨나 잊지 못하던 옛날의 양생이라, 지척에 있으니 어찌 알지 못하리요? 채봉은 상서를 한 번 보매 마음이 타는 듯, 살이 녹는 듯, 설움을 감추고 쓰라림을 숨겨 다른 사람이 혹시 수상히 여길까 두려워하며, 옛정이 통치 못함을 서러워하

---

*첩여(婕妤)——여성의 관직명.

고 옛 인연을 잇기 어렵게 되었음을 못내 탄식하며 안타까워하더니,
조용한 틈을 타서 부채를 들고 읊으며 차마 놓지 못하니, 그 글에 씌
었으되,

　　　紈扇團團似明月　佳人玉手爭皎潔
　　　五絃琴裏薰風多　出入懷中無時歇
　　　깁부채가 둥글둥글 밝은 달 같아서
　　　가인의 옥수로 밝고 맑음을 다투더라
　　　오현금 속에 훈풍이 많으니
　　　품 속으로 드나들며 쉴 새가 없더라

　　　紈扇團團月一團　佳人玉手正相隨
　　　無路遮却如花面　春色人間摠不知
　　　깁부채가 둥글둥글 달 한 덩이니
　　　가인의 옥수가 정히 서로 따르더라
　　　길이 없어 꽃 같은 낯 가리어 물리치니
　　　봄빛이 인간세상을 도무지 알지 못하더라

진씨녀(秦氏女)가 글을 읊조리며 탄식하기를,
"양공은 내 마음을 알지 못하는도다. 비록 궁중에 있으나, 어찌 황
상을 모실 리 있으리요?"
또 둘째 글을 읊조리며 탄식하기를,
"내 얼굴을 자기가 보지 못하나 양랑은 필연 맘에 있지 아니하겠거
늘, 글뜻이 이 같으니 실로 지척이 천 리로다."
이어서 예전 집에서 양류사(楊柳詞)로 화답하던 일을 생각하매, 슬
픔을 억제치 못하여 눈물이 옷깃을 적시기에, 드디어 글을 지어 부채
에 잇대어 쓰고, 바야흐로 읊으면서 탄식하는데, 문득 들으니 내관이
상의 명으로 글쓴 부채를 찾는지라, 깜짝 놀라 벌벌 떨면서 이르기를,
"어찌할꼬? 이제 나는 죽었노라, 이제 나는 죽었노라."

어명으로 정사도 집에 양소유의 예폐(禮幣)를 물리라 하다

내관이 진씨에게 말하되,

"황상께서 부채에 쓴 양상서의 글을 다시 보시려 하오."

하거늘, 진씨 울면서 이르기를,

"기박한 사람이 우연히 글을 화답하여 그 아래 써서 스스로 죽을 죄를 범하였는지라 황상께서 보시면 필시 죽이라 명하실 터이니 법에 걸리어 죽는 것보다는 차라리 자결함이 시원할 듯하니 지금 내 손으로 자결하겠은즉 이몸이 죽은 다음의 *엄토(掩土)는 그대를 믿겠으니, 바라건대 그대는 이몸으로써 까마귀밥이 되지 않게 해주오."

내관이 이에 대답하기를,

"여중서는 어찌 이런 말씀을 하는고? 황상께서는 인자하시고 관후하시니 큰 죄는 아니 주실 것이요, 설혹 진노(震怒)하실지라도 내 마땅히 힘써 구할 터이니 여중서는 나를 따라오오."

진씨가 내관을 따라가니 문 밖에 세우고 홀로 들어가 모든 글을 상께 바치니, 상이 차례로 어람하시다가 진씨 부채에 이르되, 양상서의 글 아래에 또 다른 글이 있으므로 상이 의아히 여겨 내관에게 하문하시니, 내관이 아뢰되,

"진씨가 신에게 이르옵기를 황상이 다시 찾지 아니하시리라 여겨 외람히 글을 지어 그 아래에 썼으니, 필연 죽을 죄를 면치 못하겠다 하고, 이어 자결하려 하옵기에 신이 효유하여 데리고 왔나이다."

상께서 글을 읊어 보시니 거기 씌었으되,

> 紈扇團如秋月團　憶會樓上對羞顏
> 初知咫尺不相識　却悔敎君仔細看
> 깁부채 둥글기가 가을달 둥긂 같으니
> 일찍이 다락에서 부끄러운 얼굴 대함을 생각하겠네

*엄토(掩土)── 흙이나 덮어서 간신히 지내는 장사(葬事).

　　　　처음에 지척에서 서로 알지 못할 줄 알았던들
　　　　문득 그대로 하여금 자세히 봄을 뉘우치리로다

　상이 다 보시고 이르시되,
　"진씨 필연 사정이 있도다. 아지 못하겠노라, 어느 곳에서 어느 사
　람과 서로 만났기로 글뜻이 이 같으뇨? 그 재주 가히 아깝고, 또한
　가히 권장할지로다."
하시고, 내관에게 명하여 부르시니 진씨 뜰에 엎드려 죄를 청하거늘,
상이 이르시되,
　"사실을 그대로 아뢰었으니 네 죄를 사하리라. 네 어느 사람으로 더
　불어 사사로운 정이 있었느뇨?"
　진씨 머리를 조아리고 여쭈되,
　"신첩이 어찌 감히 은휘(隱諱)하겠나이까? 신첩의 집이 패망하기
　전에, 양소유가 과거 보러 가는 길에 마침 눈앞을 홀로 지나다가,
　우연히 서로 보고 양류사(楊柳詞)를 화답하였으며 신첩이 유모를
　보내어 정혼 언약을 맺었삽는데, 일전 봉래전에 입시하였을 적에
　신첩은 구면임을 능히 알되 양소유는 알지 못하옵는 고로, 옛일을
　슬피 느껴 난잡히 글자를 그렸삽는데 황상께서 보셨으니, 죄 마땅
　히 죽어도 아깝지 않나이다."
　상이 그 뜻을 불쌍히 여기어 이르시되,
　"그러면 양류사로 정혼하던 일을 능히 기억하겠느뇨?"
　진씨가 즉시 양류사를 써 올리니 상이 윤허(允許)하시되,
　"네 죄 중하나 네 재주가 가히 아깝고, 또 난양공주가 심히 너를 사
　랑하는 고로 특히 용서하노니, 네 정성을 다하여 공주를 섬기고 네
　본심을 저버리지 말지어다."
　즉시 부채를 내리시니, 진씨는 황공하여 사은하고 물러가니라.
　월왕이 정사도 집에서 돌아와 양소유가 이미 납채한 사실을 황태후
께 아뢴즉, 태후가 낯을 찌푸리며 이르시기를,
　"양소유가 벼슬이 상서에 이르렀으니 마땅히 조정사체(事體)를 알

지어늘 그 고집이 어찌 이 같을꼬?"

상이 대답하시되,

"납채(納采)는 성례함과는 다르니 친히 효유하오면 아니 듣지는 못하리이다."

하시고, 이튿날 양소유를 불러들여 이르시기를,

"짐에게 한 누이가 있으니, 자태가 비범하여 경이 아니면 배필될 자가 없기로, 짐이 월왕으로 하여금 뜻을 일렀거늘 경이 납채함을 칭탁하더라 하니 경은 생각지 않음이 심하도다. 옛적 인군들이 부마를 간택할새, 혹은 정처(正妻)를 내쫓는 고로 왕헌지(王獻之)는 종신토록 뉘우치고, 오직 송홍(宋弘)은 임금의 명을 받지 아니하였으되, 짐의 뜻인즉 그렇지 아니하니 어찌 예의에 어긋남이 남보다 더 하리요? 이제 경이 정씨와의 혼인을 물릴지라도 정녀(鄭女)는 갈 곳이 있고, 경은 또한 성례한 일이 없거늘 무슨 윤기(倫紀)를 해침이 있으리요?"

상서는 머리를 조아리고 아뢰되,

"성상께옵서 죄를 주지 않으실 뿐 아니라, 도리어 순순히 효유하사 부자지간같이 하시오니 감축하와 다시 아뢰올 말씀이 없나이다. 그러하오나 신의 정상은 타인과 다르오니, 신이 하방서생(遐方書生)으로서 서울에 오던 날 의탁할 곳이 없삽더니, 정사도의 후대로 그 여자에게 이미 납폐할 뿐이 아니오라 사도와 옹서지분(翁婿之分)을 정하였삽고 또 이미 남녀가 서로 낯을 보아 완연히 부처의 의가 있사오나, 아직 성례치 못하옴은 국가가 다사하와 모친을 모셔올 겨를이 없사옵더니, 이제 다행히 변방이 귀화하고, 변경에 또한 근심이 없사오니 바야흐로 여가를 얻어 시골집에 돌아가 노모를 모셔온 후 택일하여 성례코자 하옵는데, 뜻밖에 황상께서 명을 소신에게 내리시니 황공무지하와 어찌할 바를 모르겠나이다. 신이 만일 죄를 두려워하여 명을 순수(順受)하온즉, 정녀는 죽기로써 다른 데로 가지 아니하오리니 이 어찌 한 지어미[婦]의 길을 잃으면 *왕화(王化)

---

*왕화(王化)──임금의 덕화(德化).

에 흠이 되지 아니하오리이까?"

상이 이르시되,

"경의 정리는 비록 민망하나, 경은 국가의 *주석지신(柱石之臣)이요 *동량지재(棟樑之材)라. 짐의 뜻에 가합할 뿐만 아니라, 황태후께서 이미 경의 용모와 덕기(德器)를 사모하사 친히 혼례를 주장하시니 굳이 사양치 못하리라. 그러나 혼인은 인류대사라 가히 경홀히 못할진대 잠시 짐은 경과 더불어 바둑을 두어 소일하겠노라."

하고, 내관에게 명하여 바둑판을 들이게 하고, 군신 사이에 서로 승부를 겨루시다가 날이 저물어서야 물리시므로 양상서가 돌아가니, 정사도가 만면에 비창한 빛을 띠고, 눈물을 씻으며 이르기를,

"오늘 황태후께서 조칙을 내리사 양랑의 예폐(禮幣)를 물리라 하시는 고로, 내 이미 춘운에게 내오게 하여 화원 별당에 두었거니와, 여아의 신세를 생각하건대 우리 내외의 심회가 어떠하겠는고? 나는 겨우 부지하나 노처는 과념한 탓으로 방금 혼몽하여 인사불성이로다."

하기에, 상서가 대경실색하며 한동안 생각에 잠기더니 아뢰기를,

"이 일의 불가함을 들어 소서(小婿)가 상소하여 다투오면 조정이 또한 공론이 없지 않겠나이까?"

사도가 손을 두드리며 만류하되,

"양랑이 황명을 거역함이 여러 번이라. 이제 상소하면 어찌 황송치 아니할꼬? 반드시 중한 죄책이 있을 터이니 준수함만 같지 못하고, 한편 내 집 화원에서 일후에도 거처하는 것은 체면에 대단히 불안하니 창졸간에 서로 헤어짐은 심히 서운하나 다른 곳으로 옮겨가는 것이 합당하리로다."

상서는 이에 대답지 아니하고 화원에 들어가니, 춘운이 느껴 울다가 예폐를 받들어 드리면서 말하기를,

"천첩이 소저의 명을 받아 상공을 모신 지 오래온데, 각별히 은애

(恩愛)를 입사와 항상 감격하옵더니 귀신이 시기하고 사람이 투기하여 대사가 그릇되니, 소저의 혼사는 여망(餘望)이 없사온즉 천첩도 또한 상공께 영이별하고 돌아가 소저를 모시겠나이다. 오호라! 천지신명이시여, 너무도 가혹하시나이다."

느끼어 우는 소리는 차마 들을 수 없기에, 상서가 일러 두기를,

"바야흐로 상소극간(上疏極諫)하려 하며, 또 여자가 한번 몸을 남에게 허락하였은즉 지아비(夫)를 따르는 것이 예법에 맞거늘, 춘랑이 어찌하여 나를 배반하려 하는고?"

춘랑이 의연히 이에 대답하되,

"천첩이 비록 불민하오나 삼종(三從)의 도리를 아옵고, 또한 사정이 남과 다른 것은 첩이 어릴 적부터 소저와 더불어 자라나며 귀천(貴賤)의 분을 끊고 사생(死生)을 같이 하기로 맹세하였삽기로, 길흉과 영욕(榮辱)을 다름이 없게 하여야 되겠기에 이몸은 소저께 마치 그림자가 몸을 따르듯하는 고로, 몸이 이미 갔은즉 어찌 그림자만 홀로 남아 있사오리까?"

상서가 다시 타이르기를,

"네 주인을 위하는 정성은 극진하다 하겠으나, 너는 소저와는 다르니라. 소저는 동서남북에 뜻대로 가려니와, 너는 소저의 뜻을 좇아 타인을 섬기는 것이 여자의 예절에 아무런 방해가 없으리라."

춘운이 다시 대답하되,

"상공의 말씀은 소저와 첩의 마음을 알지 못하신다 하겠나이다. 소저는 결심하시기를, 길이 부모님 슬하에 계시다가, 두 분 백년 해로하신 후에, 소저는 절간으로 들어가서 머리를 깎고 중이 되어, 부처님께 발원하여 후생(後生)에는 절대로 여자의 몸이 되지 않기를 굳게 맹세하였고 천첩도 처신을 그와 같이 할 따름이오니, 상공이 만일 춘운을 다시 보려 하시오면 상공의 예폐가 다시금 소저의 방안으로 들어간 다음이라야 논의할 터이요, 그렇지 않으오면 오늘이 곧 생리사별(生離死別)이오니 다만 바라옵건대 후세에 상공의 집 개와 말이 되어서 주인을 위하는 정성을 본받으려 하오니 부디 옥

체를 보중하옵소서."
하고는, 돌아앉아서 느껴 울기를 반나절이나 하다가, 몸을 일으켜 뜰
에 내려가 재배하고는 내당으로 들어가더라.

양소유(楊少游)의 혼인에 대한 상소(上疏)

양상서가 화원에서 춘운을 보낸 후에는 오장이 타는 듯하여 무슨
일에나 마음이 내키지 않아서, 푸른 하늘을 우러러 길이 한숨 쉬며 손
을 어루만지며 자주 탄식하기를,
"내 마땅히 상소극간(上疏極諫)하리라."
하고 이에 붓을 드니, 언사가 심히 격절하더라. 그 상소문에 씌었으
뇌,
'예부상서 신 양소유는 돈수(頓首) 백배하옵고, 황상폐하께 말씀을
올리나이다. 엎드려 아뢰건대, 윤기(倫紀)는 왕정(王政)의 근본이
요, 혼인은 인륜(人倫)의 시초이니, 그 근본을 한번 잃은즉 덕화(德
化)는 크게 무너져 그 나라가 어지럽고, 그 비롯함을 삼가지 아니한
즉 그 끝도 이루지 못하고 그 집이 망하나니 가문과 국가의 흥망과
성쇠(盛衰)에도 관련됨이 어찌 현저치 아니하리이까? 성인군자와
인군명주(仁君名主)는 미상불 이에 유의하여 그 나라를 다스리고자
하매 반드시 그 기강을 바로잡고 그 집을 바로잡고자 함에는 혼인
을 바르게 함으로써 으뜸을 삼는지라, 신이 이에 예폐를 정녀에게
보내고 또 거처를 정가(鄭家)에 의탁하였사온즉 신이 이미 정한 것
이거늘, 뜻밖에 이제 부마(駙馬)로 간택하시는 은명을 합당치 못한
천신에게 내리시니, 황송무지하와 성상의 하교와 조정의 처분이 과
연 예의에 맞아드는 줄을 알지 못하겠나이다. 신이 설령 정혼치 아
니하였을지라도 문벌이 미천하고 재주가 짧고 학식이 옅은 몸이온
즉 부마간택이 합당치 못하옵거든, 하물며 정녀와 짝이 되고 정사
도와 더불어 장인과 사위가 되기를 정하였거늘 아직도 육례(六禮)
를 끝내지 못하였다 하여 이를 거론치는 못할 것이옵니다.

이러하온데 어찌 귀한 몸이신 공주로 하여금 필부(匹夫)나 다름 없는 천신에게 하가케 하시려 하시나이까? 어찌 예법에 합불합을 묻지 아니하시고, 구차한 기롱(譏弄)을 무릅써 예 아닌 예를 행코자 하시나이까? 이에 밀지(密旨)를 내리사 이미 행한 예를 파기케 하시니 신은 예부(禮部)의 책임을 맡고 있으므로 그윽히 위하여 취하지 않나이다. 신은 두려워하건대 왕정이 신으로 말미암아 어지럽고, 인륜이 신으로 말미암아 무너져서 성상의 덕을 손상하옵고, 아래로 가도(家道)를 무너뜨려 마침내 큰 화를 면치 못할까 우려하오니, 엎드려 바라건대 성상은 예의 근본을 중히 하옵시고 풍화(風化)의 비롯함을 바르게 하사 빨리 조명을 거두시어 그로 하여금 천분(賤分)을 평안케 하소서.'

상이 다 읽으시고 태후께 아뢰시니, 태후는 대로하여 양소유를 옥에 가두라 하시기에 조정 대신들이 일시에 힘써 간하니, 상이 이르시기를,

"짐도 그 벌이 과한 줄 아나, 태후께서 방금 진노하시니 짐도 감히 사하기 어렵도다."

하고 하옥하라 명하시니, 이에 이르러 양소유는 옥에 갇히고 정사도는 또한 송구한 마음에서 스스로 문을 닫고 객을 물리치더라.

양상서가 군중(軍中)에서 상소하여 원수(元帥)가 되다

이 무렵에 토번(吐蕃)이 강성하여 십만 대군을 거느려 변방 고을을 잇따라 함락시키고 그 선봉이 위교(渭橋)에 이르니 황성이 소란해지기에, 상이 만조백관을 모으고 논의하시니 모든 신하들이 상주하기를,

"황성에 있는 군사는 불과 수만에 지나지 못하고 외방 구원병은 미처 오지 못하니, 상께서는 잠시 황성을 떠나 관동에 나아가 순행하시고 각도(各道)의 군사를 불러 그로써 회복하심이 옳을 줄로 아뢰오."

상이 머뭇거리며 결단을 내리지 못하다가 이르시되,

"제신 중에 오직 양소유가 지모(智謀), 방략(方略)이 많고 결단을
잘하기로 짐이 그를 그릇〔器〕이라 여겼으며 전일 삼진(三鎭)의 항복
받은 것이 다 양소유의 공이로다."

하고, 양소유를 불러 올려 계교를 물으시니 양소유가 아뢰기를,

"황성은 종묘를 모셨고 궁궐이 있는 곳이거늘 이제 만일 떠나시오
면 천하의 인심이 따라서 요동할 것이요, 또 강한 도적이 웅거하면
졸연히 회복하기란 어려운 줄로 아뢰오. 전자에 대종(代宗) 때에,
토번이 *회흘(回紇)과 더불어 힘을 합하여 백만 대군을 몰고 서울을
범할새, 그때 군자의 힘이 지금보다도 약하되 분양왕(汾陽王)에 봉
한 *곽자의가 필마(匹馬)로써 물리쳤사오니 신의 재주와 방략이 비
록 곽사의(郭子儀)의 만분지 일도 미치지 못하오나 바라건대 수천
명 군사를 얻으면 이 도적을 토평하여서 신의 재생지은(再生之恩)을
갚을까 하나이다."

상이 크게 기뻐하여 즉일로 곧 대장군을 삼으시고 경영문(京營門)의
군사 삼만 명을 거느리고 토번을 치라 하시니, 상서는 하직하고 물러
나와 군사를 지휘하여 위교에 진을 치고, 도적의 선봉을 쳐서 토번의
좌현왕(左賢王)을 사로잡으니 도적의 군세가 크게 꺾여 도망치기에 상
서가 쫓아가 세 번 싸워 이기고 군사 삼만을 베어 죽이며 말 팔천 필
을 얻어서 승전한 첩서(捷書)를 올리니, 상이 크게 기꺼워하여 군사를
돌이키라 하시고, 모든 장수의 공을 논의하여 차례로 상을 내리시기
에 상서가 군진에 있으며 상소하였으되,

'신이 듣사온즉, 왕자(王者)의 군사는 만전(萬全)함이 귀하니 앉아
서 기회를 잃으면 공을 가히 이루지 못할지라 하고, 또 듣사오니 항
상 이기는 군사는 대적(大敵)으로 더불어 염려하기 어렵고, 주리고
약한 때를 타서 치지 아니하면 도적을 가히 피하지 못할지라 하오
니, 이 도적의 형세 강하지 못하다 할 수 없삽고, 그 계략이 이롭지

---

*회흘(回紇)──터키 계의 고대 국가.
*곽자의(郭子儀)──중국 당대의 명장. 분양왕으로 봉군(封君)됨.

112

않다 할 수 없겠사오니 이는 소인의 적은 공을 세운 바이요, 도적의
형세 날로 줄고 군사 날로 약한 바이라, 병법에 일렀으되 용전분투
하되 이기지 못하는 자는 양식이 뒤따르지 못하고 지형이 편치 못
함에 말미암음이라 하니, 이제 도적의 형세 이미 꺾이고 도망하였
으니 도적의 피폐함이 극심하고, 이제 연도(沿道)의 각 읍이 다 군
량과 마초(馬草)를 산같이 쌓아 우리는 주리는 근심이 없삽고, 평원
광야에 지형을 얻었은즉 저들의 복병(伏兵)이 없으니, 만약에 날랜
군사로 하여금 그 뒤를 쫓으면 거의 온전한 공을 이루겠삽거늘, 이
제 적은 승리를 다행으로 여겨 만전지책을 버리고 지레짐작으로 회
군하여 토평(討平)을 아니하시니, 이는 그 바른 계교인 줄을 알지
못하나이다.

엎드려 바라건대 폐하는 조정의 공론을 널리 캐어보시고 결단을
내리시어, 신으로 하여금 군사를 몰아 멀리 엄습하여 굴혈(窟穴)을
소탕케 하옵시면, 신은 맹세코 도적들이 돌아가지 못하고, 한번의
저항도 못하게 하여서 성상의 진념을 덜겠나이다. '

상께서 그 상소의 참뜻을 장하게 여기시고 벼슬을 돋우어 어사대부
(御史大夫) 겸 병부상서(兵部尙書) 정서대원수(征西大元帥)를 삼으시
고, 상방참마검(尙方斬馬劍)과 동궁(彤弓)과 적전(赤箭)과 통천어대
(通天御帶)와 백모황월(白旄黃鉞)을 주시고 이에 조서를 내리시어 삭
방(朔方)과 하동(河東)과 농서(隴西) 등 각도 병마를 발하여 군사의 기
세를 돋우라 하시기에 양소유가 조서를 받자와 대궐을 바라보며 사은
하고, 이에 택일하여 *둑(纛)에 제사하고 떠나니, 그 병법은 육도(六
韜)의 신기한 꾀요 그 진세는 팔괘(八卦)의 변하는 법이라, 행오(行伍)
를 정제하고 호령이 엄숙하니 병의 물 쏟듯 대나무를 깨치듯 공을 이
루어 수월 사이에 잃었던 오십여 고을을 회복하더라. 대군을 몰아 적
설산(積雪山) 아래에 이르니 홀연 회오리바람이 말 앞에 이르고 까마
귀 울며 진중을 뚫고 지나기에 상서가 점을 쳐보니, 적병이 필연 우리
진을 기습하겠으나 나중에 길할 징조라, 산밑에다 진을 치고 녹각(鹿

*둑(纛)──군의 기[軍旗].

角)과 *질려(疾藜)를 사면에 벌여 펴며 가지런히 설비하고 기다리더라.

원수가 군중에서 심요연(沈裊烟)을 만나다

원수가 장막 가운데 앉아 촛불을 밝히고 병서(兵書)를 보는데 순라
군이 이미 삼경을 알리거늘, 홀연 음산한 바람이 일어나 촛불을 끄고,
한 여인이 공중으로부터 내려와 몸을 숨기듯 장막 가운데 섰는데 손
에 서릿발 같은 비수를 들었는지라, 원수는 자객인 줄 알되 낯빛을 변
치 아니하고, 위의를 더욱 늠름히 하면서 서서히 묻되,
"네 어떠한 여자이기로, 밤에 군중에 들어오니 무슨 연고가 있느
뇨?"
의인이 내답하뇌,
"첩이 토번국 찬보(賛普)의 명을 받아, 원수의 머리를 얻고자 하여
왔나이다."
양원수가 웃으며 말하기를,
"대장부가 어찌 죽기를 두려워하리요? 속히 하수하라."
여인이 칼을 던지고 머리를 조아리며 대답하기를,
"귀인(貴人)은 염려 마옵소서. 첩이 어찌 감히 경거망동할 수 있겠
나이까?"
원수가 잡아 일으키면서 이르되,
"그대가 이미 비수를 끼고 군중에 들어왔거늘 도리어 나를 해치지
않음은 어찌함이뇨?"
여인이 대답하기를,
"첩은 전후내력을 말씀드리고자 하오나, 이렇듯이 서서 하는 말로
는 이루 다 할 수 없나이다."
원수가 자리를 주어 앉기를 권하며 묻되,
"낭자가 위험을 무릅쓰고 나를 찾아와 만나니 장차 무슨 가르침이

---

*질려(疾藜)── 군기(軍器)의 하나로서 도로장애물(道路障碍物).
*찬보(賛普)── 토번의 군장(君長).

있겠는고?"

여인이 대답하기를,

"첩이 비록 자객이란 이름은 가졌사오나 사람을 해칠 마음은 없으므로, 속마음을 떳떳이 귀인께 토설하겠나이다."

여인은 일어나 다시 촛불을 켜고 원수 앞에 나아와 앉기에 원수가 다시 보니, 구름 같은 머리에 금비녀를 높이 꽂고 몸에는 소매가 좁은 갑옷을 두르고, 그 곁에 석죽화(石竹花)를 그렸으며, 봉미목화(鳳尾木靴)를 신고 허리에 용천검(龍泉劒)을 비껴 찼는데, 얼굴빛이 천연히 이슬에 젖은 해당화 같더라. 앵두 같은 입술을 천천히 열어 꾀꼬리 울음 같은 목소리로 말하기를,

"첩은 본디 양주(揚州) 고을 사람이오라 여러 대에 걸쳐 당나라 백성이옵는데, 어려서 부모를 여의고 한 계집스승을 따라 제자가 되었더니, 그 스승이 검술에 신묘하여 제자 세 사람을 가르쳤는데, 삼인의 성명인즉 진해월 김채홍 심요연이며, 첩이 곧 심요연이옵니다. 검술을 배운 지 삼 년에 능히 변화하는 법을 터득하여 바람을 타고 번개를 따라 순식간에 천여 리를 달리며, 세 사람이 검술에 별로 우열이 없사온데, 스승이 원수를 갚으라 하거나 혹은 악한 사람을 없이하라 하면 반드시 채홍과 해월 두 제자만 내며, 첩은 한 번도 보내지 아니하기로, 첩이 분함을 이기지 못하여 스승께 묻자오되 '우리 세 사람이 함께 스승의 가르치심을 받았으나, 첩은 홀로 스승의 은혜를 갚지 못하였사오니, 모르기는 하오나 첩의 재주가 용렬(庸劣)하여 한 번도 부리지 아니하시나이까?' 하온즉, 스승이 이르기를 '너는 우리들과 다르니라. 후일에 마땅히 바른 도를 얻어 마침내 뜻을 펴게 되겠거늘, 너도 저 두 사람과 같이 인명을 살해하면 해로울 터이매, 이러므로 너를 부리지 아니하노라' 하기에 첩이 또 묻자오되 '만일 그러하오면 첩의 검술은 장차 어디에 쓰게 되오리까?' 한즉, 스승이 또 타이르기를 '네 전생(前生)의 연분이 당나라에 있고, 그는 큰 귀인인데, 너는 타국에 있는지라 만날 도리가 없으니, 내 너를 위하여 검술을 가르침은 너로 하여금 재주를 인연

으로 귀인을 만나게 함이니, 네 후일에 마땅히 백만군중에 들어가 검극(劍戟) 사이에서 좋은 인연을 이루리라'하고, 다시 금년 봄에 첩더러 이르기를 '천자가 대장군으로 하여금 토번을 치시매, 찬보 (贊普)가 방을 붙여 자객을 불러 당나라 장군을 해치려 할 터이니, 네 이 기회를 잃지 말고 산에서 내려가 토번국에 가서 모든 자객들과 더불어 검술을 겨루어 일변 당장의 급한 화를 면하고, 일변 전생의 좋은 연분을 맺으라'하기로, 토번국에 가서 몸소 성문에 붙인 방을 떼어가지고 들어간즉 찬보가 첩을 불러 먼저 온 여러 자객으로 더불어 재주를 견주게 하기에, 첩이 검술을 부려 으뜸이 되니, 찬보가 크게 기꺼워하여 첩을 보내면서 말하되 '네 당나라 장수의 머리를 베어온 후 내 너를 귀비로 삼겠노라'하더이다. 이제 상군을 만나뵈오니 과연 스승의 말씀과 같은지라, 바라옵건대 첩은 시비의 반열에 참여하여 좌우에 모시려 하오나 장군께옵서는 과연 허락하시겠나이까?"

원수가 크게 기뻐하며 말하기를,

"낭자가 이미 죽게 된 목숨을 구하고 또 몸으로써 섬기고자 하니, 이 은혜를 어찌 다 갚으리요? 백년해로하는 것이 실로 내 뜻이라."

하고 이어서 동침하니, 창검의 빛으로 화촉을 대신하고, 칼소리로 거문고를 대신하니, 바로 군막 속일지언정 호탕한 정이 산과 같고 또한 바다와 같더라.

이로부터 원수는 심요연에게 빠져들어 장졸을 보지 아니함이 연사흘이 되니, 심요연이 말하되,

"군중은 부녀자가 거처할 곳이 아닐 뿐더러, 군병의 사기가 발양치 못할까 두렵나이다."

하고 이어서 돌아갈새 원수가 이르기를,

"낭자는 범상한 여자에 견줄 바 아니기로, 나에게 기모(奇謀)와 비계(祕計)를 가르쳐 도적에게 써보기를 바라오."

심랑어 이에 대답하기를,

"첩의 이 일은 스승의 명으로 말미암아 나왔사오나, 스승께 길이 하직은 아니하온지라 돌아가 스승을 모시고 있다가, 장군께서 군사로 돌이킴을 기다려 서서히 황성으로 나아가 뵈옵겠나이다. 또 토번의 자객이 많으나 첩의 적수가 없으니 첩이 귀순한 줄 알면 생심을 돋울 자 없을 터이오니 아무 염려 마시옵소서."

하더니, 손으로 허리를 만져 구슬 한 개를 꺼내어 주면서 이르기를,

"구슬의 이름은 묘아완(妙雅琬)이니 찬보의 머리에 꽂았던 것이오니 장군은 사자를 보내어, 이 구슬로 하여금 첩이 다시 돌아갈 뜻이 없는 줄 알게 하소서. 길에 *반사곡(蟠蛇谷)이 있으며, 장군께서 반드시 그 길로 지날 것이옵고, 또 먹을 물이 없사오니 장군께서는 안심하시고 우물을 파서 군사를 먹이심이 좋을까 하나이다."

하고 이어서 구슬을 던지기에, 원수가 또 계교를 묻고자 했더니, 심랑이 한번 뛰어 공중으로 오르매 그 거처를 알 수 없더라. 원수가 모든 장졸들을 모아 놓고 심랑의 일을 말하니 제장 군졸이 대원수의 행복과 위엄이 도적으로 하여금 두렵게 함이니, 필연 신이 와서 도운 것이라 하더라.

백룡담(白龍潭)에서 백능파(白凌波)를 만나다

양원수는 즉시 사람을 적진으로 보내어 묘아완(妙雅琬) 구슬을 찬보에게 보내고, 드디어 행군하여 태산(太山) 밑에 이르니, 산골길이 매우 좁아 겨우 말 한 필이 지나갈 형편이기에, 석벽을 붙잡고 시냇가를 따라서 나아가 수백 리를 지나매 비로소 너른 곳이 있어 유진(留陣)하고 군사를 쉬게 하니라. 군사들이 피곤하고 목이 타서 물을 찾으나 얻지 못하다가 산 밑에 큰 연못이 있는 것을 보고 다투어 마시더니, 모두들 온몸이 푸른빛을 띠고 벙어리가 되어 숨소리가 멀어지며 죽으려 하더라. 원수가 괴이쩍게 여겨 몸소 가보니 물빛이 심히 푸르고 깊이를 측량치 못하겠고 냉기가 가을서리 같은지라, 비로소 깨달으며 이

---

*반사곡(蟠蛇谷)── 긴 뱀같이 생긴 골짜기.

르기를,

"필연 심요연이 말하던 반사곡(蟠蛇谷)이로다."

하고, 병에 걸리지 않은 남은 군사들을 재촉하여 우물을 파게 하나, 모든 군사가 수백여 곳에 십여 길씩이나 파보되 물이 솟는 곳이 하나도 없기에, 원수가 매우 민망히 여겨 진을 다른 곳으로 옮겨 치라 하는데, 홀연 산 뒤로부터 북 소리가 나며 진동하는 듯이 산과 골짜기에 울리니, 이는 적병이 험한 곳에 몰려 있다가 원수의 군사가 돌아갈 길을 끊으려 함이니라.

군사들은 목마른데 앞뒤 길이 막힌지라 바로 곤경에 빠져들었기에, 원수는 장차 도적을 물리칠 계교를 생각하며 장막 안에 앉아 몸이 피곤하여 졸고 있는데, 홀연 기이한 향내가 장막에 가득 차며 계집아이 둘이 원수 앞으로 나아와 서는데, 그 용모가 신선 같기도 하고 귀신 같기도 하더라. 계집아이들이 원수에게 아뢰되,

"우리 낭자의 말씀으로 귀인께 아뢰고자 하오니, 바라옵거니와 귀인은 누추한 곳에 한번 들르시기를 아끼지 마옵소서."

원수가 묻되,

"낭자는 어떠한 사람이며 어느 곳에 있느냐?"

계집아이가 대답하되,

"우리 낭자는 곧 동정용왕(洞庭龍王)의 작은 따님이온데, 요즘 잠시 궁중을 떠나 이곳에 와 머무르시나이다."

원수가 다시 말하기를,

"용왕이 사는 곳은 수부(水府)요, 나는 인간계의 사람이니, 장차 무슨 술법으로 내 몸을 가게 하겠는고?"

계집아이가 대답하되,

"신마(神馬)를 이미 문 밖에 매어 놓았사오니, 귀인이 타시면 자연 이르게 되시오리다."

원수가 계집아이들을 따라 진문 밖에 나아가니 추종(騶從)들의 옷차림이 다 이상한데, 원수를 거들어 말에 올리니 말걸음이 흐르는 것 같고 말굽에서 먼지가 일어나지 아니하더니, 이윽고 수부에 다다르매

호화롭게 꾸민 궁궐이 화려하여 임금 계신 곳 같고, 문 지키는 군사가 모두 물고기 머리에 새우 수염이더라. 계집아이 수 명이 안으로부터 나와 문을 열고 원수를 인도하여 당상에 오르니, 전각 가운데 백옥의 교의(交椅)를 남향으로 놓았는데, 시녀가 원수에게 청하여 그 위에 앉게 하고 비단자리를 깔아놓고서 곧 내전으로 들어가더니, 얼마 아니 되어 시녀 십여 인이 낭자 한 사람을 인도하여 왼편 월랑(月廊)으로부터 전각 앞에 이르니, 자태가 아름답고 의복이 산뜻함은 가히 형언할 수 없겠더라. 시녀 하나가 앞으로 나아와 청하되,

"동정용왕의 여자, 원수께 뵈옵고자 하나이다."

원수가 놀라며 피하고자 하나 시녀가 만류하여 자리에서 내려오지 못하게 하고, 그 용녀가 앞을 향하여 네 번 절하는데 패옥(佩玉) 소리는 맑고, 꽃다운 향기가 코를 찌르는지라, 원수도 답례하고 전상에 오르기를 청하니, 용녀는 사양하며 작은 돗자리를 펴고 앉기에 원수가 말하기를,

"소유(少游)는 인간계의 천한 몸이요, 낭자는 수부의 용녀이시거늘 어찌 예모(禮貌)가 이토록 지나치게 공손하시나이까?"

용녀가 대답하기를,

"첩은 동정 용왕의 끝엣딸 백능파(白凌波)이온데, 갓났을 적에 부왕이 옥황 상제께 뵈올새 장진인(張眞人)이 첩의 사주의 점괘를 뽑아 보고 이르기를, '이 낭자는 전신이 곧 선녀로서 죄를 범하고 귀양을 와서 왕의 딸이 되었으나, 필경에는 다시 사람의 모습을 얻어 인간세상에서 귀인의 첩이 되어 부귀와 영화를 누리고 마침내 부처님께로 돌아가서 큰 중이 되리라' 하였으니, 우리 용의 무리는 수족(水族)의 조종(祖宗)으로서, 사람 모습으로 변화하는 것을 큰 영광으로 알고 신선과 부처님에 이르러서는 더욱 앙망하는 바이라. 첩의 맏형은 처음에 경수용궁(涇水龍宮)의 며느리가 되었더니 내외가 화합지 못하여 두 집 사이가 틀리고, *유진군(柳眞君)에게 개가하매 친척들이 높이고 온 집안 사람이 공경하나, 첩인즉 바른 인연을 찾

*유진군(柳眞君)——유의(柳毅).

아서 일신의 영귀(榮貴)함이 필시 맏형보다 나을 것이라, 진인의 말씀을 들으신 후로 첩을 각별 사랑하시고, 궁중의 대소 시녀들도 하늘 위의 신선같이 대접하였나이다. 차츰 자라나매 남해 용왕의 아들 오현(五賢)이 첩에게 다소 자색이 있다는 말을 듣고 부왕께 통혼하오니, 우리 동정(洞庭)은 남해용왕의 아랫관원인 고로 부친은 감히 앉아서 거절치 못하고, 몸소 남해로 가서 장진인의 사주 이야기를 아뢰어 즐겨 따르지 아니하오신즉, 남해용왕은 교만한 아들을 위하여 도리어 부친께 '허망한 말에 홀렸다' 하고 준절하게 책망하며 혼담이 급하기로, 첩이 스스로 헤아리되 '만일 부모 슬하에 있으면 필연 몸에 욕이 미치리라' 하고 슬하를 떠나 몸을 빼어 도망을 하고 가시덤불을 헤치어 집을 짓고, 홀로 변방에 숨어서 구차로이 세월을 보내오나, 남해의 핍박이 더욱 심하기에 부모께서 자못 말하기를 '딸아이는 사람 따르기를 원치 아니하고 멀리 도망하여 깊이 숨어 홀로 세월을 보내나이다' 하였더니, 남해용자가 첩의 외로운 신세를 업신여겨 몸소 군사를 이끌고 와서 첩을 핍박코자 하오매, 첩의 간절한 소원에 천지신명이 감동하사 깊은 못의 물이 갑자기 변하여 차기가 얼음 같고 어둡기가 지옥 같아서 타국의 군사는 능히 쉽게 들어오지 못하였나이다. 첩이 이에 힘을 입어 온전하고, 지금에 이르도록 위태로운 목숨을 보존하옵는데 오늘 당돌하게 귀인을 청하와 누추한 곳에 왕림하시게 함은 다만 첩의 정경을 아뢰고자 할 따름만이 아니옵나이다. 이제 천자의 군사가 구차하옴이 이미 오래고 우물에 물이 나지 아니하며 흙을 파고 땅을 뚫는 것이 또한 수고롭거늘, 물을 얻지 못하여 군사의 힘을 지탱하지 못하오리다. 이 물은 본디 청수담(淸水潭)이더니 첩이 와서 거처함으로부터는 물맛이 심히 흉악하여 마시는 자는 병이 나는 고로, 이름을 고쳐 백룡담(白龍潭)이라 부르나이다. 이제 귀인이 오시매 첩이 의지할 곳을 얻었사오니 귀인의 근심이 곧 천첩의 근심이오라, 감히 미련한 소견이나마 의를 다하여 군공(軍功)을 돕지 아니하리이까? 이제로부터는 물맛이 예전과 같이 달 것이니 군사들로 하여금 마셔도 해가 없고 병난 군사들도 또한 쾌차하리이다."

원수가 이르기를,

"이제 낭자의 말을 들으니 우리는 하늘이 정한 연분이라, *월로(月老)의 언약을 어지간히 맞출 수 있음직한데, 낭자의 뜻이 또한 나와 같으뇨?"

용녀가 이에 대답하되,

"첩이 몸을 비록 낭군께 허락키로 하였사오나, 지레 낭군을 모시고 인연을 맺음에 가당치 않은 것이 셋이니, 첫째는 부모를 돌아보지 않음이요, 둘째는 *환골탈태(換骨奪胎)한 후에야 가히 귀인을 모실 것이거늘, 이제 비늘껍질에 비린 지느러미와 갈기를 지닌 누추한 몸으로써 귀인의 자리를 더럽히지 못할 것이요, 셋째로 남해용자가 매양 나졸을 이 근처로 보내어 가만히 더듬어 살피니 만일 그가 알게 되면 필연 한바탕 풍파를 일으킬 터이온즉, 그 노여움을 격동시킴은 해로울까 두려워함이오니, 원수께서는 모름지기 속히 진으로 돌아가 군사를 바로잡고 도적을 멸하사 큰 공을 이뤄 개가(凱歌)를 부르고 상경하시면, 첩이 마땅히 치마를 걷고 물을 건너 귀인을 장안(長安) 댁으로 따라가오리다."

원수가 말하되,

"낭자의 말이 아무리 가상한 말이나, 내가 생각하매 낭자가 이곳에 와 있는 것이 다만 뜻을 지킬 뿐 아니라, 또한 용왕이 낭자로 하여금 여기에 머물러 소유가 오기를 기다려 곧 따르게 하라 함이니, 오늘부터 서로 짝이 됨이 어찌 부모의 뜻이 아니겠느뇨? 또한 낭자는 신명한 후신(後身)이요 신명한 성품이라 사람과 귀신 사이를 넘나들매 간 데마다 옳지 아니함이 없은즉, 어찌 비늘과 지느러미와 갈기로써 그대를 꺼려하리요? 소유가 비록 재주가 없으나, 천자의 명을 받자와 백만대병을 거느리고 *비렴(飛廉)으로 길잡이를 삼고

---

*월로(月老)——월하노인(月下老人). 부부의 인연을 맺어 준다는 전설의 노인.

*환골탈태(換骨奪胎)——모습이 변하여 전보다 아름답게 됨.

*비렴(飛廉)——바람을 일으킨다는 상상의 새, 혹은 바람을 맡은 신[風神].

*해약(海若)으로 후진을 삼으니, 저 남해용자를 모기나 개미같이 볼 따름이라. 이제 그가 만일 스스로 헤아리지 못하고 망령되이 항거코자 하면 내 칼을 더럽힐 따름이렷다! 오늘 밤 다행히 서로 만났으니, 좋은 때를 어찌 헛되이 지내며 아름다운 기약을 어찌 쉽사리 저버릴 수 있으리요?"

하고는, 용녀를 이끌고 자리에 드니 그 즐거움은 꿈이냐 생시냐 하는 것이더라.

양원수, 음병(陰兵)을 파(破)하고 용왕의 잔치에 나아가다

이튿날 새벽녘에 우레 같은 소리가 잇따라 일어나 수정궁(水晶宮)을 흔들기에 용녀가 깜짝 놀라 일어나니, 궁녀가 급히 아뢰되,

"남해태자가 무수한 군병을 거느려 산 밑에 진을 치고 양원수와 승부를 결단함을 청하나이다."

원수가 대로하여 이르기를,

"미친 아이가 어찌 감히 이러느뇨?"

하고, 소매를 떨치며 일어나서 물가로 걸어 나아가니, 남해군사는 이미 백룡담을 에워싸고 떠드는 소리 크게 진동하여 살기가 사면에 뻗치며, 이른바 태자라 하는 자는 말을 달려 진두에 나와 크게 꾸짖기를,

"너는 어떠한 사람이기로 남의 아내를 빼앗아 가느뇨? 맹세코 너와 더불어 이 천지간에 살지 아니하리라."

하기에, 원수가 말을 세우고 크게 비웃되,

"동정용녀가 나와 더불어 맺은 연분은 천궁(天宮)에다 기록한 바요 진인(眞人)이 아는 바이니, 나는 천명을 준수할 뿐이거늘, 요망한 고기 새끼가 무뢰함이 어찌 이 같을꼬?"

이어서 군사를 지휘하여 싸움을 재촉하니, 태자가 대로하여 천만 가지의 물고기들에게 영을 내리니, 이제독(鯉提督)과 별참군(鼈參軍)

---

*해약(海若)── 해신(海神).

이 기운을 돋우고 용맹을 내어 걸어나오기에, 원수가 한번 지휘하여
다 목을 베고, 백옥 채찍을 들어 한 번 휘두르니 백만군병이 짓밟히며
삽시간에 부스러진 비늘과 깨어진 껍질이 땅에 너저분하고, 태자는
몸의 수개처를 창에 찔려 능히 변화를 일으키지 못하고 마침내 원수
의 군사에게 잡힌 바 되니, 이를 결박하여 원수의 말 앞에 바친즉, 원
수는 크게 기꺼워하며 징을 쳐서 군사를 돌리니, 수문군이 아뢰기를,
 "백룡담 낭자가 몸소 진 앞에 나아와 원수께 치하를 드리고 군사를
 *호궤(犒饋)코자 하시나이다."
 원수가 사람을 시켜 맞아들이니, 용녀는 원수가 승전함을 치하하고
술 백 석과 소 백 필로써 군사를 위로한즉 모든 군사들이 배불리 먹고
즐거워하여 춤추고 노래하니, 사기의 용맹함이 전보다 백 배나 더하
더라. 원수가 용녀와 더불어 한자리에 앉아서 남해용자를 잡아들여
소리를 높여 꾸짖되,
 "내 천자의 명을 받아서 사방의 도적을 치매 일만 귀신도 감히 내
 명을 거역하는 자 없거늘, 네 한낱 조그만 아이가 천명을 알지 못하
 고 감히 대군을 거역하니 이는 스스로 죽기를 재촉함이렷다. 이에
 한 자루 보검(寶劍)이 있는데, 이는 위징(魏徵) 승상이 경하(涇河)
 의 용을 베던 잘 드는 칼이라, 내 마땅히 네 머리를 베어 우리 군사
 의 위엄을 떨칠 것이로되, 너의 집이 남해를 진정하여 인간계에 비
 를 널리 내려 만민에게 공이 있는 고로 각별 용서하노니, 지금부터
 전의 행실를 고쳐 다시는 낭자께 죄를 짓지 말렷다!"
 인하여 끌어 내치니, 남해용자는 숨도 크게 못 쉬고 돌아가더라.
 홀연 서기가 동남으로부터 일더니 붉은 놀이 영롱하고 산구름이 찬
란하며, 기치(旗幟)와 절월(節鉞)이 공중으로부터 내려오며, 붉은 옷
입은 사자가 종종걸음으로 나아와 이르기를,
 "동정용왕이 양원수께서 남해군을 격파하고 공주의 위급을 구하심
 을 아시고, 친히 진문 앞에 나아와 치하코자 하시나 몸이 정사(政
 事)에 매여 감히 마음대로 처단치 못하시는 고로, 바야흐로 대연을

*호궤(犒饋)──군사를 술과 음식으로 위로함.

별전에다 베풀고 원수께 앙청하오니 원수는 잠시 왕림하소서. 대왕이 또한 소신으로 하여금 공주를 모시고 한가지로 돌아오라 하시더이다.”

원수가 이에 답례하여 이르되,

“적군이 비록 물러갔으나 진 친 것이 아직 남아 있고, 또한 동정호가 만 리 밖에 있으니 오고 가는 사이에 날짜가 오래 걸릴 터인즉, 군사를 거느리는 자가 어찌 감히 멀리 나가리요?”

사자가 다시 말하기를,

“이미 여덟 마리 용으로 수레에 멍에를 갖추었으니, 반나절이면 족히 갔다 오리이다.”

양원수가 용녀와 더불어 용거(龍車)에 오르니 이상한 바람이 바퀴를 굴려 공중으로 올라가매, 다만 흰 구름이 일산(日傘)같이 세계를 덮을 따름이더니, 차츰 내려가 동정호에 이르니 용왕이 멀리 나아와 맞으며 주객의 예의를 차리고 장인과 사위의 정을 펼새, 허리 굽혀 절하고 위층 전각에 오른 다음, 잔치를 베풀어 정성껏 대접하더라. 용왕이 친히 술잔을 전하면서 사례하기를,

“과인이 덕이 없어 한낱 딸자식으로 하여금 능히 그 곳을 편하게 해주지 못했는데, 이제 원수의 엄숙한 위세로써 남해의 미친 아이를 사로잡고 딸아이를 구하니, 그 은혜는 하늘보다 높고 땅보다 두텁도다.”

원수가 답사하되,

“이는 다 대왕의 위령(威令)이 미친 바이니 소유에게 무슨 공이 있사오리까?”

하고 술이 취하니, 용왕이 분부를 내려 여러 가지 풍악을 들려 주니, 그 음률이 *융융하여 들으매 절조(節條)가 있으나 시속의 풍악과 다르고, 장사 천 명이 전각 좌우로 늘어서서 각기 칼과 창을 버리고 큰 북을 울리며 나오는데, 여섯 쌍의 미인들이 부용의(芙蓉衣)를 입고 명월패(明月佩)를 차고 한삼소매를 가볍게 날리며, 쌍쌍이 마주보고 춤을

*융융——화평하고 즐거움을 말함.

추니 보기에 참으로 장관이더라.

양원수, 형산 불전(佛前)에 분향하고 꿈을 깨다

양원수가 수부(水府)의 풍악을 듣다가 묻되,
"이는 무슨 곡조이오니까?"
용왕이 이에 대답하기를,
"옛날에는 수부에 이 곡조가 없었는데, 과인의 맏딸이 경하왕(涇河
王)의 세자비가 되매 유생〔柳生 : 柳毅〕의 전하는 글로 말미암아 그
목양(牧羊)의 곤함을 만난 줄 알고, 과인의 아우 전당군(錢塘君)이
경하왕과 더불어 크게 싸워 크게 무찌르고 딸아이를 데려오니, 궁
중 사람들이 이 풍악을 짓고 춤을 붙여 이름하여 부르되 '전당군 파
진악(破陣樂)'이니 '귀주 환궁악(貴主還宮樂)'이라 일컬으며 궁중
잔치에서 때때로 아뢰더니, 이제 원수가 남해용왕을 격파하고 우리
부녀도 서로 만나게 하니 전당군의 옛일과 흡사한 고로, 그 이름을
고쳐 '원수 파군악(破軍樂)'이라 하노라."
원수가 다시 물어 보되,
"유생이 어디 있으며, 가히 서로 만날 수 있사오리까?"
용왕이 대답하되,
"유생이 이제는 영주(瀛州)의 선관이 되어 바야흐로 그 마을에 있으
니 어찌 가히 만날 수 있으리요?"
술이 아홉 순배에 원수가 하직하되,
"군중(軍中)이 다사하여 오래 머무르지 못하오니, 바라건대 대왕은
만수무강하소서."
또 용녀를 돌아보며 일러 두기를,
"낭자는 뒷기약을 잊지 말라."
하니, 용왕이 대신 대답하되,
"그것은 염려를 말라. 마땅히 언약대로 하리라."
하고, 궁문 밖에 나아가 전송할새, 원수가 언뜻 보니 앞에 산악이 우

뚝 높은데 다섯 봉우리가 구름 사이로 솟아올라 유람할 경개가 있는
지라, 이에 용왕께 묻기를,

"이 산은 무슨 산이오니까? 소유가 천하명산을 두루 구경하였으되
오직 *형산(衡山)과 *파산(巴山)을 보지 못하였나이다."

용왕이 이르기를,

"원수는 이 산의 이름을 알지 못하느뇨? 곧 남악 형산이니 신기하
고도 이상한 산이거늘 어찌 알아보지 못하느뇨?"

원수가 이에 간청하되,

"어찌하오면 이 산에 오를 수 있나이까?"

용왕이 대답하되,

"오늘 해가 아직 늦지 아니하였으니 잠깐 구경하고 돌아가도 또한
저물지 않으리로다."

원수가 사례하고 수레에 오르니 벌써 형산 아래 다다른지라, 한 길
을 찾아 한 언덕을 넘고 한 구렁을 건너니, 산이 더욱 높고 지경이 점
점 그윽하며 일만 가지 경개가 널려 있어 이루 다 구경할 수 없으니,
이른바 '일천의 높은 봉우리가 다투어 솟아 있고, 일만의 깊은 골짜기
가 다투어 흘러가는도다'의 경치로다.

원수가 사면을 둘러보매 그윽한 생각이 저절로 떠오르기에, 탄식하
며 홀로 뇌이기를,

"진중에서 오래 몸이 시달리고 정신이 고달프니, 이몸의 속세 인연
이 어찌 그리 중할꼬? 공을 이루고 물러가 초연하게 만물 밖의 사
람이 되리로다."

문득 들으니, 경종(磬鍾) 소리가 수목 사이로 울려 오기에 원수가
지껄이되,

"필시 절간이 멀지 않으리라."

하고, 언덕에 올라 보니 한 절이 있거늘, 전각이 깊숙하여 그윽히 보
이고 여러 중들이 모여 있는 자리에 노승 한 사람이 높이 앉아 바야흐

*형산(衡山)——중국 오악(五嶽)의 하나인 남악(南嶽)을 말함. 동정호 남쪽에 있음.
*파산(巴山)——중국 섬서성(陜西省)에 있는 산.

로 경문을 외우며 설법하는데, 눈썹이 길고 희며 골격이 맑고 파리하여 그 연세가 많음을 가히 알겠더라.

노승은 원수가 들어오는 것을 보고는 제자들을 거느리고 당에서 내려가 맞으며 이르되,

"산속 사람이 듣는 바 없어 대원수께서 행차하심을 전혀 알지 못하와 문 밖에 나아가 영접치 못하였소이다. 청컨대 원수는 이를 용서하소서. 그러나 이번은 아주 오시는 것이 아니오니, 모름지기 전각에 올라 불전에 합장배례하고 돌아가소서."

원수는 곧 부처님 앞에 나아가 분향재배하고, 바야흐로 전각에서 내려오다가 갑자기 발을 헛딛고 놀라 깨니, 몸은 진중에 있으며 책상을 의지하고 앉았는데 동녘이 이미 밝았는지라, 원수는 이상히 여겨 여러 장수를 불러들여 묻기를,

"제공들도 역시 꿈을 꾸었느뇨?"

장수들이 일제히 대답하되,

"소장(小將)들도 꿈에 원수를 따라 신병귀졸(神兵鬼卒)과 더불어 크게 싸워서 이를 격파하고, 그 대장을 사로잡아 돌아왔으니, 이는 실로 도적을 격파하고 수괴(首魁)를 사로잡을 길조로소이다."

원수가 꿈에 겪은 일을 낱낱이 말하고 제장들과 더불어 백룡담에 가보니, 부스러진 비늘과 깨어진 껍질이 땅에 가득 깔리고 흐르는 피가 내를 이루었기에, 원수가 몸소 표주박을 들고 물을 떠서 먼저 맛보고서 뒤이어 병든 군사들을 먹이니, 그 병이 깨끗이 낫는지라, 도적이 이 말을 듣고 몹시 두려워하여 곧 항복하고자 하더라.

정경패의 발원서(發願書)

양원수는 출전한 이후로 첩보(捷報)를 잇따라 올리니 천자가 매우 기뻐하시고, 하루는 태후께 문안드릴새, 양소유의 공을 칭찬하시되 "옛날의 곽분양(郭汾陽)이 곧 오늘의 양소유로소이다. 그가 돌아옴을 기다려 즉시 승상(丞相)의 벼슬을 내려 세상에 드문 공을 갚을까

하옵니다. 그러하오나 공주의 혼사를 확정하지 못했사오니, 양소유가 마음을 돌려 명을 순수하면 다행하옵거니와, 만일 또 고집하면 공신(功臣)을 아무래도 죄주지 못할 것이요, 또한 그 뜻을 아무래도 빼앗지 못할 터이오니, 조처할 도리가 실로 알맞기 어려워 극히 민망하옵니다."

태후가 이르시기를,

"정사도의 딸아이가 실로 아름답고 또한 소유와 더불어 기왕에 서로 보았다 하니, 소유가 어찌 즐겨 정녀(鄭女)를 버리리요. 소유가 변방에 나아간 틈을 타서 조서를 내려 정녀로 하여금 타인과 성혼케 하면 소유도 소망이 끊어질 터이니, 군명(君命)을 어찌 가히 따르지 않으리요?"

상은 오래도록 대납시 아니하시더니 이윽고 말없이 나가시더라.

이때 난양공주가 태후 곁에 있다가 태후께 여쭈되,

"태후마마의 하교는 사리에 크게 어긋나나이다. 정녀의 혼인 여부는 곧 그 집 일이요, 어찌 조정에서 지휘할 바이겠나이까?"

태후가 이르시기를,

"이 일은 너에게는 중하고도 어려운 일이요, 나라의 큰 예절이니, 내 너와 더불어 의논코자 하노라. 병부상서 양소유는 풍채와 문장이 만조제신(滿朝諸臣) 중에서 뛰어날 뿐 아니라, 지난날 통소 한 곡조로써 너와 천정연분임을 알았으니, 결코 양소유를 버리고 타인을 구하지 말지며, 또한 소유가 본래 정사도 집과 더불어 정분이 범연치 아니하여 서로 저버리지는 못할지라, 이럼으로써 이 일은 극히 난처하니, 소유가 돌아오거든 혼례를 먼저 치르고서 소유로 하여금 정녀에게 다시 장가들어 첩을 삼게 하면 소유도 감히 사양치 못할 듯하나 너의 의향을 알지 못하는지라 이렇듯 주저하니라."

이에 공주가 다시 여쭈되,

"소녀는 평생 투기가 무엇인지 알지 못하오니, 정녀를 어찌 꺼려하오리까마는, 다만 양상서가 처음에 납채하였으니 이후 다시 첩으로 삼는 것은 예가 아니오며, 정사도는 또한 누대(累代)의 재상이요 명

128

문귀족이니, 그의 여식으로 하여금 남의 첩을 살게 함도 역시 억울
하지 아니하오리까? 이 또한 옳지 않나이다."

태후가 물으시되,

"그러면 네 뜻으로는 어찌 조처코자 하느뇨?"

공주가 대답하기를,

"국법에 정하기를 제후(諸侯)는 부인이 셋이온데, 양상서가 공을 세
우고 돌아오니 크면 왕이요 적어도 공후(公侯)가 될 것이오니, 두
부인을 두는 것이 별로 분수에 넘치는 바 아니올지라, 이때를 당하
여 정녀에게 정실(正室)로 장가들게 하심이 어떠하나이까?"

태후가 말씀하시되,

"그것은 실로 불가하니라. 너는 선제(先帝)께서 사랑하신 딸이요,
금상(今上)이 위하는 누이이니 몸이 실로 귀중하고 지위가 또한 높
거늘 어찌 가당치 않게 여염집 여자와 더불어 어깨를 견주며 한 사
람을 섬길꼬?"

공주가 이에 대답하기로,

"옛날의 성주(聖主)나 명군(明君)들도 어진 사람을 높이고 선비를
공경하여 스스로 몸의 존귀함을 잊고, 오직 그 덕을 사랑하여 *만승
천자의 몸으로서 필부를 벗삼으셨으니 어찌 귀천을 가릴 수 있겠나
이까? 소녀가 들으매, 정녀의 용모와 절행(節行)이 비록 고금의 손
꼽는 열녀라도 이에서 낫지 못하리라 하오니, 과연 사실이 이 말 같
을진대 저와 같이 어깨를 견주는 것은 역시 소녀에게 다행할 따름
이요, 욕은 아니로소이다. 그러하오나 남의 말이란 틀리기 쉬워 그
허실(虛實)을 믿기 어렵사오니, 소녀는 되도록이면 몸소 정녀를 보
고 그 용모와 재덕이 소녀보다 과연 나으면 우러러 섬길 것이요, 만
일 그렇지가 못하면 첩을 삼게 하거나 종을 삼게 함은 개의치 아니
하오리이다."

태후가 탄식하되,

"재주를 시기하고 아리따움을 질투함은 여자의 상정이거늘, 내 딸
아이는 남의 재주 사랑하기를 제 몸에 있는 것같이 하고, 남의 덕행

공경하기를 목마른 사람이 물 찾듯하니, 그 어미 된 자 어찌 기쁜 마음이 없으리요. 또한 정녀를 한번 보고 싶어하니 내일 마땅히 조서를 정사도에게 내리게 하리라."

공주가 여쭈되,

"비록 마마의 명이 있사와도 정녀는 필연 칭병하고 들어오지 아니하오리니, 그렇다고 재상가의 여자를 함부로 협박하여 부르시지는 못할 터이온즉 혹시 도관(道觀)과 이원(尼院)에 분부를 내리시와, 미리 정녀의 분향하는 날을 알면 한번 만나 보기란 어렵지 않을 듯하나이다."

태후가 이를 옳게 여겨 내관을 시켜 근처 도관에 두루 알아보시니, 정혜원(定惠院)의 여승이 아뢰기를,

"정사도 댁에서 불공을 우리 절에서 올리되, 그 소저는 본디 절간에 왕래하지 아니하옵고 다만 삼일 전에 소저의 시비 가춘운(賈春雲)이 소저의 명을 받고 그 발원하는 글을 부처님께 바치고 갔사오니, 바라건대 내관은 이 글을 가지고 태후 낭랑(娘娘)께 복명함이 어떠하시니이까?"

내시는 이를 응낙하고 돌아와 그 연유를 아뢰면서 정소저의 발원서(發願書)를 올리니, 태후가 이르시되,

"진실로 이 같을진대 정녀의 얼굴을 보기 어려우리라."

하시고, 공주와 더불어 그 발원서를 한가지로 보시니 씌었으되,

'제자 정경패(鄭瓊貝)는 삼가 백배하고 비자(婢子) 춘운을 목욕재계하여 보내면서 여러 부처님 앞에 비나이다. 제자 경패는 죄악이 매우 무겁고 업장(業障)이 미진하여 세상에 남에 여자의 몸이 되옵고 또 형제의 즐거움도 없사오며, 전일에 이미 양씨의 납채를 받았기로 장차 몸을 양씨 문중에 맡기고자 하옵삽는데, 양랑이 부마 간택에 뽑히매 군명이 지엄하시니 제자는 양씨와 더불어 장차 어찌하오리까? 다만 하늘의 뜻과 사람의 일이 서로 어긋남을 한탄하옵고 기박한 몸이 여망(餘望)이 없사오며, 몸은 비록 허락지 아니하였으나 마음은 이미 붙였사온즉 아직은 부모 슬하에 의지함으로써 미진

한 세월을 보내고자 하옵는데, 이 몹시 궁박한 신세로 말미암아 다행히 일신에 한가함을 얻은 고로 이에 감히 정성을 부처님 앞에 올려 제자의 심정을 아뢰옵나니, 엎드려 바라옵건대 여러 부처님께서는 이를 통촉하시와 자비지심(慈悲之心)을 드리우서 제자의 늙은 부모로 하여금 상수(上壽)를 누리게 하옵시고, 제자의 몸으로 하여금 질병과 재앙이 없이 부모 앞에서 고운색 옷을 입고 새 새끼를 길러 희롱하는 즐거움을 다하게 하옵소서.

부모가 백년해로를 하시고 돌아가신 다음에는 맹세코 부처님께로 돌아와 세속인연을 끊고, 경계하는 말씀을 복종하여 마음에 재계하고 경문을 외우며 몸을 정결히 하여 부처님 앞에 예배하와, 부처님의 두터운 은혜를 갚으오리다. 춘운이 본래 경패와 더불어 크게 인연이 있사와 이름은 비록 종과 상전이오나 정의는 형제와 같사오니 그가 일찍이 주인의 명으로서 양씨의 소실이 되었삽는데, 일이 마음과는 어긋나 아름다운 인연을 보존치 못하옵고 길이 양씨를 하직하고 다시 주인에게 돌아왔사오니, 아무래도 사생고락(死生苦樂)을 같이 하올지라, 여러 부처님께서는 제자 두 사람의 가슴 속을 굽어 살피시고, 세세생생(世世生生)에 다시 여자 몸이 되는 것을 벗어나게 하시와 전생의 죄를 소멸하며 후세의 복을 주시며 좋은 땅에 환생(換生)하여 유쾌한 환락을 길이 누리게 하옵소서.'
라고 하였더라.

공주는 보고 나서 눈썹을 찡그리며 이르기를,
"한 사람의 혼사로 말미암아 두 사람의 신세를 그르치게 하니, 이는 크게 음덕(陰德)에 해로우리로다."
이 말을 들으신 태후는 아무런 대꾸가 없으시더라.

난양공주, 미복(微服)으로 정소저를 찾아가다

이 무렵 정소저는 부모를 모시고서 화기가 넘쳐흘러 조금도 신세를 원망함이 없으나, 최부인이 매양 소저를 보매 슬프고도 섭섭함을 이

기지 못하였고, 춘운이 소저를 모시고 문필과 기예(技藝)를 힘써 익히며 수심을 억제하고 세월을 보내나 저절로 마음이 타고 간장이 녹아서 점점 초조해지기에, 소저는 위로 부모를 생각하고 아래로 춘운을 불쌍히 여겨 자못 심회가 산란하여 스스로 편안치 못하되 남들은 알지 못하더라.

소저가 모친의 답답한 마음을 위로할새, 풍악과 모든 구경거리를 구하여 시시로 받들어 노모를 즐겁게 하는데, 하루는 한 계집아이가 찾아와 수놓은 족자를 팔려고 하기에, 춘운이 펴보니 한 폭은 꽃 사이에 공작새요, 다른 하나는 대숲에 자고새더라. 춘운이 그 수놓은 솜씨를 흠모하여 그 계집아이를 기다리게 하고, 족자를 부인과 소저께 드리고 여쭈기를,

"아가씨는 매양 춘운의 수놓은 것을 칭찬하시는데, 시험삼아 이 족자를 한번 보소서. 이는 선녀의 틀 위에서 나오지 않았으면 필연 귀신의 손으로 된 것이겠나이다."

소저가 부인 앞에서 족자를 펴보고 놀라서 하는 말이,

"이즈음 사람은 이토록 공교한 솜씨가 없겠거늘, 염색과 꾸밈새가 더욱 산뜻하여 옛것이 아니니 이상하도다."

이제 춘운을 시켜 그 계집아이에게 출처를 물으니, 계집아이가 대답하되,

"우리집 아가씨께서 수놓은 것인데 아가씨는 요즈음 객지에 계시므로 급한 용처가 생겨서 값의 다과는 따지지 아니하고 팔려 하나이다."

춘운이 다시 묻기를,

"너의 아가씨는 뉘댁 아가씨이며, 또 무슨 일로 객지에 머물러 계시느냐?"

계집아이가 대답하되,

"우리 아가씨는 *이통판(李通判)의 매씨이신데, 통판 어른이 대부인을 모시고 절동(浙東) 고을에 가 벼슬을 사시오나, 아가씨는 병환이

─────────

*이통판(李通判)──통판은 관직명.

132

있어 따라가지 못하옵고 외숙인 *장별가(張別駕)댁에 머무셨는데 별가댁에 근일 사소한 연고 있기로 길건너 *연지점(臙脂店) 사삼랑(謝三娘) 집을 빌려 임시 거처하시면서, 절동 고을에서 맞으러 오기를 기다리고 계시나이다."

춘운이 들어가 그 말대로 아뢰니, 소저는 비녀와 가락지와 그 밖의 패물 등속으로 값을 넉넉히 주고 족자를 사서는 대청에 높이 걸어 놓고, 날이 저물도록 바라보며 칭찬을 마지않더라.

이로부터 그 계집아이는 족자를 판 것으로 인연이 되어 정사도 댁에 출입하며 비복들과도 사귀게 된지라, 소저가 춘운에게 이르되,

"이씨 여자가 수놓는 재주가 이같이 뛰어나니 필연 비범한 사람일 터이니, 내가 시녀를 시켜 계집아이를 따라가서 그 소저의 용모를 보고 오리라."

이어서 영리한 비자(婢子)를 가려뽑아 보내니, 비자가 계집아이를 따라가 본즉, 여염집이라 몹시 협소하여 아예 내외하는 법이 없더라.

이소저는 정씨댁 비자임을 알고 음식을 먹여 보내니, 비자가 돌아와 아뢰기를,

"그 아가씨의 고운 태도와 아리따운 용모는 우리 아가씨와 흡사하더이다."

춘운은 이 말을 믿지 아니하고 나무라되,

"그 수놓은 솜씨를 보건대 결코 노둔(魯鈍)한 재질은 아니겠거니와 어찌 그렇듯 지나친 말을 하느뇨? 이 세상에 우리 아가씨와 흡사한 분이 있다 함은 내 실로 믿지 못하겠노라."

비자가 대답하기를,

"*가유인(賈孺人)이 실로 내 말을 의심할진대 딴 사람을 보내 보시면 내 말의 진실함을 알겠나이다."

춘운이 또 사사로이 한 사람을 보내었더니 돌아와 말하되,

*장별가(張別駕)── 별가는 관직명.
*연지점(臙脂店)── 연지를 파는 점포.
*가유인(賈孺人)── 유인은 아내의 통칭(通稱).

"괴이하다, 괴이하다! 그 아가씨는 곧 천상선녀요, 어제 들은 말이 과연 옳으니 가유인이 내 말을 의심하거든 몸소 가 보심이 좋을 듯 하오이다."

춘운이 이르기를,

"전후 말이 다 허망하도다. 어찌 두 눈이 없느뇨?"

서로 소리내어 웃어 대고 헤어지더라. 수일이 지나자 연지점에 사는 사삼랑이 정씨댁에 와서 부인께 아뢰되,

"요즈음 이통판댁 소저가 이 늙은 것의 집을 빌려 거처하시는데, 그 소저의 고운 용모와 묘한 재주는 실로 처음 보는 바이온데, 그 소저가 정소저의 현숙한 절행을 깊이 사모하와 한번 서로 만나 맑은 말씀을 듣고자 하되 부끄러우며 또한 매우 어려운 일이오라, 선뜻 말씀을 못하옵더니, 이 늙은 것이 부인께 자주 나와 뵙는 줄을 알고는 부인께 사뢰어 보라 하시옵기에, 이렇듯 와서 아뢰나이다."

부인이 즉시 소저를 불러 이 뜻을 말하니 소저가 여쭈기를,

"소녀의 몸이 타인과는 다른 바 있사와 얼굴을 들고 남과 대면코자 아니하오나, 다만 듣자오니 이소저의 위인(爲人)과 범절(凡節)이 모두 그 수놓은 솜씨와 같다 하오니, 한번 만나보고자 하나이다."

사삼랑 노파가 기쁨을 이기지 못하고 돌아갔는데, 이튿날 이소저가 비자를 보내어 온다는 말을 먼저 알리고, 느직하여 휘장을 드리운 소옥교(小玉轎)를 타고 시비 몇 사람을 거느리고 정사도 저택에 이르자 정소저가 침방(寢房)으로 맞아들여 볼새, 주객이 동서로 마주앉으나, 광채가 서로 빛나 방안이 찬란하므로 서로가 놀라더라.

정소저가 먼저 말하기를,

"지난번에 시비들의 인연으로 이 근처에 계시다는 말씀을 들었사오나, 이몸은 신세가 기구(崎嶇)한 사람이라 인사를 전폐하고 있기에 문후치 못하였삽더니, 이제 소저께서 욕되이 왕림하시니 감격하고 죄송하와 사례할 바를 알지 못하겠나이다."

이소저가 대답하되,

"소매(小妹)는 우둔한 사람이오라, 부친을 일찍 여의고 모친이 편벽

세

134

되게 사랑하여 평생에 배운 일이 없고 아무런 재주도 가려낼 것이 없사와, 스스로 한탄하기를 '남자는 뜻을 사방에 두어서 어진 벗을 사귀어 서로 배우고 서로 타일러 주는 일도 있거니와, 여자는 집안 식구와 비복 외에는 다시 대하는 사람이 없으니 규중(閨中)이 막혔도다' 하였더니, 공손히 듣사온즉 *저저(姐姐)께서는 *반소(班昭)의 문장에다 *맹광(孟光)의 덕행을 겸하여 몸을 중문 밖에 나지 아니하시고 이름은 이미 구중궁궐에 들리시니, 소매는 이러함으로써 스스로 비루함을 헤아리지 못하고 성덕의 광채를 접하고자 원하였더니, 이제 소저의 버리지 않음을 입사와 족히 소매의 평생의 소원을 이루게 되었나이다."

정소저가 답사하되,

"저저(姐姐) 말씀이 바로 소매의 마음 속에 있던 바옵나이다. 규중에 매인 몸이라 출입에 걸림이 있고, 이목(耳目)에 가리움이 많으므로 본디 창해(蒼海)의 물과 무산(巫山)의 구름을 알지 못하오니 이 또한 옅고 짧은 지식의 탓이라, 어찌 족히 이를 괴이하다 하오리까? 이는 바로 형산(荊山)의 옥이 광채를 묻고 자랑하기를 부끄러워하며, 늙은 조개 속의 구슬이 고운 빛을 감추어 스스로 보배가 되는 것과 같나이다. 그러나 소매 같은 사람은 고루하오니 어찌 감히 과분하신 칭찬을 받으오리까?"

이어서 다과를 내어놓고 환담을 주고받다가, 이소저가 말하기를,

"소문에 듣사온즉 댁내에 가유인이란 사람이 있다 하오니, 어떻게 한번 볼 수 없겠나이까?"

정소저가 이에 대답하되,

"소매도 역시 저저께 뵈옵게 하려 했나이다."

이에 춘운을 불러 뵈어라 하니, 이소저가 일어나 맞을새, 춘운이 놀라며 마음 속으로 탄복하기를,

*저저(姐姐)——여형(女兄). 여자끼리 상대를 존칭하는 말.
*반소(班昭)——후한 초의 여류 문장가. 반고(班固)의 누이.
*맹광(孟光)——후한 사람인 양홍의 처. 현처로 유명함.

'전일 두 사람의 말이 과연 옳도다! 하늘이 이미 우리 소저를 내시고 다시 이소저를 내시니, 참으로 하늘의 뜻을 측량할 수 없도다.'

이소저도 또한 헤아리되,

'가녀(賈女)의 소문을 익히 들었거니와 그 사람됨이 소문보다 월등하니, 양상서(楊尙書)가 어찌 아끼며 사랑치 않으리요? 마땅히 진중서(秦中書)와 더불어 어깨를 견줄 만하니 만일에 가녀(賈女)로 하여금 진녀(秦女)를 본받게 하면 어찌 윤부인(尹夫人)의 옳음을 본받지 않을 수 있으리요? 대저 상전과 종의 자색이 이렇듯 빼어나고 또 재주가 있으니, 양상서가 어찌 놓을 수 있으리요?'

이에 춘운과 더불어 가슴 속을 털어놓고 이야기하니, 그 정다워짐이 정소저나 다른 바 없겠더라.

이소저가 삭별인사로 말하되,

"날이 이미 늦었으매 더 앉아 이야기를 못하니 매우 안타깝사오나, 소매가 들어 있는 집이 다만 한길을 사이에 두었을 뿐이오니, 마땅히 한가한 틈을 타 다시 찾아와 나머지 말씀을 들으려 하나이다."

정소저가 이에 답사하되,

"외람히 왕림하심을 받잡고 이어서 좋은 말씀을 듣사오니 마땅히 당 아래로 내려가 사례하올 것이나, 소매의 처신이 남과 다른 고로 감히 한 걸음도 문 밖에 나지 못하오니 바라건대 저저께서는 그 허물을 용서하시고 그 정을 받아 주소서."

두 사람이 작별할새 오직 섭섭함을 이기지 못하여 차마 서로 손을 놓지 못하다가 이어서 떠나니라. 정소저가 춘운에게 이르기를,

"보검(寶劍)이 비록 칼집 속에 감춰져 있어도 그 광채는 *두우(斗牛)를 쏘고, 늙은 조개가 비록 바다에 잠기나 기운이 *누대(樓臺)를 이루거늘, 우리가 다같이 한 성안에 살면서 진작 듣지 못하였으니 심히 괴이하도다."

춘운이 여쭈되,

---

* 두우(斗牛)——이십팔수(二十八宿) 가운데의 두성(斗星)과 우성(牛星)을 가리킴.
* 누대(樓臺)——누각(樓閣)과 대사(臺榭).

136

"천첩의 마음에 한 가지 의심이 있사온데, 양상서가 매양 말씀하시기를 화주(華州) 진어사(秦御史)의 딸과 더불어 낮을 누각 위에서 보고 글을 객사에서 얻어 아름다운 언약을 맺었으나, 진어사집의 환난으로 말미암아 일이 어긋났다 하시고서 절세의 미인이라 칭찬하시기에 첩이 또한 양류사(楊柳詞)를 보온즉 진실로 재주있는 여자이오니, 혹시 그 여자가 성명을 감추고 아가씨를 사귐으로써 전일의 인연을 이루고자 함이 아닌가 하나이다."

정소저가 말하기를,

"진씨의 아리따움을 나도 또한 다른 길로 들었는데, 이 여자와 비슷한 점이 있으나 진녀의 집이 환난을 만나 궁녀가 되었다 하니, 어찌 능히 이곳에 올 수 있으리요?"

하고, 부인께 들어가 뵈옵고 이소저를 칭찬하여 마지않으니, 부인이 이르기를,

"나도 역시 한번 청하여 보고자 하노라."

하고, 수일 후에 시비를 시켜서 이소저의 왕림을 청하니, 소저는 흔연히 응낙하고 정사도 저택에 이르기에 부인이 섬돌에 내려가 맞아들이니, 이소저는 자질(子姪)의 예로써 부인께 뵙는지라, 부인이 매우 사랑하여 이르기를,

"일전에 소저가 오로지 딸아이를 찾아 두터운 정을 드리우니 이 늙은 몸이 진심으로 감사하나 그때는 신병이 있어 제대로 접대치 못하였으니 지금까지 부끄럽고 한탄하는 바로다."

이소저가 엎드려 대답하되,

"이몸이 저저께서 천상의 선녀 같사옴을 사모하오되, 오직 멀리 내치실까 두렵더니, 저저께서 한 번 만나매 형제의 의로써 이몸을 대접하시고, 부인께서 또 자질의 예로 기르시니 이몸의 소망에 과하온지라, 이몸이 다하도록 문하에 출입하며 친어머님같이 섬기려 하나이다."

부인이 두 번 세 번 거듭하여,

"나에게는 과분한 말이로다."

하더라.

정소저가 이소저와 더불어 반나절이나 부인을 모시고 앉아 있다가, 뒤이어 침방으로 청하여 춘운과도 한가지로 솥발같이 세 사람이 마주 앉아, 은은하게 울리는 목소리로 기꺼이 주고받으니, 마음이 서로 통하고 정의가 또한 친밀하여지는지라, 고금의 문장을 평론하고 부녀자의 덕행을 논의할새 햇볕이 이미 서창에 비끼는 줄을 깨닫지 못하는 듯하더라.

난양공주가 정소저와 더불어 연(輦)을 같이 타더라

이소저가 돌아간 다음에 부인이 소저와 춘운에게 이르기를,
"내 친정과 시댁의 친척이 매우 많아 거의 천 사람에 이르는지라, 내 어려서부터 아름다운 자색을 많이 보았으되 다 이소저를 따르지 못하니, 이소저는 실로 우리 아이와 한가지로 비등하매 의형제를 맺으면 실로 좋으리로다."
소저가 춘운이 말하던 바의 진씨녀의 이야기로써 아뢰기를,
"춘운은 아무래도 의심이 없지 못하다 하나, 소녀의 소견은 춘운의 생각과는 다르오니, 이소저는 자색 외에도 기상의 *표일(飄逸)함과 몸차림의 단정함이 여염집이나 사대부집 부녀자들과는 각별 다르오니, 진씨 같단 말로써 어찌 비기겠나이까? 소녀가 듣사온즉 난양공주가 용모와 마음씨가 아름답다 하오니, 혹 두려운 말씀이오나 이소저의 기상이 곧 난양공주인 듯하오이다."
부인이 이르기를,
"공주를 나도 역시 보지 못하였으니 함부로 억측하지 못하려니와 비록 공주가 높은 자리에 있어 빛나는 이름을 얻었으나, 어찌 이소저와 서로 같을 수 있으리요?"
소저가 다시 여쭈기를,
"이소저의 종적(蹤迹)이 다소 의심나오니, 후일에 마땅히 춘운을 시

*표일(飄逸)——모든 것을 마음에 두지 않고 내키는 대로 행동함.

138

켜 가서 그 동정을 살펴보라 하겠나이다."

이튿날 정소저가 춘운과 더불어 바야흐로 이 일을 의논할새, 이소저의 계집종이 정사도댁에 이르러 말을 전하되,

"우리 아가씨께서는 마침 절동(浙東)으로 되돌아가는 배편을 얻어 내일 떠나려 하시는 고로, 오늘 댁에 들어와 부인과 소저께 작별인사를 드리려 하시나이다."

정소저가 중당(中堂)을 소제하고 기다리더니 이윽고 이소저가 당도하여 부인과 정소저에게 뵈니, 이별하는 정이 아득하고 연연하여 어진 형이 사랑하는 아우를 이별함과 같고, 방탕한 남자가 미녀를 보냄과 같더라.

이소저가 갑자기 일어나 재배하고 아뢰되,

"소질(小姪)이 모친 슬하를 떠나고 오라버님을 이별한 지 이미 한 돌이 되매 돌아가고 싶은 마음이 화살 같사와 아무래도 더 머무르지 못하오니, 다만 부인의 은덕과 저저의 정의로써 마음이 실 같사와 풀고자 하오나, 다시 맺혀지나이다. 소질이 이에 한 말씀이 있사와 저저께 간청코자 하오나, 들어주지 않으실까 두려워 먼저 부인께 여쭈나이다."

하고는, 주저하며 말을 하지 아니하기에, 부인이 묻기를,

"낭자(娘子)가 간청코자 하는 바는 무슨 일이뇨?"

이소저가 대답하되,

"소질이 선친을 위하여 바야흐로 *남해대사(南海大師)의 화상을 수놓아 겨우 마치오매, 오라버니가 절동 고을에 있고 소질은 여자의 몸이온 고로, 아직 글하는 사람의 *화상찬(畫像讚)을 받지 못하와 장차 수놓은 것이 허사가 되게 되오니 매우 아까운 고로, 소저의 두어 구 글과 두어 줄 글씨를 받으려 하옵는데, 수폭(繡幅)이 매우 넓어서 펴고 접기에 어렵삽고 또 더럽힐까 염려되어 감히 가져오지 못하고, 부득이 잠깐 저저를 모셔다가 글과 글씨를 얻어 그로써 소

*남해대사(南海大師)── 관음보살.
*화상찬(畫像讚)── 화상에 써 놓은 글.

녀의 어버이를 위하는 효성을 완전케 하고, 그것으로써 원로에 서
로 이별하는 회포를 위로케 하심을 바라오니, 저저의 의향을 알지
못하와 감히 바로 청하지 못하옵고 부인께 우러러 사뢰나이다.”
부인이 돌아보며 이르기를,
“네가 비록 친척의 집이라도 본래 왕래치 아니하였는데 이제 이낭
자의 청하는 바는 대체로 어버이를 위하는 지성에서 나옴이요, 하
물며 낭자의 우거하는 집이 지척이니 잠시 갔다 옴이 어려운 일이
아닐 듯하도다.”
소저가 처음에는 어려운 기색이 있더니 돌려 생각하고 속으로 깨닫
기를,
‘이소저의 행색이 바쁘니 아무래도 춘운을 보내지 못하겠기로, 내
이 기회를 다 가시 그 종직을 탐시하리라.’
하고, 이에 모친께 아뢰기를,
“이소저의 청하는 바가 만일 등한한 일이면 실로 하기 어렵사오나,
어버이를 위하는 효성은 사람마다 감동하는 바이니 어찌 따르지 아
니하오리까? 그러나 날이 어둡거든 가볼까 하나이다.”
이소저가 매우 기뻐하며 사례하되,
“날이 저물면 글씨 쓰기가 어려울 듯하오니 저저께서 만일 길이
번거로움을 꺼리실진댄 소매의 탄 바 교자가 비록 추하나 족히 두
사람의 몸을 용납할 터이오니, 함께 가셨다가 저녁에 돌아오심이
또한 어떠하니이까?”
정소저가 대답하기를,
“저저의 말씀이 매우 합당하오이다.”
하기에, 이소저는 부인께 엎드려 작별인사를 드리고 춘운의 손을 잡
아 이별의 인사를 나누고서, 정소저와 더불어 한 교자를 타고 사도댁
의 시비 몇 사람이 뒤따르더라.
정소저가 이소저의 침방에 와보니 벌여 놓은 것이 그다지 번다치는
아니하되 모두 훌륭한 물건들이요, 나오는 음식도 비록 간략하나 맛
이 비길 데 없이 좋은지라. 유의하여 보매 다 의심되는데, 이소저는

오래도록 글 받을 말을 꺼내지 아니하고 날이 점점 저물어 가매, 이에 묻기를,

"대사의 화상은 어느 곳에 봉안하였나이까? 소매는 급히 물러가고자 하나이다."

이소저가 대답하되,

"마땅히 저저로 하여금 받들어 구경케 하리이다."

말을 겨우 마치매, 홀연 거마(車馬) 소리가 문 밖에 들리며 기치(旗幟)가 길 위에 널려 있거늘, 사도댁 시비들이 황망히 아뢰되,

"군병의 무리가 이 집을 에워싸니 낭자여 장차 어찌하리이까?"

정소저가 이미 기미를 알고 태연히 앉아 있는데, 이소저가 말하기를,

"저저께서는 안심하소서. 소매는 다른 사람이 아니라 난양공주 소화(簫和)이온데, 저저를 이리로 맞아옴은 곧 황태후의 명이나이다."

정소저가 자리를 피하며 대답하되,

"여염에 사는 미천한 소녀가 비록 지식이 없으되, 하늘이 내시는 귀골(貴骨)이 우리와는 다른 줄을 아오니, 공주가 강림하심은 천만 뜻밖의 일이로소이다. 이는 존경하는 예를 잃었삽고 또 무례히 행동한 죄 많사와 엎드려 비옵나니 공주께옵서는 빨리 죄벌을 내리소서."

공주 미처 대답지 못하여 시녀가 아뢰기를,

"태후마마께서 설상궁(薛尙宮)과 왕상궁(王尙宮)과 화상궁(和尙宮)을 명하여 보내시니 공주께 문안케 하시나이다."

공주가 정소저에게 이르기를,

"소저는 여기 잠깐 머물러 있으라."

하고 이에 나아가 당상에 앉으니, 세 상궁이 차례로 들어와 예(禮)로 뵈옵기를 마치고 엎드려 아뢰되,

"공주께서 대내(大內)를 떠나신 지 이미 여러 날이오니 태후마마께서 뵙고 싶은 마음이 간절하옵시며, 황상폐하 또한 소녀들로 하여

금 문후하옵시고, 오늘이 곧 공주께서 환궁하실 날인 고로 거마(車馬)와 의장(儀仗)이 이미 다 밖에 대령하옵고, 황상께옵서 조태감(趙太監)을 명하사 배행케 하시니이다."

하고, 세 상궁이 또 아뢰되,

"태후마마께서 하교하시기를, 공주께서 정낭자와 더불어 연을 같이 타고 들어오라 하시더이다."

공주는 세 상궁을 밖에 머무르게 하고 들어와 정소저에게 이르기를,

"여러 말은 조용한 때에 자세히 하려니와, 태후마마께서 보고자 하시와 바야흐로 마루에 납시와 기다리신다 하오니, 소저는 사양 말고 소매와 더불어 함께 들어가 뵈옴이 옳으렷다."

정소저는 아무래도 모면치 못할 줄을 알아차리고 대답하기를,

"첩이 이미 공주께서 사랑하심을 아오나 여염의 여자가 일찍이 지존(至尊)께 뵙지 못하였사오니, 예모(禮貌)에 어긋남이 있을까 두려워하나이다."

공주가 말하되,

"태후마마가 보고자 하시는 마음이 어찌 소매가 소저를 보고자 하는 마음과 다르시리요? 소저는 조금도 의심을 마오."

정소저가 말하기를,

"공주께서 먼저 행차하시면 첩은 마땅히 집에 돌아가 이 사연을 노모께 말하옵고 곧 뒤따라 돌아가려 하나이다."

공주가 말하되,

"태후마마가 이미 하교하사 소매로 하여금 *연(輦)을 같이 타라 하시매 말씀하시는 뜻이 극히 정중하시니, 소저는 더 사양하지 마오."

정소저는 사양하되,

"첩은 미천한 신자(臣子)이니 감히 공주와 같은 연을 탈 수 있사오리까?"

---

*연(輦)——임금이 타는 가마의 하나.

공주가 이에 타이르기를,

"강태공(姜太公)은 위수(渭水)의 어부로되 주나라 문왕(文王)의 수
레를 한가지로 탔고, *후영(侯嬴)은 이문(夷門)의 문지기로되 *신릉
군(信陵君)이 말고삐를 잡았으니, 진실로 어진 이를 높이고자 할진
대 어찌 감히 귀함을 가리리요? 소저는 후백(侯伯)의 대가요, 대신
(大臣)의 집안 딸이니, 어찌 소매로 더불어 같이 타기를 어렵게 생
각하리요?"

하고 드디어 손을 끌어 연을 같이 타기에, 정소저는 시비 한 사람을
시켜서 돌아가 부인께 아뢰게 하고, 시비 한 사람은 뒤를 따라 궁중으
로 들어가게 하더라.

장신궁(長信宮)에서 칠보시(七步詩)를 짓다

공주는 정소저와 연에 동승하여 동화문(東華門)으로 들어가 겹겹이
싸인 아홉 문을 지나 협문 밖에 이르니 연에서 내려 왕상궁에게 이르
기를,

"상궁은 소저를 모시고 잠깐 여기서 기다리라."

왕상궁이 여쭈되,

"태후마마의 명을 받들어 이미 정소저의 막차(幕次)를 배설(排設)하
였나이다."

공주가 기뻐하며 머물러 있게 하고는 들어가 태후께 뵈옵더라. 태
후는 본디 처음에는 정씨에게 좋은 뜻이 없더니, 공주가 미복(微服)으
로 정사도집 근처에 임시 거처하면서 한 폭 수 족자로 인연이 되어 정
씨와 사귐을 맺어 그 자색과 덕행을 공경하고 사모하며 뒤이어 정의
가 또한 친밀하여지고, 한편 양상서도 마침내 정씨를 버리지 않을 줄
을 알고, 서로 사랑하며 서로 언약하여 형제의 의(義)를 맺고 장차 한
집에서 한 사람을 섬기고자 하여, 자주 글을 올려 태후께 극간함으로

---

*후영(侯嬴)──전국 시대의 위, 소왕때의 은사(隱士).
*신릉군(信陵君)──위나라 소왕의 왕자.

써 마음을 돌리시게 하였더니, 태후가 이에 크게 깨닫고 공주와 정녀가 양소유의 두 부인이 되기를 허락하고 친히 그 용모를 보고자 하시어, 공주를 시켜서 계책을 내어 데려오게 하심이었더라.

정소저는 막차에서 잠깐 쉬는데, 궁녀 두 사람이 내전으로부터 의함(衣函)을 받들고 나아와, 태후의 명을 전하되,

"정소저가 대신의 딸로서 재상의 예폐(禮幣)를 받았는데 아직도 처자의 옷을 입었으니, 아무래도 평복으로는 내게 조회치 못할 터이므로 각별히 일품명부(一品命婦)의 장복(章服)을 주노니 입고 입시하라."

하기에, 정소저가 재배하고 대답하되,

"첩이 처자의 몸으로서 어찌 감히 명부의 복장을 갖출 수 있사오리까? 신첩의 입은 옷은 비록 간단하고 단정치 못하오나 또한 부모 앞에서 입은 옷이오며, 태후마마는 곧 만민의 어버이가 되시니 엎드려 비옵건대 부모를 만나는 의복으로써 들어가 조회하고 싶나이다."

궁녀가 그대로 아뢴즉 태후가 매우 기특하게 여기시고, 곧 정씨를 불러들여 보시니, 좌우의 궁녀들이 다투어 보고 흠모하여 탄식하되,

"내 마음으로 아름답고 고운 이는 우리 공주님뿐이라 하였더니, 어찌 다시 정씨가 있을 줄을 알았으리요?"

하더라.

소저의 절이 끝나자 궁녀가 인도하여 전상에 오르니 태후가 명하여 앉으라 하고 하교하시되,

"지난번 공주의 혼사로 말미암아 조칙(詔勅)으로 양상서의 예폐를 도로 걷어들이게 함은 나라법을 좇아 공사를 분별함이요, 과인이 비롯한 바 아니겠거늘, 공주가 간하되 '새 혼사로 말미암아 옛 언약을 저버리게 함은 인군으로서 인륜(人倫)을 바르게 하는 도리가 아니라' 하고, 또 너와 더불어 한가지로 양소유의 부인되기를 원하기에, 내 이미 황상께 상의하고 공주의 뜻을 따른지라. 장차 양소유 돌아오기를 기다려 다시 예폐를 전대로 보내게 하고 너로 하여

144

금 한가지로 부인이 되게 하려 하니, 예로부터 오늘에 이르기까지
이런 은전(恩典)은 전무후무하기로 이제 이를 너에게 알려 두노
라."

정씨 엎드려 사은하되,

"은덕이 융중(隆重)하사 신자(臣子)로서는 감히 바라지 못하는 바이
오니 신첩의 우매한 천질(賤質)로는 도저히 보답지 못하올 듯하나
이다. 그러하오나 신첩은 신하의 딸이오니 어찌 감히 공주와 더불
어 반열(班列)를 같이하고 그 위(位)를 가지런히 할 수 있겠나이
까? 신첩은 설혹 명을 따르고자 하올지라도 부모가 필연 죽기로써
조칙을 받지 아니하오리이다."

태후가 이르시기를,

"너의 겸손함이 비록 가상하나, 너의 집이 대를 거듭한 *후백(侯伯)
이요, 너의 부친 사도(司道)는 선조(先朝)의 노신이라 나라에서의
예우(禮遇)가 남과 다르니, 신자의 도리를 굳이 지키지 않더라도 되
느니라."

소저가 대답하여 여쭈되,

"신자의 도리는 군명(君命)을 순수하는 것이 만물이 스스로 때를 따
르는 것과 같사오니, 끌어올려 시녀를 삼으시든지 내려서 비복을
삼으시든지 어찌 천명을 거역할 수 있사오리까마는, 양소유 또한
어찌 마음이 평온할 수 있겠나이까? 필시 따르지 아니하오리이다.
신첩이 본래 형제가 없삽고 또한 부모가 노쇠하였사오니, 신첩의
간절한 소원은 오직 정성을 다하여 부모를 공양(供養)하와 그로써
남은 세월을 마치려 할 따름이로소이다."

태후가 타이르기를,

"너의 부모를 위하는 효성과 처신하는 도리는 가히 지극하다 하려
니와, 어찌 감히 한 물건이라도 그것을 얻지 못하게 하리요? 하물
며 너는 백 가지가 아름답고 흠도 찾기 어려우니, 어찌 양소유가 마
음에 즐겨 너를 버릴 것이랴! 또한 공주가 양소유와 더불어 퉁소

*후백(侯伯)——후작과 백작.

한 곡조로써 백년연분을 증험하였으니, 하늘이 정하는 바를 사람이 가히 폐하지 못할 것이요, 또 양소유는 일대호걸이요, 만고에 다시 없는 재사이니 두 부인에게 장가듦이 무슨 불가함이 있으리요? 과인에게 본래 두 딸이 있다가 난양공주의 형이 열 살에 요절하매 난양의 외로움을 염려하였는데, 너를 보매 죽은 내 딸을 본 듯한지라. 내 너를 양녀로 삼고, 황상께 말씀드려 너의 위호(位號)를 정하고자 하니 첫째는 내 딸을 사랑하는 정을 표하고, 둘째는 난양이 너를 사귀어 가까이하는 뜻을 이루게 하고, 셋째는 너로 하여금 난양과 더불어 한가지로 소유께로 돌아가는데 난처한 일이 없게 하려 함이니 네 뜻에는 어떠하뇨?"

소저가 머리를 조아리고 사양하되,

"처분이 이에 이르시니 신첩이 복에 겨워 죽지 아니할까 염려되나이다. 오직 바라옵건대 곧 처분을 도로 거두시고 그로써 신첩을 편케 하옵소서."

태후가 이르시되,

"내 황상께 주달하여 곧 결정을 내릴 터이니 너는 과히 고집하지 말라."

하시고, 공주를 불러들여 정소저를 보게 하시니, 공주는 장복(章服)을 갖추고 위의를 베풀며 정소저와 더불어 서로 대하매, 태후가 웃으시며 말씀하시기를,

"공주가 정소저와 더불어 형제되기를 원하더니, 이제 참형제가 되었으니, 뉘가 형인지 뉘가 아우인지를 분별치 못하겠도다. 공주는 마음에 다시 한이 없느뇨?"

하시고, 뒤이어 정씨를 얻어 양녀로 삼을 뜻으로써 공주에게 말씀하시니, 공주가 매우 기뻐하며 일어나 사례하되,

"마마의 처분이 지극하신 바이로소이다. 자나깨나 바라던 소원을 성취하였사오니 이제 즐거움을 어찌 가히 다 아뢰올 수 있겠나이까?"

태후가 정씨를 대접함을 관곡(款曲)히 하시고 옛날 문장을 논의하

시다가 이에 이르시되,

"내 일찍이 공주에게 들으매 *음풍영월(吟風詠月)하는 재주가 있다
고 하는지라. 이제 궁중이 무사하고 봄경치가 좋으니 한번 읊어 봄
을 아끼지 말고 그로써 즐거움을 도우라. 옛사람에 *칠보시(七步詩)
를 지은 자가 있었으니, 네 또한 능히 하겠느뇨?"

소저가 엎드려 사뢰기를,

"이미 명을 듣자왔으니 재주를 다하여 한번 웃으심을 자아내고자
하나이다."

태후가 궁중에서 걸음 빠른 사람을 골라 전각 앞에 세우고 글제를
내어 시험코자 하시니, 공주가 아뢰되,

"저저로 하여금 홀로 짓게 하심이 소녀의 마음에 미안하오니, 소녀
또한 정녀와 더불어 한가지로 시험코자 하나이다."

태후가 더욱 기꺼워하며,

"공주의 뜻이 또한 묘하도다. 그러나 맑고 새로운 글제를 얻은 연후
에야 글 생각이 스스로 나리라."

하시고, 바야흐로 옛글을 생각하시는데 이 때는 늦은 봄이라. 벽도화
(碧桃花)가 난간 밖에 만발하였는데 갑자기 기쁜 까치가 우짖으며 복
사나무 가지 위에 앉기에, 태후가 까치를 가리키며 말씀하시되,

"내 바야흐로 너희들의 혼인을 정하매 저 까치가 가지 위에서 기쁨
을 알리니 이는 길조렷다. 벽도화 위에 기쁜 까치 소리를 들은 것으
로 글제를 삼고 각기 칠언절구(七言絶句) 한 수를 짓되, 글 속에 반
드시 정혼하는 뜻을 넣으라."

하고 궁녀에게 명하사, 각각 문방제구(文房諸具)를 벌여 놓으니 공주
와 정씨 붓을 잡으매, 전각 앞에 섰는 궁녀가 이미 발걸음을 옮기면서
마음에 일곱 걸음 안에 혹시 미처 글을 짓지 못할까 두 사람의 붓 놀
리는 것을 돌아보고 받들기를 적이 더디게 하는데, 두 사람이 모두 붓
이 빠르기가 바람과 소낙비 같아서 동시에 써 바치니, 궁녀는 겨우 다

*음풍영월(吟風詠月)──맑은 바람과 밝은 달에 대해서 시를 짓고 즐겁게 노는 것.
*칠보시(七步詩)──일곱 걸음을 걷는 사이에 시를 짓는 것. 조식이 칠보시를 지었음.

섯 걸음을 걸었더라.
　태후가 먼저 정씨의 글을 보시니 읊었으되,

　　　紫禁春光醉碧桃　何來好鳥語咬咬
　　　樓頭御妓傳新曲　南國天華與鵲巢
　　　궁궐의 봄빛이 벽도에 취하였으니
　　　아름다운 새 어디서 와 지저귀뇨
　　　다락머리에서 궁중 기생이 새 곡조를 부르니
　　　남국의 하늘꽃이 까치로 더불어 깃들이더라

　다시 공주의 글을 보시니 읊었으되,

　　　春深宮掖百花繁　靈鵲飛來報喜言
　　　銀漢作橋須努力　一時齊渡兩天孫
　　　액정(掖庭)에 봄이 깊어 백화가 만발하니
　　　신령스러운 까치가 날아와 기쁜 말을 전하누나
　　　모름지기 노력하여 은하수에 다리를 놓으매
　　　일시에 나란히 두 천손이 건너가더라

　태후가 읊어보며 탄식하시되,
　"내 두 딸아이는 곧 여자 가운데 *청련(靑蓮)과 *자건〔曹子建〕이로다. 조정에서 만약에 여자 진사를 취할진대, 마땅히 감시장원(監試壯元)과 탐화(探化)를 차지하리로다."
하시고, 두 글을 바꾸어 공주와 정씨에게 보이니, 두 사람이 각기 공경하여 탄복하며, 공주가 태후께 아뢰되,
　"소녀가 비록 한 수를 채웠으나 그 글뜻이야 뉘 능히 생각지 못하리이까마는, 저저의 글이 정묘하여 소녀의 미칠 바 아니겠나이다."

─────────────
*청련(靑蓮)──이태백.
*자건(子建)──조식의 자(字).

태후도 말씀하시기를,

"그러하다. 그러나 공주의 글도 적이 영민함이 사랑스럽도다."

하시더라.

영양공주(英陽公主)의 영광과 그 모친의 입조(入朝)

이때 천자가 태후께 나아와 문안하시니, 태후가 공주와 정씨로 하여금 협방으로 피하게 하고 이르시기를,

"내 공주의 혼사를 위하여 양소유의 예폐를 도로 보내게 하였는데, 마침내 덕화(德化)에 손상함이 있는지라 정녀와 더불어 함께 부인께 말씀하면 정사도집에서 감히 따르지 못하겠다 할 것이요, 정녀로 하여금 첩이 되게 한즉 또한 강박한 처사이기로, 오늘 내 정녀를 불러 보매 아름답고 또 재주가 있어 족히 공주와 형제가 될 만한지라. 이러므로 내 정녀와 더불어 모녀지의(母女之義)를 맺고서, 한가지로 양소유에게 돌아가게 하고자 하니, 이 일이 과연 어떠하오?"

상이 매우 기뻐하며 하례하시되,

"이는 성덕이 천지와 같사옴이니, 자고로 두터운 혜택이 태후께 견줄 사람이 없소이다."

태후가 곧 정씨를 불러 황상께 뵙게 하시니, 상이 명하사 전상에 오르게 하고, 태후께 말씀하시기를,

"정씨 이미 황제의 누이가 되었거늘 아직도 평복을 입음이 어찌 됨이오니까?"

태후가 이르시되,

"황상의 조칙이 내리지 아니하므로 장복(章服)을 굳이 사양하오."

상이 여중서(女中書)에게 명하시어 난봉문(鸞鳳紋)의 홍금지(紅錦紙) 한 축을 가져오라 하시니, 진채봉(秦彩鳳)이 받들어 올리기에 상이 붓을 들어 쓰려 하시다가 태후께 물으시되,

"정씨를 이미 공주로 봉하였으니 나라 성(姓)을 줄까 하나이다."

태후가 말하기를,

"나도 또한 이 뜻이 있으나, 다만 들으니 정사도 내외의 나이 이미 노쇠하고 다른 자녀가 없다 한즉, 내 노신의 성을 전할 사람이 없음을 민망히 여기니, 그 본성대로 둠이 역시 진념(軫念)하는 뜻이로다."

상이 친필로 크게 써 이르시되,

"짐이 태후의 성지를 받들어 양녀 정씨로써 봉하여 영양공주(英陽公主)를 삼노라."

쓰기를 마치시매 황제와 황후 양전궁(兩殿宮)이 어보(御寶)를 찍어 정씨를 주시고 궁녀를 시켜서 관복을 받들어 정씨를 입히시니, 정씨는 전상에서 내려와 사은하고, 상이 난양공주로 하여금 좌차(座次)를 정하게 하실새, 영양(英陽)이 난양(蘭陽)보다 한 해 위가 되나 감히 위에 앉지 못하기에, 태후가 이르시되,

"영양공주가 이제는 내 딸이라 형이 위에 있고 아우가 아래에 있음이 예이거늘, 형제지간에 어찌 가히 겸양하리요?"

영양이 머리를 조아리며 사양하되,

"오늘의 좌차는 곧 후일의 항렬이오니 어찌 가히 처음에 삼가지 아니하겠나이까?"

난양공주가 말하기를,

"춘추시대(春秋時代)에 조쇠(趙衰)의 아내가 곧 진문공(晉文公)의 딸이로되, 위(位)를 그 전취한 적실(嫡室)에게 사양하였거늘, 하물며 저저는 소매의 형이니 다시 무슨 의심이 있을 수 있겠나이까?"

정씨 사양함이 자못 오래더니, 태후가 명하여 나이를 따라 정하시매, 이후로 궁중이 다 영양공주라 일컫더라.

태후가 두 공주의 글 지은 것을 상께 보이시니, 상이 또한 칭찬하시되,

"두 글이 다 같이 묘미 있으나, 영양의 글이 *주시(周詩)의 뜻을 이끌어 덕을 후비(后妃)에게로 돌려보냈으니 매우 *체례(體例)를 얻었

---

*주시(周詩)──《시경》의 〈주남편(周南篇)〉.
*체례(體例)──관리 사이에 지키는 예절.

150

나이다.”

태후가 또한 이르시되,

“상의 말씀이 옳도다.”

상이 다시 이르시되,

“태후께서 영양을 사랑하심이 이에 이르렀으니 실로 전에 없는 바이오라, 신이 또한 우러러 청할 일이 있삽나이다.”

하고, 이에 진중서(秦中書)의 전후사실을 아뢰되,

“진채봉의 아비가 비록 죄로써 죽었사오나 그 조상이 다 조정의 신자(臣子)이오니, 그 정상을 진념하여 공주를 좇아 시집을 가게 하여 *잉첩(媵妾)을 삼고자 하오니, 이를 태후께서 *긍측(矜惻)히 여기시고 허락하옵소서.”

태후가 두 공주를 돌아보시자 난양이 아뢰기를,

“진씨가 일찍이 이 일로써 소녀에게 말하더이다. 소녀 이미 정의가 친밀하고 서로 떨어지고자 아니하오니, 마마의 처분이 아니 계실지라도 이 마음이 있었나이다.”

태후가 진채봉을 불러 하교하시되,

“공주가 너와 더불어 생사를 같이할 뜻이 있는 고로 특별히 너로 하여금 양상서의 잉첩을 삼으니, 이후로 더욱 정성을 다하여 그로써 공주의 은의(恩誼)를 갚도록 하라.”

진씨가 감격하여 눈물을 흘리며 사은한 후에, 태후가 하교하시되,

“두 공주의 혼사를 쾌히 정하매 홀연 기쁜 까치가 와서 길조를 알리기에 두 공주의 글을 내 이미 보았는지라, 너도 또한 글을 지어 그 경사(慶事)를 같이 하라.”

진씨가 명을 받고 즉시 글을 지어 드리니 읊었으되,

喜鵲査査繞紫宮　鳳仙花上起春風
安巢不待南飛去　三五星稀正在東

---

*잉첩(媵妾)── 귀인의 시중을 드는 첩.
*긍측(矜惻)── 불쌍하고 가엾음.

기쁜 까치 깍깍 궁궐에 들렀으니
봉선화 위에 춘풍이 일도다
보금자리를 편케 하여 남으로 날아감을 기다리지 않고
삼오성이 드문드문 바로 동녘에 있더라

태후가 황상과 함께 어람하시고 매우 기꺼워하며 이르시기를,
"옛날에 설경(雪景)을 읊던 사녀(謝女 : 謝道蘊)도 이를 따르지 못하
리로다. 이 글 속에 또 한 주시를 이끌어 정실과 소실의 *분의(分義)
를 잘 지키니, 이것이 더욱 가상하도다."
난양공주가 아뢰되,
"이 글제의 글 재료가 본래 많지 아니하옵고 또한 우리 형제기 이미
글을 지었사오니 떼어올 글이 없나이다. 조맹덕(曹孟德)의 이른바
'나무로 세 겹을 둘렸으되 가히 의지할 가지가 없다'는 것이 본디
길한 말이 아니오니 그 말을 끌어 쓰기가 어렵거늘, 이 글이 맹덕과
자미(杜子美)를 섞어 끌어 한 귀를 지었으나 조금도 나무랄 데가 없
사오니, 실로 옛사람들이 진씨를 위하여 먼저 글을 지은 것이 아닌
가 하나이다."
태후가 이르시되,
"예로부터 여자로서 능히 글짓는 자는 오직 *반희(班姬)와 채녀(蔡
女)와 탁문군(卓文君)과 사도온(謝道蘊)의 넷뿐이더니, 이제 절재
(絶才)의 여자 세 사람이 한자리에 모였으니 가히 보기 드문 일이라
하겠노라."
난양공주가 말하기를,
"영양공주의 시비 가춘운의 글재주가 또한 신기하더이다."
할새, 이때 날이 장차 저물게 되었으므로 상은 외전으로 환어하시고,
공주도 또한 물러가 침전에서 자고, 이튿날 새벽에 닭이 첫 홰를 울매
영양이 태후께 들어가 문후하고 집에 돌아감을 주청하되,

---

*분의(分義)──정당한 도리, 자기 분수에 적당한 의리.
*반희(班姬)──한성제(漢成帝)의 시첩(侍妾).

"소녀 궁중으로 들어올 때, 부모가 필연 놀라고 황송하였을 것이오니, 오늘 돌아가 부모를 보고 태후마마의 은덕과 소녀의 영광을 일문 친척에게 자랑코자 하오니, 엎드려 비옵건대 마마는 허락하옵소서."

태후가 타이르시되,

"딸아이야, 어찌 번거롭게 대내(大內)를 떠나리요? 내 너의 친모와 상의할 일이 있도다."

하고, 전교를 내려 최부인으로 하여금 입조(入朝)하라 하시더라.

이때 정사도 내외는, 하루 아침 딸아이의 비자가 전하는 말을 듣고 놀란 마음이 바야흐로 놓이며 감축하여 마지않는데, 갑자기 태후의 부르심을 받고 급히 내전으로 들어가니, 태후가 접견하시고 이르시기를,

"내 부인의 여아를 데려옴은 대체로 난양공주의 혼사를 위함이니라. 소저의 얼굴을 한번 보매 사랑하는 마음을 이기지 못하여 드디어 양녀를 삼아 난양공주의 형이 되었으니, 필시 과인의 전생 딸이 이 세상에서 부인집에 탄생함인가 하노라. 영양이 이미 공주가 되었으니 마땅히 나라 성을 줄 것으로되, 내 부인에게 자식이 없음을 진념하여 성을 고치지 아니하였으니 부인은 오직 나의 지극한 정을 받들지어다."

이에 최부인이 머리를 조아리며 아뢰기를,

"신첩이 늦게서야 여식 하나를 낳아 사랑하였삽더니, 필경에는 혼사가 한번 그릇되와 예폐를 돌려 보내게 되어 죽고 싶기만 하옵더니, 난양공주께서 여러 번 누추한 제집에 왕림하사 천한 딸아이를 사귀시고, 뒤이어 함께 궁중으로 들어와 세상에 다시 없는 은전을 입게 하시니, 마땅히 정성을 다하고 힘을 다하와 천은(天恩)의 만분의 일이라도 갚고자 하오나, 신첩의 지아비는 나이 늙고 병들어 이미 벼슬을 하직하옵고, 첩도 또한 늙어서 궁녀를 뒤따라 *액정(掖庭)의 때를 지우는 일을 하올 길이 없사오니, 천지와도 같사온 은덕을 장차 무엇으로써 갚사오리까? 오직 감격하온 눈물만 흘릴 뿐이

옵나이다."

이에 부인은 일어나 절하고 엎드려 우니 옷소매가 젖는지라. 태후가 측은히 여기어 말씀하시기를,

"영양은 이미 내 딸이 되었으니, 다시 데려가지는 못하리라."

최부인이 엎드려 아뢰되,

"모녀가 단란하게 모여서, 하늘 같사온 은덕을 칭송치 못하오니 이것이 한이 되겠나이다."

태후가 적이 웃으며 이르시기를,

"성혼한 후에는 난양도 또한 부인에게 부탁할 터이니, 내가 영양을 보듯 하라."

이어서 난양공주를 불러 서로 만나게 하시니, 최부인이 누누이 전일의 무례한 허물을 사죄하더라.

태후가 말씀하시기를,

"내 들으니 부인 곁에 가춘운이 있다 하니, 내 한번 봄을 청하노라."

부인이 곧 춘운을 불러 전각 아래에서 뵈오니, 그 아름다움을 칭찬하며 앞으로 나오라 한 다음 하교하시되,

"난양의 말을 들으니 네가 글재주 있다는데, 이제 글을 지어 보겠느냐?"

춘운이 엎드려 사뢰되,

"신첩이 감히 지존 앞에서 당돌하게 글을 지을 수 있사오리까? 그러하오나 시험삼아 글제를 듣삽고자 하나이다."

태후가 지난번에 지은 세 사람의 글을 내리며 이르시기를,

"네 능히 이 글 뜻에 알맞게 짓겠느냐?"

춘운이 그 자리에서 지어 올리니, 읊었으되,

報喜微誠祗自知　虞庭幸逐鳳凰儀
秦樓春色花千樹　三繞寧無借一枝

기꺼움을 알리는 작은 정성을 다만 스스로 알지니

우정에서 다행히 봉황의 거동을 따를러라
진루의 봄빛이, 꽃 천 나무에
세 겹이 둘렸는데 어찌 한 가지를 빌림이 없으리요?

태후가 다 읽으시고, 두 공주에게 그 글을 보이며 이르시기를,
"가녀〔賈春雲〕의 글재주가 이럴 줄은 짐작지 못한 바로다."
난양이 여쭈기를,
"이 글이 까치로써 그 몸을 견주고, 봉황으로써 저저(姐姐)를 견주었사오니, 체례(體例)가 분명하옵고, 끝귀에 소녀가 서로 허락지 아니할까 의심하여 한 가지의 깃들임을 빌리고자 하여, 옛사람의 글을 모으고 시전(詩傳)의 뜻을 캐어 한 귀절로 합하여 이루었사오니, 진실로 뜻이 정묘하고 수완이 민활하나이다. '나는 새가 사람을 의지하매 사람이 스스로 불쌍히 여긴다'는 옛말이 가녀에게 합당한 격언이옵니다."
이어서 춘운에게 명하여 물러가 진씨와 더불어 상면케 할새, 난양 공주가 소개하기를,
"이 여중서(女中書)는 곧 화음현 진씨 여자인데, 춘운과 더불어 해로할 사람이로다."
춘운이 묻되,
"그러하오면 양류사(楊柳詞)를 지은 낭자이옵니까?"
이 말에 놀라 진씨가 되묻기를,
"춘랑(春娘)이 어떠한 사람으로부터 양류사를 들었느뇨?"
춘운이 대답하되,
"양상께서 매양 낭자를 생각하시고 그 글을 외우시기로 얻어 들었소이다."
진씨가 슬퍼 그리워하며 외치기를,
"양상서께서는 첩을 잊지 아니하였도다!"
춘랑이 말하기를,
"낭자는 어찌 그러한 말을 하느뇨? 양상서가 양류사를 몸에 지니

시고, 보면 눈물이 흐르고 읊은즉 탄식하시더이다.”

진씨가 대답하되,

“상서께서 만일 옛정이 남아 계시다면 첩이 비록 상서를 다시 못뵈
고 죽어도 한할 바 없도다.”

하고, 이어서 비단부채에 상서의 글 받은 일을 말하니, 춘랑이 또한
이르기를,

“첩이 몸에 지닌 보배가 다 상서께서 아는 바로소이다.”

하면서 다시 말을 이으려 할새, 궁인이 알리기를 정사도 부인이 곧 나
가신다 하기에 두 공주가 들어가 모시고 앉으니 태후가 최부인에게
하교하시되,

“양소유가 미구에 돌아올 터이니 전일의 예폐가 스스로 부인집 문
에 다시 들어가겠으나 이제 영양은 곧 내 딸인즉 두 딸아이의 혼례
를 함께 거행코자 하노니, 부인은 허락하겠느뇨?”

최부인이 엎드려 사뢰기를,

“신첩은 오직 태후마마의 처분만 기다리나이다.”

태후가 웃으며 이르시기를,

“양상서가 영양을 위하여 나라의 처분을 세 번 항거하였으니, 내 또
한 한번 속여 보고자 하노라. 상말에 ‘흉즉길(凶則吉)이라’ 하였으
니, 상서가 돌아온 후에 말하되 ‘정소저 우연히 병을 얻어 불행히
도 세상을 떠났다’하라. 또 전일 상서가 올린 상소문에 정녀를 몸
소 보았다 하였으니, 초례(醮禮)하는 날, 상서가 그 모습을 아나 모
르나 시험코자 하노라.”

최부인이 분부를 받고 하직하고 돌아나설새, 영양이 전문(殿門) 밖
에 나와 절하여 보내며 춘운을 불러 양상서를 속일 계교를 조용히 일
러 주거늘, 춘운이 여쭈기를,

“첩이 신선도 되고 귀신도 되어 상서를 속인 일도 마음에 걸리거늘,
또다시 계교를 거행함은 너무 무례하고 단정치 못한 짓이 아니오리
이까?”

영양공주가 말하되,

"이는 우리가 하는 짓이 아니라, 태후마마께서 명하시는 바로다."
춘운이 웃음을 머금고 물러가더라.

양승상(楊丞相)이 가춘운(賈春雲)의 공교한 말을 듣다

이 무렵 양원수는 백룡담의 물로 군사를 먹이매, 군사의 사기가 전
일과 같아진지라. 모두들 한번 싸우기를 원하므로 원수는 모든 장수
를 불러 군략을 정하고 한 북 소리로 곧 진군하니, 찬보(賛普)가 바야
흐로 심요연(沈裊烟)의 보내는 구슬을 받았기에, 양원수의 군사 이미
반사곡(盤蛇谷)을 지난 줄로 알고서, 크게 놀라 겁을 내어 나아가 항
복하기를 논의할새, 모든 장수들이 찬보를 사로잡아 결박하여 양원수
의 진에 이르러 항복하더라.

원수 다시 군사의 행오(行伍)를 가지런히 하고 적의 도성으로 들어
가 노략질을 금하고 백성을 보살펴 위로하고, 곤륜산(崑崙山)에 올라
가 돌비를 세워 당나라의 위엄과 덕망을 기록하고, 군사를 돌려 개가
를 부르며 바야흐로 서울로 돌아올새, 진주(眞州) 땅에 이르니 이미
가을이라 산천이 황량하고 천지가 쓸쓸하며, 싸늘한 꽃잎이 애달픔을
빚어내고 날아가는 기러기가 슬픔을 자아내어 사람으로 하여금 객창
의 외로움을 더욱 간절케 하더라.

원수가 밤에 객사로 드니, 회포는 침울하고 기나긴 밤은 괴괴할 따
름이라. 능히 잠을 이루지 못하다가 마음에 스스로 생각하되,

"고향을 떠난 지 이미 삼년이라, 어머님의 근력이 전일과 같지 아니
하실 터이니, 병구완은 뉘게 부탁하며 조석 문안은 어느 때에 하게
될꼬?

난리를 평정하여 오늘 뜻을 이루었으되 노모를 봉양할 마음은 아
직도 펴지 못하였으니 사람의 자식된 도리가 아니로다.

하물며 수년간 국사에 분주해 아직도 아내를 두지 못하였으며 또
한 정씨와의 혼인을 반드시 기약하기는 어려우리라. 이제 내가 오
천 리 땅을 회복하고 백만 적병을 진압하였으니, 천자께서는 필연

코 이에 큰 벼슬을 *상전(賞典)으로 내리사 싸움터를 달렸던 이몸의
수고를 갚으실 터이니 내 그 벼슬을 도로 바치고 이 사정을 자세히
아뢰어 정씨와의 혼인을 허락하시도록 간청하면 혹 허락하심이 있
으리라."

생각이 이에 이르매 마음이 적이 풀려 베개를 베고 잠시 조는데, 꿈
속에서 몸이 날아 하늘에 오르매 칠보궁궐(七寶宮闕)의 단청이 찬란하
고 오색 구름이 영롱하더니, 시녀 두 사람이 원수에게 아뢰기를,

"정소저 원수를 청하나이다."

양원수가 시녀를 따라 들어가니 넓은 뜰에 꽃이 만발하였는데, 선
녀 세 사람이 백옥루(白玉樓) 위에 모여 앉았거늘, 그 복색이 후비(后
妃) 같으며 주옥 같은 광채가 눈을 쏘고 바야흐로 난간에 의지하여 꽃
가지를 희롱히디기 원수의 들이김을 보고 자리를 떠나 맞아들이며 좌
정한 다음 윗자리의 선녀가 먼저 묻되,

"원수께서는 이별한 후 무탈하시나이까?"

원수가 자세히 보니 지난날에 거문고의 곡조를 논의하던 정소저인
지라. 놀랍고 기꺼워 말을 건네고자 하다가 도리어 말을 못하니, 선녀
가 이르거늘,

"이제는 내 이미 인간계를 이별하고 천상에 와 놀매 옛일을 생각하
니 슬프고, 첩의 부모를 보시더라도 첩의 소식을 듣지 못하시리
라."

하고, 곁에 있는 두 선녀를 가리키며 이르기를,

"이분은 곧 직녀선군(織女仙君)이요, 저분은 대향옥녀(戴香玉女)라,
원수와 더불어 먼저 좋은 언약을 맺으시면 첩이 또 의탁할 바 있으
리라."

하거늘, 원수가 두 선녀를 바라보니 말석에 앉은 이는 낯이 비록 익으
나 능히 기억지 못하겠더라.

이윽고 북 소리에 놀라 깨니 이는 바로 일장춘몽이더라. 꿈속 일을
생각하매 모두 길조(吉兆)가 아니므로 이에 스스로 탄식하되,

---

*상전(賞典)── 과거에 급제한 자를 권장하기 위해 임금이 상을 하사하는 일

"정낭자는 필연 죽었도다. 계섬월(桂蟾月)의 천거와 두련사(杜鍊士)의 중매가 다 월로(月老)의 지시함이 아니요, 가약을 이루지 못하고 이미 유명(幽明)을 달리하였으니 명(命)이냐, 하늘이냐? '흉한 것이 도로 길하다'하니, 혹시 내 꿈을 이른 말인가?"
하더라.

이 일이 오래 되매 전진(前陣)이 이미 서울에 이르니, 천자께서 위교(渭橋)에 몸소 납시어 맞으실새, 양원수는 봉계자금(鳳係紫金) 투구를 쓰고, 황금쇄자갑(黃金鎖子甲) 옷을 입고, 천리대완마(大宛馬)를 타고, 황제께서 내리신 백모황월(白旄黃鉞)과 용봉을 그린 깃발로 전후좌우를 호위하고 찬보를 죄인 수레에 가두어 진 앞에 세우고, 토번(吐蕃) 삼십육 군의 임금들이 각기 진공하는 물건을 가지고 진 뒤에 따르니, 그 위의가 굉장함이 천고에 드문 일이더라.

원수가 말에서 내려 머리를 조아리며 뵈온즉, 상이 친히 붙잡아 일으키고 그 군공을 이루었음을 권장하시고 곧 조정에 조서를 내리시어, 곽분양(郭汾陽)의 옛일에 의거하여 땅을 베어 주고 왕(王)으로 봉하여 상전(賞典)을 후히 하시기에, 원수는 정성을 드러내어 힘써 사양하며 받지 아니하니, 상이 그 충성된 뜻을 좇아 칙지(勅旨)를 내려 양소유로 대승상을 삼고, 위국공(魏國公)을 봉하며 식읍(食邑) 삼만 호를 주시고 그 밖의 상급은 낱낱이 여기에 기록지 못하겠더라.

양승상(楊丞相)이 황제가 타신 수레를 따라 궐내로 들어가 사은하니, 상이 곧 명하여 태평연(太平宴)을 베풀어 예로 대접하는 은전을 보이시고, 그 양승상 화상을 *기린각(麒麟閣)에 그리라고 명하시더라.

승상이 대궐에서 물러나와 정사도집에 이르니, 정씨의 겨레붙이가 모두들 외당에 모여서 승상을 맞아 절하며 각기 치하하기에, 승상이 먼저 사도와 부인의 안부를 물으니, 정십삼이 대답하기를,

"숙부와 숙모가 비록 목숨은 부지하시나 누이의 상변(喪變)을 당하신 후로는 너무 애통컨대 승상은 소생과 더불어 내당으로 들어가심이 어떠하시오?"

*기린각(麒麟閣)──공신의 상(像)을 그려 모시는 누각(樓閣).

　　승상이 갑작스러운 이야기를 들으매 술에 취한 것도 같고 미친 것
도 같아서, 도저히 급히는 묻지도 못하고 한동안 생각에 잠기었다가
다시 묻기를,

　　"장인이 어느 때 따님의 상변을 보았느뇨?"

　　정생이 대답하되,

　　"숙부모가 무남독녀이옵는데 천도(天道)가 무심하여 이 슬픈 지경
　　에 이르시니 어찌 비통치 않겠소이까? 승상은 들어가 보실 때 삼
　　가서 슬픈 기색을 내지 마옵소서."

　　승상이 슬퍼 애통하는 눈물을 비같이 쏟아 옷깃을 적시니, 정생이
위로하되,

　　"승상의 혼약이 비록 금석 같으나 집안의 운수가 불행하여 대사를
　　이미 그르치니, 바라건대 승상은 오직 정리를 생각하여 힘써 위로
　　하소서."

　　승상이 눈물을 뿌려 사례하며 정생과 더불어 내당으로 들어가 사도
내외에게 뵈니, 오직 기뻐 치하할 따름이요, 소저가 요절한 이야기에
는 말이 미치지 아니하므로 승상이 이르기를,

　　"소서(小婿)가 다행히 나라의 위엄을 외람되이 공(公)을 봉하는 상
　　전(賞典)을 받으매 사은하옵고, 또 사사(私事)를 상달하여 황상의
　　의향을 돌리시게 함으로써 전일의 언약을 이루고자 하였더니 아침
　　이슬이 이미 먼저 마르고 봄빛이 이미 저물었으니 어찌 생사에 대
　　한 감회가 없사오리까?"

　　정사도가 눈썹을 한번 찡그리며 정색한 후에 말을 하되,

　　"오늘은 온 집안이 모여서 경사를 치하하는 날이니, 비참한 이야기
　　는 그만두도록 하오."

하면서, 정생이 자주 승상께 눈짓을 하기에 승상이 말을 끝맺고 나아
가 화원으로 들어가니 춘운이 섬돌 아래로 내려와 맞아 뵙는지라, 승
상이 춘운을 보매 소저를 만나는 것 같아서 슬픈 회포가 더욱 간절하
고 눈물이 멎지 아니하니, 춘운이 꿇어 앉아 위로하기를,

　　"상공, 상공! 오늘이 어찌 상공께서 서러워하실 날일 수 있겠나이

160

까? 엎드려 바라오니 상공은 마음을 돌려 눈물을 거두시고 굽혀 첩의 말씀을 들으소서. 우리 낭자는 본래 하늘의 신선으로서, 잠시 인간계에 귀양살이로 오신 고로, 하늘에 오르시던 날 천첩에게 이르기를, '너도 몸소 양상서와 인연을 끊고 다시 나를 따르라.' 내가 이미 인간계를 버렸거늘, 네가 다시 양상서께로 돌아가면 어찌 가히 너와 더불어 서로 떠나리요? 상서께서 조만간 돌아와 만일 나를 생각하고 슬퍼하시거든 모름지기 내 말을 전하여 이르기를, 예폐를 이미 물렸은즉 노상에서 만나는 사람들과 다름이 없으며, 황차 전일 거문고를 들은 혐의가 있다 하여 지나치게 생각하고 너무 슬퍼하면 황상의 명을 거역하고 사사로운 정을 따르는 것이니, 이는 죽은 사람에게까지 누를 끼침이라, 어찌 민망치 아니하리요? 또한 내 무덤에 제사를 지내거나 혹은 *궤연(几筵)에서 곡을 하시면 이는 나를 행실 나쁜 여자로 대접하심이니 지하에서나마 어찌 섭섭한 마음이 없으리요? 그리고 황상이 상서의 돌아옴을 기다려 다시 공주와의 혼사를 의논하신다 하는데, 내 들은즉 관저(關雎)의 위엄과 덕망이 군자의 배필되기에 합당하다 하니, 국명을 준수하여 죄에 빠지지 아니하심이 나의 바라는 바이라'고 하시었나이다."

승상이 이 말을 들으매 더욱 서러워하며 이르기를,

"소저의 유언이 비록 이 같으나 어찌 슬픔을 참을 수 있으리요? 열 번 죽어도 그 은덕을 갚기 어렵도다."

하며, 이어서 진중의 꿈 이야기를 하니, 춘운이 눈물을 흘리며 말하기를,

"소저는 반드시 *옥경(玉京)에 계실지니, 승상께서 천추만세(千秋萬歲) 후에 어찌 서로 만나실 기약이 없사오리까? 너무 서러워하시다가 기체를 상치 마옵소서."

승상이 물어보되,

"이 밖에 소저는 다른 말씀이 없었느냐?"

---

*궤연(几筵)——신주(神主)를 모신 곳.
*옥경(玉京)——하늘 위의 옥황 상제가 산다는 가상적인 서울.

이에 춘운이 대답하기를,

"비록 혼자 하신 말씀이 있사오나, 아무래도 춘운의 입으로는 말씀 드리기 어렵나이다."

승상이 정색을 하며 이르되,

"네 들은 바를 감추지 말고 낱낱이 아뢰렷다!"

춘운이 여쭈기를,

"소저께서 또한 첩한테 이르시기를 '내 춘운과 더불어 한몸이니, 상서가 만일 나를 잊지 못하시고 춘운 보기를 나같이 하여 마침내 버리지 아니하시면, 내 몸은 비록 땅속으로 들어가되 친히 상서의 은덕을 받은 것 같으리라' 하시었나이다."

승상이 더욱 슬퍼하며 말하되,

"내 어찌 춘랑을 버릴 수 있으리요? 하물며 소저의 부탁이 있으니 비록 직녀(織女)로 아내를 삼고 *복비(宓妃)로 첩을 삼을지라도, 내 맹세코 춘랑을 저버리지는 않으리라."

하더라.

양승상이 두 공주와 더불어 성례(成禮)하다

이튿날 천자는 양승상을 불러들여 보시고 하교하시기를,

"지난번에 공주 혼사로 말미암아 태후께서 특히 엄한 처분을 내리사 짐의 마음이 또한 불안하였는데, 이제는 다른 생각이 없게 되었기로 경의 돌아옴을 기다려 공주의 혼례를 거행하려 하였노라. 다만 경은 아직도 소년이요, 당상에는 대부인이 있은즉 제반 의식을 어찌 스스로 분별하며 황차 대승상 관부(官府)에 여군(女君)이 가히 없지 못할지며, 위국공(魏國公)의 가묘(家廟)에 *아헌(亞獻)을 권하지 못할지라. 짐이 이미 승상부 공주궁을 짓고 성례할 날을 기다릴 따름이거늘, 경은 지금도 또한 허락지 아니하겠느뇨?"

---

*복비(宓妃)──낙수의 여신, 복희씨의 딸.

*아헌(亞獻)──제사를 지낼 때 두 번째 헌작(獻爵)을 이름.

승상이 머리를 조아리며 아뢰되,

"신이 여러 차례 거역한 죄는 일만 번 죽어도 아까움이 없삽거늘, 칙교(勅敎)를 거듭 내리시어 말씀이 온후하시니, 신은 진실로 황감하와 죽고자 하여도 죽을 데가 없나이다. 신은 진실로 아무런 기예(技藝)도 없사오며 문벌이 미천하옵고 재주가 옅사오니 부마(駙馬)의 자리에는 합당치 못하옵나이다."

상이 매우 기뻐하며 곧 조서를 흠천감(欽天鑑)에 내리시어 길일(吉日)을 가려잡아 올리라 하시니, 태사(太師)가 구월 십오일로써 아뢰매 다만 수십일이 남아 있을 따름이더라.

상이 승상에게 다시 하교하시기를,

"전일에는 혼사를 완성치 못한 고로 경에게 미처 말하지 못하였노라. 실은 짐의 누이 두 사람이 있으니 다 현숙함이 비범하며, 비록 다시 경 같은 사람을 구하고자 하나 어느 곳에 가히 있으리요? 이러므로 짐이 태후의 명을 받들어 두 누이로써 경에게 하가(下嫁)케 하고자 하노라."

승상이 문득 진주(眞州) 객사에서의 꿈을 생각하고, 마음에 매우 괴이쩍게 여겨 엎드려 사뢰기를,

"신이 부마 간택(揀擇)을 입사온 후로는 황송무지하옵는데, 이제 폐하께서 두 공주로 하여금 한 사람 몸에 하가코자 하옵시니, 이는 나라 있은 이후로 듣지 못한 바이온즉 신이 어찌 당할 수 있사오리까?"

상이 타이르시되,

"경의 공업(功業)이 족히 나라에 제일이 되거늘, 그 공로를 갚을 도리 없는 고로 두 누이로써 섬기게 함이요, 또 두 누이의 우애가 다 천성(天性)에서 나왔으므로 서면 서로 따르고 앉으면 서로 의지하여, 매양 늙어도 서로 떨어지지 않기를 원하는 고로 한 사람에게 하가함이 또 태후마마의 의향이시니 경은 가히 사양치 말지어다. 또한 궁녀 진씨[秦彩鳳]는 대를 거듭한 사환가(仕宦家)의 여자로서 자색이 있고 글을 잘하매 공주가 수족같이 사랑하므로 하가할 때에

잉첩(媵妾)을 삼고자 하니, 아울러 경에게 알려 두노라."
하시니, 승상이 황공함을 이기지 못하며 사은하고 대궐에서 물러나아
가니라.

　이 무렵은 영양공주가 궁중에 머무른 지 이미 여러 달이라, 태후를
섬김에 충성을 다하고 또 난양공주와 진씨와 더불어 정의가 동기 같
기에, 이로써 태후는 더욱 사랑하시는데, 혼삿날이 임박함에 조용히
태후께 아뢰기를,

　"당초에 난양으로 더불어 좌차를 정하던 날 상좌에 있사옵기 극히
　참람하오나 끝까지 사양하오면 태후마마의 자애하시는 은정을 거
　역할 듯 싶사와 억지로 따르옴이 본의가 아니옵더니, 이제 양승상
　께로 돌아가 난양이 제일좌를 사양하오면 이 역시 옳지 않사오니
　엎드려 바라옵건대 태후마마와 황상 폐하께옵서는 그 정례(情禮)를
　짐작하시고 그 위차(位次)를 바르게 하시와 사분(私分)이 편안케 하
　시고 가법(家法)이 문란치 않게 하옵소서."
난양공주가 태후 곁에 있다가 이르기를,

　"저저(姐姐)의 덕행과 재주가 다 소녀의 스승이 되오니, 저저가 비
　록 정씨 문중에 있을지라도 소녀 마땅히 *조녀가 위를 사양함과 같
　이 할 터이거늘, 이미 형제 되온 후에 어찌 존비(尊卑)의 분별이 있
　을 수 있겠나이까? 소녀가 비록 제이 부인이 될지라도 스스로 인
　군의 딸로서의 존귀함을 잃지 아니할 것이요, 만일 제일 위에 있게
　되오면, 태후마마께서 저저를 기르시는 본의가 과연 어디 있겠나이
　까?"
태후가 황상께 의논하시기를,
　"이 일을 어찌 조처하면 좋을꼬?"
상이 대답하시되,
　"난양의 사양함이 지정에서 나오나, 예로부터 국가 공주에 이런 일
　이 있음을 듣지 못하였사오니, 복원컨대 마마께서는 그 겸양하는
　덕을 아름답게 여기사 이 일에 그 아름다운 뜻을 이루도록 하소

*조녀──조쇠(趙衰)의 아내.

서."

태후가 말씀하시기를,

"상의 말씀이 옳으시오."

하시고, 이에 전교를 내리시어 영양공주로써 위국공의 좌부인(左夫人)을 삼으시고, 난양공주로써 우부인(右夫人)을 봉하시고, 진씨는 본래 사부가(士夫家)의 여자이므로 봉하여 숙인(淑人)으로 삼으시니라.

전례로는 공주의 혼례를 궐문 밖에서 거행하였으나 이번에는 태후가 특별히 대내(大內)에서 행례하라 하시기에 길일이 이르매 양승상이 인포옥대(麟袍玉帶)로써 두 공주와 더불어 성례하니, 몸차림의 화려함과 예모의 장함은 이르지도 말 것이고, 예식이 끝나 자리를 잡은 다음에 진숙인(秦淑人)이 또한 예로써 뵙고 이어서 공주 곁에 시립하거늘, 승상이 자리를 주니 마치 세 사람의 선녀가 하늘에서 내려온 듯, 휘황찬란하여 승상이 꿈 속에 있는 것이 아닌가 의심하더라.

이 밤에 승상은 영양공주와 더불어 베개를 같이 하고, 이튿날에 일찍이 태후께 문안드리니 태후가 잔치를 베풀어 주시는데, 황상과 또한 태후 좌우로 시립하시고 종일토록 즐겨하시더라. 승상이 이날 밤에는 다시 난양공주와 더불어 이불을 한가지로 하고, 제 삼일에는 진숙인 방으로 가니 숙인이 문득 눈물을 흘리기에, 승상이 놀라 물어 보기를,

"오늘 웃는 것은 옳거니와 우는 것은 옳지 아니하도다! 그러나 무슨 까닭이 있음직하니 사실을 말하라."

진숙인이 대답하되,

"소첩을 기억 못하시니 승상께서 이미 잊어버리심이겠나이다."

이때 승상이 자세히 보더니 이윽고 숙인의 가냘픈 손을 잡고 말하기를,

"그대 화음현(華陰縣)의 진씨로다! 오매불망하던 그대로다."

채봉(彩鳳)이 목이 메어 소리가 입에서 나지 못하므로 승상이 이르되,

"낭자는 이미 지하로 돌아간 줄로 알았는데 궁중에 고이 있었으니

천만다행이로다. 그때 화주(華州)에서 헤어지매 낭자의 집이 참혹한 화란을 겪음은 다시 말할 길 없거니와, 객사에서 피란한 후로 어찌 하루라도 그대를 생각지 아니하였으리요? 오늘 옛 언약을 이루게 됨은 실로 내 생각에 미처 못한 바요, 낭자 역시 반드시 기약지는 못하였으리라."

하고, 드디어 주머니 속에서 진씨의 글을 내어 놓으니, 진씨 또한 승상의 글을 받들어 올리매, 두 사람의 양류사(楊柳詞)가 의연히 서로 화답하던 날 같은지라, 진씨가 말하기를,

"승상께서는 오직 양류사로 옛 언약을 맺은 줄만 아시고, 비단부채로써 오늘의 연분이 이루어짐을 알지 못하시나이다."

하고, 이에 상자를 열어 그림 부채를 꺼내어 승상에게 보이고, 이어서 그 언유를 사세히 말하니, 승상이 이르되,

"그때 남전산(藍田山)으로 피란갔다가 돌아와 객점 주인한테 물어본즉, 혹은 낭자가 액정(掖庭)에 박혔다 하며, 혹은 먼 고을에 관비로 되어 갔다 하며, 혹은 흉화(凶禍)를 면치 못하였다 하여 적실한 소식을 알지 못하여 다시 가망이 없는 고로, 부득이 다른 집에 혼처를 구하나, 매양 화산과 위수 사이를 지나매 몸은 짝 잃은 기러기 같고 마음이 낚시에 꿰인 고기 같더니, 천은이 융숭하사 비록 서로 함께 모였으되 마음에 불안한 일이 있으니 이는 다름이 아니요, 바로 객점에서 정한 언약이 어찌 부실(副室)로서 서약하였으리요? 마침내는 낭자로 하여금 이 위에 굽히게 하였으니 어찌 아깝지 아니하며 부끄럽지 아니하랴?"

진씨가 이에 대답하기를,

"첩의 기박한 신수는 첩이 스스로 알고 그때 유모를 객점으로 보낼새, 낭군이 만일 아내 있는 몸이라면 스스로 부실되기를 원하였거늘, 이제 공주에 다음가는 자리에 있사오니 첩의 영광이요, 다행이온즉, 첩이 만일 원망하고 한탄하면 하늘이 미워하시리이다."

이러므로 이 밤에는 옛정이 새로워 전일의 두 밤에 견주어 더욱 친밀하더라.

———

계교(計巧)로 서로 속은 일이라

이튿날에는 승상이 난양공주와 더불어 영양공주 방에 모여 같이 술을 마실새, 영양공주가 소리를 낮추어 시녀를 불러 진숙인을 청하거늘, 승상이 그 목소리를 듣고 스스로 구슬픈 감회가 서려 낯에 오르니, 이는 전일에 양생(楊生)이 여복을 입고 정사도 집에 들어가 소저를 대하여 거문고를 탈 적에, 곡조를 평하던 목소리를 듣고 그 용모가 더욱 눈에 익었더니, 이날 영양공주의 음성이 또한 정소저의 그것이요, 자세히 본즉 모습이 또한 정소저라, 승상이 이에 이르러 곰곰이 생각하되,

'세상에 흡사한 사람도 있도다! 내 정씨와 혼인을 언약할 적에, 사생을 한가지로 하고자 하였더니, 이제 나는 금실(琴瑟)의 즐거움을 맺었거니와 정씨의 외로운 넋은 어느 곳에 의탁하였을꼬? 내 허물을 피하고자 하여 무덤 앞에 한 잔 술과 궤연(几筵)에서 곡 한번 아니하였으니, 내 정씨를 저버림이 심하도다!'

하고, 두 눈에 눈물이 고이니, 정씨의 거울 같은 마음으로 승상의 가슴 속을 어찌 알지 못하리요. 이에 옷깃을 바로잡고 묻기를,

"이제 상공께서 잔을 잡으시매 갑자기 슬픈 빛이 엿보이오니, 감히 그 연고를 알고자 하나이다."

승상이 사례하며,

"소유(少游)의 마음 속 일을 어찌 귀주(貴主)께 감추리요. 소유가 지난날 정사도의 집에 가서 그 여자를 보았거니와, 귀주의 음성과 용모가 정씨 여자와 흡사한 고로 눈에 어른거리고 마음에 살아나기에 아마도 비창한가 하오니, 귀주는 괴이쩍게 여기지 마옵소서."

영양공주가 이 말을 듣고 나자 두 볼에 붉은 빛을 띠며, 홀연히 자리를 일어나 내전으로 들어가 오래 나오지 아니하므로, 승상이 시녀를 시켜 청하니 시녀 또한 나오지 아니하기에 난양공주가 이르기를,

"저저(姐姐)는 태후마마의 극진한 사랑을 받은 고로 성품이 굽힐 줄

을 몰라 첩의 잔망함과는 같지 않으시더니, 아마도 상공께서 정녀
로써 견주시매 매우 미흡한 마음이 있는가 보옵나이다."

승상이 다시 진씨를 보내어 사죄하기를,

"소유가 취중에 망발하였으니, 귀주가 곧 나시면 소유는 마땅히 진
문공(晉文公)과 같이 가두기를 청하리이다."

하였더니, 이윽한 후에 진씨 돌아오나 전하는 말이 없으므로 승상이
물어 보되,

"귀주가 무슨 말씀 하더뇨?"

진씨는 대답하기를,

"귀주께서 노여움이 크시와 말씀이 과하시기에 감히 전치 못하겠나
이다."

승상이 정색을 하며 이르되,

"귀주의 과하신 말씀이 숙인(淑人)에게는 허물되지 않을 터이니 모
름지기 자세히 전하렷다 ! "

마지못하여 진씨가 대답하기를,

"영양공주의 말씀이 '첩은 비록 잔졸하나 태후마마의 총애하는 딸
이요, 정녀가 비록 요조하나 여염의 미천한 집 여아라. 예법에 이
르기를 *길말(路馬)에 허리를 굽힌다 하였으니 말을 공경함이 아니
라, 인군의 타신 바를 공경함이거늘, 하물며 인군이 사랑하시는 누
이에 있어서랴? 정녀가 일찍이 체모를 생각지 아니하고 스스로 그
자색을 자랑하여 상공과 더불어 말을 건네며 거문고 곡조를 논란하
였은즉, 아무래도 몸가짐이 옳지 못할지다. 또 스스로 혼사가 지체
됨을 한탄하여 조울병(躁鬱病)을 일으켜 청춘을 재촉하였으니 그
신수 가장 기박하거늘, 상공이 어찌 나를 여기에 견주시나뇨? 옛
날에 노(魯)나라 추호(秋胡)가 황금으로써 뽕 따는 계집을 희롱하매
그 계집이 스스로 물에 빠져 죽었다 하거늘, 첩이 어찌 부끄러운 낯
으로써 가히 상공을 대하리요? 또한 상공이 이미 죽은 낯을 기억
하고, 그 소리를 이별한 지 오랜 뒤에 알아들으니, 이는 바로 탁녀

*길말(路馬)──천자(天子)의 승마.

[卓文君]가 외당에서 거문고를 타면서 가씨(賈氏)집에서 향을 도둑
질함과 같으매, 첩은 일로부터 맹세코 문 밖에 나지 아니하고 몸을
마칠지라. 난양은 성품이 유순하여 나와 같지 아니하니 바라건대
상공은 난양과 더불어 백년해로(百年偕老)하소서' 하시더이다."

승상이 이에 대로하여 이르기를,

"천하에 여자로 세(勢)를 믿음이 이 영양 같은 자 또 있으리요? 과
연 부마의 괴로움을 알겠도다."

이에 난양에게 이르되,

"내 정녀와 더불어 상봉함이 곡절이 있거늘, 이제 영양이 도리어 음
행으로 내게 씌우고자 하는데 이는 상관없거니와, 욕이 이미 죽은
사람에게 미치니 이 실로 한탄할 바로다."

난양이 이르기를,

"첩이 마땅히 들어가 저저에게 깨닫도록 말씀하겠나이다."

하고, 곧 몸을 돌이켜 들어가더니 날이 저물도록 또한 나오지 아니하
고, 이미 방안에 등촉을 벌여놓았으매, 난양이 시비를 시켜 전하되,

"첩이 여러 가지로 타일러도 저저 마침내 마음을 돌리지 아니하시
나이다. 첩이 당초에 저저와 더불어 사생고락을 같이 하자 언약하
여 천지신명께 언약하였기로, 만일 저저가 깊은 궁에서 홀로 늙으
면 첩도 또한 깊은 궁에서 늙고자 하오니, 바라건대 승상은 숙인 방
에 나아가사 오늘 밤을 안녕히 지내소서."

하니, 승상은 노기가 치밀어 오르나 마음을 억제하여 얼굴과 말에 드
러내지 아니하고, 빈 방장과 친 병풍이 또한 무료하므로 침상에 비스
듬히 의지하여 진씨를 바라보니, 진씨 곧 촛불을 들고 승상을 인도하
여 침방으로 돌아가 금화로에 용향(龍香)을 피우며 상아평상(象牙平
床)에 비단 금침을 펴고서 승상께 아뢰기를,

"첩이 비록 불민하오나 일찍이 군자의 *풍도(風度)를 듣사오니, 예
법에 '첩을 *어거함이 감히 저녁을 당치 못한다[妻不在, 妾御不敢當

---

*풍도(風度)──풍채와 태도.
*어거함──거느려서 바른 길로 나가게 함.

夕)'하니, 이제 두 공주마마께서 다 내전에 드신지라, 첩이 어찌 감히 상공을 모시고 이 밤을 지낼 수 있사오리까? 오직 승상은 안녕히 취침하소서."

하고 옹용(雍容)히 걸어가거늘, 승상이 비록 만류치 아니하나 이 밤의 경색(景色)이 자못 쓸쓸한지라, 드디어 방장을 드리우고 베개를 베고 드러누우매 엎치락뒤치락 잠을 이루지 못하고 홀로 말하기를,

"이 무리들이 떼를 짓고 꾀를 내어 장부를 조롱하니, 내 어찌 저들에게 애걸할 것이랴? 내 전일 정사도집 화원에 있으매, 낮이면 정십삼과 더불어 주루(酒樓)에서 취하고 밤이면 춘랑과 더불어 촛불을 대하여 술을 마시니 하루도 불쾌함이 없었거니와, 이제 부마된 지 삼일에 마음이 매우 괴롭도다."

하고 손을 들어 사장을 여니, 은하수는 하늘에 비끼고 월색은 뜰에 가득하기에, 승상이 마음 속으로 뇌이되,

"밤이 이미 깊었거늘 궁인(宮人)이 어찌 지금껏 자지 않을꼬? 영양이 내게 노하여 나를 이리로 보내더니, 이미 침실로 돌아갔도다."

신 소리를 죽이며 고이 걸어 가만히 창 밖에 나아간즉, 두 공주의 말소리와 웃는 소리와 주사위 쌍륙(雙六) 소리가 창밖으로 새어나오므로, 가만히 창틈으로 엿본즉, 진숙인이 두 공주 앞에 앉아 한 여자와 더불어 주사위판을 대하고 일(一)을 빌며 육(六)을 부르더니, 그 여자가 몸을 돌려 촛불을 돋우는데 자세히 보니 가춘운이라. 원래 춘운은 공주들의 대례(大禮)를 올리던 날 궁에 들어옴이겠더라. 그러나 그날은 춘운이 몸을 감추어 승상을 보지 아니한 고로, 승상이 이에 춘운이 있을 줄을 어찌 알았으리요?

승상이 놀라 괴이쩍게 여기며 홀로 지껄이기를,

"필연 공주가 춘운의 자색을 보고자 하여 불러옴이로다."

하는데, 진씨가 갑자기 주사위판을 다시 벌이며 말하기를,

"내기를 아니하므로 재미가 없으니, 내 마땅히 춘랑과 더불어 내기를 하리로다."

춘운이 이에 대답하되,

"춘운은 본래 빈한하여 한 그릇 주효도 다행으로 알거니와, 진숙인은 공주마마의 곁에 있기로 능라금수(綾羅錦繡)와 경거옥패(瓊琚玉佩)가 풍족하실 터이니 춘운에게 무슨 물건을 내기하라 하시나뇨?"

진씨가 대답하기를,

"내 이기지 못하면 내 허리에 찬 노리개와 머리에 꽂은 비녀 중에 춘랑이 구하는 대로 줄 것이요, 낭자가 이기지 못하면 내 청을 들을지니, 이 일은 실로 낭자에게는 허비할 바 없도다."

춘운이 다시 묻되,

"청코자 하는 바는 무슨 일이며, 듣고자 하는 바는 무슨 말이뇨?"

진씨가 말하기를,

"지난번에 두 공주님께서 하시는 말씀을 들으매, 춘랑이 신선도 되고 귀신도 되어 그로써 승상을 속이었다 하는데, 내 그 자세한 이야기를 듣지 못하였으니 낭자가 지거든 이 일로써 고담삼아 내게 들리라."

춘운이 이에 주사위판을 밀고 영양공주를 향하여 여쭈기를,

"아가씨, 아가씨! 아가씨는 평일에 춘운을 사랑하심이 지극하시더니 이런 이야기를 공주께 들리사 숙인이 이미 들었다 하오니, 궁중에 귀 있는 사람이야 뉘 알지 못하였사오리까? 이제 춘운이 무슨 면목으로 사람을 대할 수 있사오리까?"

진씨가 말하기를,

"이몸이 춘랑에게 책할 말이 있도다. 우리 공주가 어찌 춘랑의 아가씨가 되리요? 영양공주는 곧 대승상의 부인이요, 위국공의 여군(女君)이시니 연세는 비록 젊으시나 지위는 이미 높으시니 어찌 감히 아가씨라 부르리요?"

춘운이 사과하되,

"십 년이나 익은 입을 하루 아침에 고치기 어렵고, 꽃을 다투고 가지를 가지고자 싸우던 일이 완연히 어제 같으니, 공주를 내가 두려워하지 않는 데서 실언함이니 용서하소서."

하고, 이어서 소리내어 크게 웃거늘, 난양공주가 영양공주에게 묻자오되,

"춘운의 이야기 끝을 소매도 미처 듣지 못하였는데, 과연 승상께서 춘운에게 속았나이까?"

영양이 비로소 말하기를,

"승상께서 춘운에게 속은 일이 많으니, 불 아니 땐 굴뚝에 어찌 연기가 날 수 있겠나이까? 다만 그 겁내는 형상을 보고자 하였더니 너무 미욱하여 귀신을 미워할 줄 알지 못하니, 귀신에 주린 자가 어찌 귀신을 미워할 줄 알겠나이까?"

하니 좌중이 크게 웃더라.

승상이 정녕 영양공주가 정소저인 줄을 알고 또한 반가움을 이기지 못하여 칭을 열고 돌입하고자 하다가, 도로 멈추며 홀로 지껄이기를,

"저들이 나를 속이고자 하니 내 또한 저들을 속이리라."

하고, 이에 가만히 진씨방으로 돌아가 잘 자고 나니, 이튿날 일찍이 진씨가 나아와 시녀에게 묻되,

"승상께서 이미 기침하셨느냐?"

시녀가 대답하기를,

"아직 기침 아니하셨나이다."

진씨가 창밖에 오래 서 있으니, 어느덧 아침 햇살이 창문에 가득하고 조반상이 곧 들어가겠으되, 승상이 일어나지 아니하고 이따금 신음하는 소리가 새어나오기에, 진씨가 나아가 물어 보되,

"승상께서 *미령(靡寧)하시나이까?"

승상이 눈을 떠 직시하되 사람을 보지 못하는 것 같고 간간이 잠꼬대를 하니, 진씨가 다시 묻기를,

"승상께서 어찌 잠꼬대를 하시나이까?"

승상이 어지러운 듯 잠시 머뭇거리다가, 갑자기 되묻되,

"네 누구냐?"

진씨가 대답하기를,

---

*미령(靡寧)──어른의 몸이 병으로 편하지 못함.

"첩을 알지 못하시나이까? 첩은 진숙인이옵나이다."

승상이 고개를 끄덕일 뿐이요, 눈을 도로 감으며 목안엣소리로,

"진숙인? 진숙인이 누구냐?"

하기에 진씨가 놀라며 손을 들어 승상의 이마를 어루만지며 이르기를,

"이마가 자못 더우니 승상께서 환후(患候)가 계심을 가히 알겠으나, 하룻밤 사이에 무슨 병이 이렇듯 위중하시나이까?"

승상이 다시 눈을 떠 정신을 가다듬으며 이르기를,

"이상도 하다! 정녀가 밤새도록 나를 괴롭히니 내 어찌할꼬!"

하기로, 진씨가 그 자세한 이야기를 물은즉 승상이 다시금 어지러운 듯 대답지 아니하고 몸을 옮겨 돌아눕기에, 진씨는 매우 걱정이 되므로 시녀를 보내어 공주에게 아뢰기를,

"승상께서 환후가 계시니 속히 나와 뵈옵소서."

영양공주가 이르되,

"어제 술 마시던 상공이 무슨 병이 있으리요? 아무래도 이는 우리들로 하여금 나아가 보게 함이리라."

하는데, 진씨가 급히 들어와 아뢰되,

"상공이 정신이 혼미하사 사람을 보아도 알지 못하고 오히려 어두운 데를 향하여 잠꼬대를 자주 하시니, 황상께 아뢰옵고 의관을 불러 치료하심이 어떠하오리까?"

하니, 태후가 들으시고 공주를 불러 나무라시되,

"너희들이 승상을 지나치게 속였거늘, 그 병이 중함을 듣고도 나아가 보지 않으니 이 무슨 도리냐? 급히 문병하고 만일 증세 중하거든 의관 중에 의술이 신묘한 자를 불러 진찰하고 치료케 하렸다!"

영양이 난양과 더불어 승상 침방으로 나아가 마루에 머무르고, 먼저 난양공주가 진씨와 더불어 들어가 보게 하였더니 승상이 혹은 두 손을 휘두르고 혹은 두 눈을 부릅뜨면서, 처음에는 난양이 묻는 말을 듣지 못하는 듯하더니 비로소 목안엣소리로 말하기를,

"내 명이 장차 다하겠기로 영양으로 더불어 영결하려 하거늘, 영양

은 보지 못하겠도다.”

난양이 말하되,

“승상께서 어찌 그런 말씀을 하시나이까?”

승상이 처량한 말로 덧붙이기를,

“간밤에 비몽사몽(非夢似夢)간에 정녀가 내게 와서 말하되 ‘상공은 어찌 언약을 저버리시나이까?’하고 노여움이 추상 같으며, 진주(眞珠) 한 움큼을 내려주기에 내 그것을 받아 삼켰으니 이는 실로 흉한 징조요, 눈을 감은즉 정녀가 내 몸을 누르고 눈을 뜬즉 정녀가 내 앞에 섰으니 어찌 능히 살리요?”

말을 마치지 못하여 또한 기진하는 시늉을 지으며 낯을 돌려 벽을 향하더니 다시 횡설수설(橫說竪說)하기에, 난양이 그 동정을 살펴보매 놀랍고 염려되므로, 밖으로 나와 영양에게 이르기를,

“승상의 병인즉 아무래도 의질(疑疾)이오니 저저 아니면 능히 고칠 자 없나이다.”

하고, 이어서 병의 증세를 말하니, 영양이 반신반의로 주저하므로 난양이 손을 끌고 들어가니, 승상이 아직도 잠꼬대를 하는데 모두가 정씨를 향한 말이라, 난양이 소리를 높여 말하되,

“승상, 승상! 저저가 이에 나셨으니 눈을 떠보소서.”

승상이 잠깐 머리를 들고 자주 눈을 희번덕거리며 일어나고자 하는 시늉을 하기에 부축하여 일으켜 평상 위에 앉히니, 승상이 공주들을 대하여 하는 말이,

“소유가 편벽되게 천은(天恩)을 입어 두 분 귀주(貴主)와 더불어 성혼하매 백년해로하자 했더니, 나를 잡아 가려는 듯한 자 있기로 세상에 오래 머무르지 못하겠으니 이를 서러워하나이다.”

영양이 말하기를,

“승상은 이치를 아는 군자이거늘 어찌 허망한 말씀을 하시나이까? 정씨의 흩어진 넋이 남아 있을지라도 백령(百靈)이 호위하는 구중궁궐에 어떻게 들어오며, 또 어찌 대승상의 귀중한 몸을 침노할 수 있사오리까?”

승상이 소리 높여 외치되,

"정녀가 지금 당장 내 곁에 있거늘 어찌 들어오지 못한다 이르느 뇨?"

난양이 말하기를,

"옛사람이 '술잔의 배암을 마시고 의질(疑疾)을 얻더니, 벽에 걸린 활그림자가 배암 모양임을 안 후로는 병이 쾌차하더라'하는데, 승상의 병이 또한 그 같고 쾌차하실 방법도 그와 비슷한 줄로 아뢰나 이다."

승상이 눈을 감고 대답지 아니하며 다만 손만 놀릴 따름이기에, 영양이 병세가 점차 위중한 줄로 보고 다가앉으며 하는 말이,

"승상께서는 다만 죽은 정녀만을 생각하시고, 산 정녀는 보고자 아니하시나이까? 승상이 정녀를 보고자 하실진대 첩이 바로 정녀 경패(瓊貝)로소이다."

승상은 거짓으로 믿지 못하는 체하면서 이르기를,

"무슨 말이뇨? 정사도에게 한 딸이 있다가 죽은 지 이미 오래도다. 죽은 정녀는 이미 내 몸 곁에 있은즉 그 밖에 어찌 산 정녀가 있으리요? 죽지 않은즉 살고 살지 않은즉 죽는 것이 사람의 정한 일이요, '죽은 자는 다시 살아나지 못하니라'하니, 귀주의 말씀을 내 믿지 못하겠소이다."

이에 난양이 덧붙여 말하되,

"우리 태후마마께서 정씨를 양녀로 삼으시고 영양공주(英陽公主)를 봉하사 첩과 한가지로 성상을 섬기게 하였으니, 영양저저(姐姐)가 곧 전일의 거문고를 듣던 정소저니이다. 그렇지 않사오면 어찌 정녀와 더불어 털끝만치도 틀림이 없을 수 있사오리까?"

승상이 이 말에는 대답지 아니하고 적이 신음하는 소리를 내더니, 홀연히 머리를 쳐들고 숨을 크게 쉬며 말하되,

"내 정씨집에 있을 적에 정소저의 비자 가춘운이 내게 와 사환노릇을 하였는데, 이제 춘운한테 한 말을 묻고자 하니 그는 어디 있느뇨? 보고자 하나 그 역시 어렵도다. 슬프다! 한스럽기 그지없도

다!"

난양이 밝히기를,

"춘운이 영양저저께 뵈옵고자 궁중에 들어왔다가 또한 승상의 병환
을 근심하여 이제 밖에서 문후하나이다."

하더니, 춘운이 들어와 여쭈되,

"승상께서 기체(氣體) 어떠하시나이까?"

승상이 하는 말이,

"춘운만 머무르고 그 밖의 사람은 다 나가기 바라오."

하니, 두 공주와 숙인이 밖으로 나와 난간을 의지하여 서니라.

승상이 곧 자리에서 일어나 소세하고 의관을 정제한 다음, 춘운을
시켜 세 사람을 다시 불러들이니, 춘운이 웃음을 머금고 나와 두 공주
와 숙인에게 말하기를,

"승상께서 청하시나이다."

하기에, 네 여인이 함께 들어가니, 승상이 화양건(華陽巾)을 쓰고 관
금포(官錦袍)를 입고 백옥여의(白玉如意)를 잡고 안석에 의지하여 앉
았으니, 기상이 화창한 봄날씨 같아 조금도 병들었다가 일어난 사람
같은 기색이 없으므로 영양공주는 비로소 속은 줄을 알고 웃으며 머
리를 숙이고 다시 문병치 아니하나, 난양공주는 물어 보기를,

"승상의 기후 지금은 어떠하시나이까?"

양승상(楊丞相)이 정중한 태도로 정대히 대답하기를,

"소유가 근래의 풍속이 괴이함을 보니 미인계로써 장부를 속이는지
라, 유한(幽閑)하고 정정(貞靜)한 부덕을 장차 어디로 좇아볼 수
있으리요? 소유가 대신의 반열에 있기로 이에 교정할 방책을 골똘
히 생각다가 병이 되었으되 이제 쾌차하니 귀주는 염려를 마옵소
서."

하니, 난양과 숙인은 웃으며 대답지 아니하고, 영양이 다만 말하기를,

"이 일이온즉 첩들이 알 바 아니오며, 승상의 병근을 알고자 하실진
대는 스스로 돌이켜보시고 남 속이던 일을 뉘우칠 것이요, 한편 태
후마마께 품달하여 보소서."

승상이 마음에 가려움을 이기지 못하여 이에 소리내어 웃으며 하는 말이,

"양소유의 신출귀몰(神出鬼沒)한 계교로써 전후 미인계의 실상을 알았으니, '부인은 사람의 아래에 엎드린다'는 말이 옳도다. 그러나 소유가 오직 공경하고 감복함은 태후마마께서 자식같이 보시는 은덕과 황상폐하의 친신(親信)하시는 어념과 귀주의 우애하시는 덕행이오니, 소유 정성을 다하여 금실(琴瑟)의 즐거움을 오래오래 누리리이다."

두 공주와 숙인이 부끄러운 빛을 띠며 고개를 끄덕일 뿐 아무런 말이 없더라.

양승상(楊丞相)이 그 대부인(大夫人)을 모시고 잔치를 열다

이때 태후가 궁녀로부터 승상이 병을 칭탁한 사유를 아시고 크게 웃고 이르시기를,

"내 진실로 의심하였느니라."

하고 이에 승상을 불러 보실새, 두 공주가 또한 모시고 앉았거늘 태후가 하문하시되,

"승상이 이미 죽은 정녀와 더불어 끊어진 인연을 다시 이었다 하니 정녕인고?"

승상은 이에 엎드려 아뢰기를,

"은덕이 조화(造化)로 더불어 한결같이 크시니, 신이 분골쇄신(粉骨碎身)할지라도 갚기 어려울 줄로 아뢰나이다."

태후가 이르시기를,

"다만 희롱함이니 어찌 은덕이라 하리요?"

하시더라.

이날 천자께서 정전(正殿)에 납시어 모든 신하들의 조회를 받으실새, 신하들이 아뢰기를,

"근자에 밝은 별이 높이 뜨며 단이슬이 내리고, 황하(黃河)의 물이

맑고 곡식이 풍성하고, 세 진(鎭)의 절도사가 땅을 들어 조회하며 강한 토번이 항복하였으니, 이는 다 성덕으로써 이룬 바로 아뢰오."

상이 겸양하시며 공을 모든 신하들께 돌리시므로, 모든 신하가 한 가지로 아뢰기를,

"양소유가 근일 궁중에 오래 머물러 있음으로써 정부의 공사(公事)가 많이 지체되온 줄로 아뢰오."

상이 크게 웃고 이르시기를,

"태후께서 연일 불러 보시는 고로 승상이 감히 나오지 못함이니, 짐이 효유하여 공사를 보게 하리라."

하시더니, 이튿날 양상서가 정부에 나아가 공사를 처리하고, 드디어 소(疏)를 올려 그 모친을 모셔오려 하거늘, 그 상소문에 씌었으되,

'승상 위국공 부마도위(駙馬都尉) 신 양소유는 돈수백배하옵고 황상 폐하께 삼가 아뢰옵나이다. 신은 본디 초 땅의 미천한 백성이오라, 노모를 *공궤(供饋)함에 넉넉지 못하므로 두소(斗筲) 같은 적은 재주로 외람히 국록(國祿)으로써 노모를 봉양코자 하여 분수를 헤아리지 않고 향공(鄕貢)을 입사와, 과거에 뽑히고 조정에 들어선 지 수년에 조서를 받들어 강적을 치매 절도(節度)는 무릎을 굽히옵고, 또 명을 받자와 서매 흉한 토번(吐蕃)이 꼼짝 못하고 나아와 항복하오니 어찌 이를 신의 한 계책이라 하리이까? 이는 다 황상폐하의 위덕(威德)이 미친 바요, 모든 장수가 죽기로써 싸웠음이거늘, 폐하께옵서는 도리어 이에 적은 수고를 권장하시고 중한 벼슬로써 포양(襃揚)하옵시니 신의 마음에 그지없이 황송하오이다.

부마 간택에 하교가 간절하옵고 천은이 깊사오매, 신의 미천함으로 능히 도망치 못하여 받들어 따랐사오나 또한 황송하오이다.

노모가 신에게 바라던 바는 얼마 되지 않는 국록이옵고 신이 원하던 바도 미관말직(微官末職)에 지나지 아니하옵더니, 이제 신이 장상(將相)의 자리에 있사옵고 공후(公侯)의 작(爵)에 있사와 국사에 견마(犬馬)의 충성을 다하려 하기로, 노모를 데려올 겨를을 내지

─────────────────────

*공궤(供饋)─── 음식을 줌.

못하오니, 거처와 음식이 신의 노모와는 판이하온지라 이는 부귀로써 몸을 처하고 빈천(貧賤)으로써 어미를 대접하옴이니 자식의 도리에서 크게 벗어남이 아니겠나이까? 하물며 신의 어미 이미 늙고 신병이 무거우나 다른 자녀가 없사와 가히 구호치 못하오며 산천이 아득하여 소식이 또한 자주 통치 못하와 노모를 보고 싶은 마음이 간절하옵는데 이제 국가의 무사함으로 관부(官府)가 한가하오니 엎드려 비옵건대 폐하께서는 신의 다급한 형편을 살피시어 신의 봉양(奉養)코자 하는 소원을 돌아보시와 각별히 두어 달 겨를을 허락하시오면, 그 사이에 돌아가 선영(先塋)에 성묘하고 노모를 데려와 모자가 함께 성덕을 기리며 그로써 *반포(反哺)의 정성을 다하게 하옵시면, 신은 마땅히 충성을 다하여 천은을 갚사오리니, 성상(聖上)은 이를 딱하게 여기시와 윤허하옵소서.'

상이 상소문을 다 보시고 탄식하시되,

"효재(孝哉)라, 소유여!"

하시고, 특별히 황금 일천 근(斤)과 비단 팔백 필을 하사하여 그 노모를 현수케 하고 또 노모를 만나 속히 데리고 돌아오라고 하교하시매, 승상이 대궐로 들어가 사은하고 태후께 하직하니 태후 또한 금과 비단을 내리시므로 승상이 사은하고, 두 공주와 진숙인·가유인과 더불어 작별하니라.

서울을 떠나서 천진교에 다다르니 계섬월(桂蟾月) 적경홍(狄驚鴻)의 두 기생이 부윤의 기별을 받고 이미 객관에 와 등대하였기에 승상이 웃으며 두 기생에게 이르기를,

"이번 길은 사사로운 길이요 군명이 아니거늘, 그대들이 어찌 내가 오는 줄을 알았느뇨?"

경홍과 섬월이 대답하되,

"승상 위국공 부마도위의 행차를 깊은 산 험한 골짜기에서도 다들 알고 떠들썩하게 들려 오는데, 첩들이 비록 두메에 사오나 어찌 귀

*반포(反哺)——까마귀 새끼가 어미에게 먹이를 물어다 먹임. 즉 자식이 자라 부모를 봉양함을 말함.

와 눈이 없사오리까? 하물며 부윤이 첩들을 대접하기를 상공의 다음으로 치니 어찌 기별하지 않으오리까? 상년에 상공께서 여기를 거치시매 첩들이 오히려 생색이 만길이나 높았사온데, 이제 상공의 지위 더 높고 공명이 더 크시니 첩들의 영광이 또한 백배나 더하나이다. 들자오니 상공께서 두 공주의 부마가 되셨다 하옵는데, 두 분 공주가 능히 첩들을 용납하실는지 알고자 하나이다.”

승상이 대답하기를,

“공주의 한 분은 황상폐하의 매씨요, 또 한 분은 정사도의 여자로서 황태후의 양녀가 되었으매, 이는 곧 계랑이 천거한 바이니 정씨가 어찌 계랑의 천거한 은혜를 잊어버리리요? 또한 공주와 더불어 사람을 사랑하고 물건을 용납하는 덕행이 있으니 어찌 두 낭자의 복이라 하지 아니하리요?”

경홍과 섬월이 서로 돌아보며 하례하더라.

승상이 두 사람과 더불어 밤을 지내고 다시 길을 떠나 고향에 다다르니, 지난날 십오세 서생으로 모친 슬하를 하직하고 멀리 갔다가 이제야 돌아와 근친(覲親)하매, 승상의 거마를 타고 위국공의 장복을 입고 아울러 부마의 귀함을 겸하니, 사년 동안 성취함이 과연 장한 일이로다.

들어가 모부인께 뵈온즉, 모부인이 아들의 손을 잡고 그 등을 어루만지며 이르기를,

“네가 참말로 우리 아들 소유뇨? 내가 아무래도 믿지 못하겠도다. 전일에 육갑(六甲)을 외우며 글자 모으기를 할 적에 어찌 오늘의 영광이 있을 줄을 알았겠느뇨?”

하고, 기쁨을 이기지 못하여 눈물을 흘리므로, 소유가 공명을 이룬 일과 장가들고 첩들을 가려잡게 된 사연을 아뢴즉, 모부인이 말하기를,

“너의 부친이 매양 너더러 ‘우리집을 빛나게 할 자라’하셨는데, 이제 너의 부친과 영화를 함께 누리지 못함이 한이로다.”

하시더라.

승상이 선산에 치제하여 몸이 영화와 부귀를 누리게 됨을 아뢰고,

천자가 내리신 금과 비단으로 대부인을 위하여 잔치를 베풀어 오래 삶을 기리고, 일가 친척과 친구들을 청하여 열흘 동안이나 손님 치레를 하고서 대부인을 모시고 길을 떠나니, 연도의 백성들과 여러 고을 수령들이 분주하게 호행(護行)하니 광채가 한길에 빛나더라.

승상이 낙양을 지날새 고을에 분부하여 경홍과 섬월을 부르라 하였더니, 돌아와 아뢰기를,

"두 낭자가 이미 동행하여 서울로 떠난 지 여러 날이 되옵니다."

승상이 길이 어긋남을 섭섭히 여기고 황성(皇城)에 이르러 대부인을 승상부(丞相府)로 모시고, 대궐로 들어가 황상을 뵈오니, 양궁(兩宮)에서 불러 보시고 금은과 채단 열 수레를 나누어 하사하시니 이로써 대부인께 헌수(獻壽)하고, 만조 백관을 청하여 삼일간 잔치를 벌여 크게 즐겼더라.

승상은 다시 날을 가려잡아 대부인을 모시고 황상께서 내리신 새 집으로 옮겨 드니 누각과 정자, 동산과 연못이 굉장하더라.

영양공주와 난양공주가 신부례(新婦禮)를 행하고, 진숙인과 가유인이 역시 예를 갖추어 뵈오니 대부인은 화기가 흐뭇하며 마음속으로부터 기꺼워하더라.

승상이 이미 '대부인의 장수를 기리라'하는 명을 받은 고로, 위에서 내리신 물건으로써 다시 삼일간 대연을 베풀매 양궁(兩宮)에서 궐내의 악공(樂工)들을 내보내시며 상께서 잡수시는 음식을 내리시고, 조정의 고관들이 모두 모인지라. 소유가 채색옷을 입고 두 공주와 더불어 옥잔을 높이 들어 차례로 대부인께 올려 장수함을 기리며 매우 즐겁게 노닐새, 잔치가 아직 파하지 아니하였는데 문 지키는 자가 들어와 아뢰기를,

"문 밖에 두 여자가 와서 대부인과 승상께 명첩(名帖)을 드리나이다."

하기에 받아 보니 섬월과 경홍이니라. 이에 대부인께 이 뜻을 사뢰고 곧 불러들이매, 두 기생이 섬돌 아래에서 절하고 뵈오니, 모든 손님이 한가지로 칭찬하기를,

"낙양 땅의 계섬월과 하북 땅의 적경홍이 이름난 지가 오랬거니와 과연 절세의 미인이로다! 양승상의 풍류가 아니면 어찌 능히 여기 오게 할 수 있으리요?"

하더라.

승상이 두 기생에게 명하여 그 가진 바 재주를 보이게 하매, 경홍과 섬월이 동시에 일어나 구슬신을 끌고 구슬자리에 올라 가벼운 소매를 날리며 예상우의곡(霓裳羽衣曲)에 맞추어 춤을 추니, 떨어지는 꽃과 나부끼는 가지는 봄바람에 떠다니며 구름 그림자와 눈비는 비단장막에 비치니, 한궁(漢宮)의 조비연(趙飛燕)이 다시 부마궁(駙馬宮)에 나타났고, 금곡(金谷)의 *녹주(綠珠)가 다시 위국공(魏國公)의 당상에 섰기에, 대부인과 두 공주가 능라와 금수(錦繡)로 두 기녀에서 상급을 내리고, 진숙인은 본디 섬월과 너불어 아는 고로 옛일을 말하며 쌓였던 회포를 풀새, 영양공주가 몸소 술잔을 잡아 따로이 계랑(桂娘)에게 권하여 그로써 천거하여준 은혜를 갚는지라, 유부인[丞相母]이 승상에게 이르기를,

"너희들이 섬월에게는 사례하면서, 내 외사촌은 잊었느냐?"

승상이 대답하되,

"소자와 오늘의 즐거움이 모두 두연사(杜鍊士)의 덕이요, 또 모친께서 이미 서울에 오셨으니, 비록 모친의 말씀이 없으실지라도 진실로 받들어 청코자 하나이다."

하고, 즉시 사람을 자청관(紫淸觀)으로 보내니, 모든 여관(女冠)이 말하기를,

"두연사께서는 촉(蜀) 땅으로 가신 지 이미 삼 년이라."

하는지라, 유부인이 매우 섭섭히 여기더라.

양승상이 월왕과 더불어 낙유원에 기회(期會)하다

양승상이 부중(府中)에 각각 거처를 정할새, 정당은 경복당(慶福堂)

─────────────
*녹주(綠珠)──── 석숭의 애첩. 미희(美姬).

이니 대부인이 살고, 경복당 앞은 연희당(延禧堂)이니 좌부인 영양공
주가 머무르고, 경복당 서쪽은 봉소궁(鳳韶宮)이니 우부인 난양공주
가 머무르고, 연희당 앞의 응향각(凝香閣)과 청화루(淸和樓)는 승상이
거처하며 때때로 거기서 잔치를 베풀고, 그 앞의 연현당(延賢堂)은 승
상이 손을 응접하는 집이요, 봉소궁 남쪽의 심홍원(尋紅院)은 진숙인
채봉의 방이요, 연희당 동쪽의 영춘각(迎春閣)은 가유인 춘운의 방이
요, 청화루 동과 서에는 각각 적은 누가 달렸으니 푸른창과 붉은 난간
이 서로 비추며 행랑이 돌아 청화루를 접하고 응향각 동쪽은 상화루
(賞花樓)요, 서쪽은 망월루(望月樓)이니 계섬월과 적경홍이 각각 한
누씩 차지하고서 궁중기악(宮中妓樂) 팔십 인이 다 천하에 자색이 드
러나고 재주있는 사람들인데, 이를 동·서부로 나누되 동부 사십 인
은 계랑이 주장하고 서부 사십 인은 적랑이 맡아 가무를 가르치며 풍
악을 공부시키고, 매월 청화루에 모여서 동·서 양부의 재주를 비교
하니, 승상이 대부인을 모시고 두 공주를 거느리며 누각에서 관상할
새, 이기는 자는 석 잔 술로써 상을 주고 머리에다 꽃 한 가지씩을 꽂
아서 영광을 빛내고, 지는 자에게는 한 잔 냉수를 벌로 먹이고 먹붓으
로 이마에 한 점을 찍어서 그 마음을 부끄럽게 하는 고로, 모든 기생
들의 재주가 날로 점점 성숙하니 위공부(魏公府)와 월왕궁(越王宮)의
여악(女樂)이 천하에 이름이 드날리어, 비록 *이원(梨園)의 악공이라
할지라도 이 두 악공을 따르지 못하겠더라.

　하루는 두 공주가 모든 낭자들과 더불어 대부인을 찾아모셨더니,
승상이 한 봉 글을 가지고 들어와 난양공주에게 내주며 이르기를,
　"이는 곧 월왕전하의 글월이외다."
　공주가 펴보니 씌었으되,
　'봄날이 아주 화창하온데 승상궁 댁내가 고루 만복하시나이까? 지
난 적에는 나라에 일이 많고 공사(公事)에 겨를이 없어 낙유원(樂遊
原)에 말을 머무르게 하는 사람을 보지 못하고, 곤명지(昆明池) 머리
에 다시 배를 대는 즐거움이 없으니 마침내 가무를 즐기는 곳에다 어

───────────────
*이원(梨園)──예원(藝苑). 당 현종이 속악(俗樂)을 익히게 하던 곳.

느덧 잡풀의 마당을 이룬지라, 장안의 노인네들이 매양 열성조(列聖朝)의 성덕으로 시절이 번화하던 옛일을 그리며 때로는 눈물을 흘리는 자 있으니, 이는 자못 태평한 기상이 아니외다. 이제 황제폐하의 은덕과 승상의 큰 공을 힘입어 사해(四海)가 태평하고 백성이 안락하며 다시 개원(開元)과 천보(天寶) 때와 같이 즐거운 일을 치르는 것이 곧 이때요, 또 봄빛이 저물지 아니하고 날씨가 화창하여, 고운 꽃과 부드러운 버들이 능히 사람의 마음으로 하여금 기쁘고 평안케 하니 아름다운 경치와 좋은 구경이 또한 이때에 있는지라, 승상과 더불어 낙유원 위에 모이어 혹은 사냥하는 것을 보며, 혹은 풍악을 들어 태평한 기운을 돋우고자 하오니 승상의 마음이 이에 있거든, 곧 일자를 정하여 회답을 주어 과인으로 하여금 따르게 히시면 디행이로소이다.'

글월을 보고 난 공주가 승상께 여쭈기를,

"상공께서는 이 월왕의 뜻을 아시나이까?"

승상이 대답하기를,

"무슨 뜻인지를 알 수 없으나, 소유의 생각으로는 꽃놀이에 불과할 듯하니 실로 귀공자다운 풍류렸다!"

공주가 다시 여쭈기를,

"상공께서는 아직도 다 알지 못하시리이다. 월왕 오라버니가 좋아하는 바는 오직 미녀와 풍악이오라, 그 궁녀에 절세의 미녀가 한둘이 아니었는데, 요즈음의 새로운 총첩(寵妾)으로는 *무창(武昌)의 명기로 꼽히는 만옥연(萬玉燕)이니, 월왕궁의 미인들이 옥연을 한번 보매 정신이 없어 스스로 *무염(無鹽)과 모모(嫫母)같이 아리땁지 못한 여자로 자처한다 하오니, 옥연의 자색과 용모가 세상에 견줄 바 없음을 가히 짐작하옵는데, 오라버니가 우리 궁전에 미인이 많다 하는 말을 듣고, 아마도 *왕개(王愷)와 석숭(石崇)의 서로 비교함을 본받고자 함이로소이다."

---

*무창(武昌)──중국 무한시(武漢市)의 일부.

*무염(無鹽)──추녀로서 제나라 선제(宣帝)의 왕비.

*왕개(王愷)──진대(晋代)의 장군. 대부호(大富豪).

184

승상이 웃으며 이르기를,

"나는 범연히 보았거늘 과연 공주가 먼저 월왕의 뜻을 알았소이다."

영양공주가 이에 곁들여 말하기를,

"이것이 비록 한때의 놀이기는 하되, 남에게 져서는 아니될 것이다."

하고, 경홍과 섬월에게 눈짓하며 일러 두되,

"군사를 비록 십 년 기르나 쓰기는 하루 아침에 있는 법이라, 이번 놀이의 승부는 오직 두 교사(教師)의 수중에 달렸으니 모름지기 힘쓰기를 바라노라."

섬월이 대답하기를,

"천첩은 아무래도 대적할 재주 없음을 염려하나이다. 월왕궁의 풍악은 천 명의 악공이 일제히 나서고, 무창의 옥연은 구주(九州)에 그 이름이 떨쳤는데, 월왕전하께서 이미 이렇듯 풍악을 거느리고 또 이렇듯 미인을 두시니 이는 천하에 대적할 자 없겠고, 첩들은 이를테면 재주가 적은 군사로서 규율도 밝지 못하며 기치(旗幟)도 제대로 갖추지 못함과 같사오니, 염려되옴은 싸우기에 앞서 갑자기 도망칠 생각이 먼저 나지나 않을까 하오니, 첩들의 가소로움은 족히 괘념할 것이 없사오나 다만 승상부의 수치가 되올까 두렵나이다."

승상이 말하되,

"내 계랑과 더불어 처음으로 낙양(洛陽)에서 만났을 적에 '청루에 절세미녀가 셋이 있다'고 일컫는데, 옥연의 이름이 그 가운데 있더니 필시 이 사람이렷다. 그러나 청루의 절색(絶色)이 세 사람뿐일진대, 내 이제 *장량(張良)과 *진평(陳平)을 얻었으니 어찌 *항우(項羽)의 한 *범증(范增)을 두려워하리요?"

---

*장량(張良)──중국 전한(前漢)의 공신. 자(字)는 자방, 유방의 모신(謀臣)으로 공을 세우고 유후에 책봉됨. 소하·한신과 함께 한나라 창업의 삼걸(三傑).

*진평(陳平)──한 고조의 모신(謀臣).

*항우(項羽)──초나라의 패왕(覇王).

*범증(范增)──항우의 모신(謀臣).

섬월이 말하기를,

"월왕궁의 미녀들은 '*팔공산(八公山)의 초목이다'할 만큼 저들의 겉치장이 화려한지라, 군사들이 지레 겁을 내어 다만 달아날 뿐일 터이니, 우리가 어찌 감히 대적할 수 있사오리까? 바라옵건대 공주마마께서는 계책을 물어 보소서. 첩은 담약하여 이 말씀을 들으매 문득 목이 잠겨 제대로 노래를 부르지 못하겠나이다."

경홍이 분연히 나무라기를,

"계낭자의 그 말이 참말이뇨? 우리 두 사람이 관동(關東) 칠십여 고을을 돌아다니며, 이름을 홀로 드날리던 기악이 어찌 가히 옥연에게 첫 자리를 물려주리요? 세상에 나라를 쓰러뜨리며 성을 무너뜨리던 한궁부인(漢宮大人)과, 이침에는 구름이 되고 저녁에는 비가 되던 초대신녀(楚臺神女)가 있으면 적이 부끄러운 마음이 서리려니와, 그렇지 아니한즉 저 옥연 따위를 어찌 족히 꺼리리요?"

섬월이 다시 말하기를,

"적랑의 말이 어찌 그리 용이하뇨? 우리들이 일찍이 관동에 있으면서 크면 태수(太守)와 방백(方伯)이요, 적으면 호기로운 선비와 협기(俠氣) 있는 풍류랑(風流郞)의 잔치뿐이요, 강한 대적을 만나지 못하였기로 남에게 첫째자리를 빼앗기지 않았거니와, 이제 월왕전하는 대내(大內)의 귀하신 사람들 사이에서 자라나신지라 안목이 매우 높고 평론함이 날카로우시니, 마치 적랑의 말은 '주먹을 보고 태산(泰山)을 업신여긴다'는 옛말과도 같도. 하물며 옥연은 지략(智略)이 월왕 궁중에서도 장자방(張子房)이라, 장막 가운데 앉아 천리 밖에서 승리를 거두는 책략이 있거늘, 이제 조괄(趙括)과 같이 큰소리를 치니 아무래도 패배를 당하리로다."

하고, 이어서 승상께 아뢰기를,

"적랑이 우쭐대는 마음이 있사오니 첩이 그 흠처를 말씀드리겠나이다. 적랑이 처음으로 상공을 따를 적에 연왕(燕王)의 천리마를 도적

---

*팔공산(八公山)의 초목——전진(前秦)의 왕 부견의 고사(故事). 적진을 치다가 팔공산의 초목이 모두 군병같이 보여서 지레 겁을 먹었다고 함.

질한 하북 소년이라 자칭하고, 상공을 한단(邯鄲) 길가에서 속였으니 그 용모가 곱고 태도가 유미한들 상공께서 어찌 남자로 속았사오리까? 또한 적랑이 상공을 처음으로 모시던 날 밤에 어둠을 타 첩의 몸을 대신하였으니 이는 바로 남의 힘으로 소원을 이루었음이거늘, 이제 첩을 대하여 이러한 자랑을 내놓으니 역시 우습지 않겠나이까?"

경홍이 웃으며 이에 응답하기로,

"진실로 사람의 마음이란 측량치 못하겠나이다. 천첩이 상공을 따르기 전에는 하늘 위에 항아(姮娥)같이 칭찬을 하더니, 이제 와 괄시하니 상공의 은총을 홀로 차지하고자 하여 질투하는 기미가 있나이다."

섬월과 모든 낭자들이 다 소리내어 웃기에, 영양공주가 이르되,

"적랑의 가냘픔이 저 같거늘 남자로 보았음은 승상께서 한 쌍 눈동자가 아마도 총명치 못하신 연고요, 적랑의 아름다움이 이로 말미암아 떨어지지는 아니하리라. 그러나 계랑의 말하는 바 과연 옳도다. 여자가 남복으로써 사람을 속이는 자는 필시 여자로서의 고운 태도가 없음이요, 또 남자가 여복으로써 사람을 속이는 자는 필시 장부로서의 기골(氣骨)이 없음이니, 다 그 부족한 곳을 따라서 그 거짓 것을 꾸밈이로다."

승상이 소리내어 웃으며 이르기를,

"공주의 말씀이 과연 옳도다! 한 쌍의 눈동자가 청명치 못하여 능히 거문고의 곡조를 분별하되 여복을 입은 남자는 분별치 못하였으니 이는 바로 귀는 가졌으되 눈은 없음이라, 면상의 일곱 구멍 중의 하나가 없음인즉 어찌 가히 온전한 사람이라 말할 수 있으리요? 공주는 비록 소유의 잔졸함을 비웃으나 기린각(麒麟閣)에 양 원수의 화상을 보는 자는 다 외모의 웅장함과 위풍이 당당함을 칭찬하더이다."

모인 사람들이 다시 한바탕 크게 웃으니 섬월이 말하되,

"바야흐로 강한 대적을 상대로 진을 칠 터이온즉, 어찌 그다지도 한

가지로 희롱의 말씀만 할 수 있겠나이까? 전혀 우리 두 사람만 믿기는 어렵사오니 역시 가유인(賈孺人)이 동행함이 어떠하오며, 월왕이 또한 모르는 분이 아니시니 진숙인(秦淑人)도 동행한들 무슨 거리낌이 있겠나이까?"

이에 진씨가 대답하기를,

"계랑, 적랑의 두 낭자가 만일에 여자의 과거장(科擧場)으로 들어가는 것이라면 내 마땅히 한 팔의 힘이라도 도우려니와, 가무(歌舞)하는 마당에서 첩을 어디다 쓰리요? 이는 이른바 시정아치를 몰아가 싸우는 것이나 다를 바 없으니, 성공치 못할까 두려울 따름이라."

춘운이 또한 이르기를,

"첩의 한 몸이 남에게 비웃음을 받으며 재치없는 가무로 수치를 당할 뿐이라면 이러한 큰 놀이에 어찌 구경할 마음이 없으리오마는, 첩이 만일 따라가면 사람들이 필연 손가락질을 하며 '저는 대승상 위국공의 첩이요, 영양공주의 잉첩(媵妾)이라' 하며 웃을 터이니, 이는 곧 상공께 비웃음을 끼치고 두 정실부인께 근심을 남김이니 춘운은 결단코 가지 않으리로다."

영양공주가 이에 되묻기를,

"어찌하여 춘운이 가는 것으로써 상공께서 비웃음을 받으며, 또 우리가 그대로 말미암아 근심이 있으리요?"

춘운이 대답하되,

"비단요를 널리 펼치고 구름 차일(遮日)을 높이 걷으면 사람들이 모두 말하기를, '양승상의 첩 가유인이 온다' 하며 어깨를 비비고 발꿈치를 돋우며 구경하거늘, 마침내 걸음을 옮겨 자리에 오르면 이 몸은 '쑥대강이에 더러운 얼굴이라', 사람들이 모두 크게 놀라 하는 말이 '양승상이 *등도자(登徒子)와 같은 호색하는 병이 있도다' 하리니, 이 어찌 상공께서 욕을 당하심이 아니며, 월왕전하는 일찍이 누추한 물건을 보지 못하였기로 첩을 보시면 필연 구역이 나서 미령하실 터이니 이 역시 마마께 근심이 아닐 수 있사오리까?"

---

*등도자(登徒子)──중국 고대의 호색한(好色漢)의 이름.

난양공주가 나무라되,

"가씨의 겸사는 너무 심하렷다! 전자에는 사람으로 귀신이 되더니 이제는 *서시(西施) 같은 미녀로써 무염(無鹽) 같은 추부(醜婦)가 되고자 하니 그 말을 아무래도 믿지 못하겠도다."

하고, 이에 승상에게 물어 보되,

"어느 날로 기약하셨나이까?"

승상이 대답하되,

"내일로 언약하였소이다."

경홍과 섬월이 이에 이르러 말하기를,

"동·서 양부의 교방(敎坊)에 아직도 영을 내리지 못하였으니, 일이 이미 늦었나이다."

하고, 곧이어 우두머리 기생을 불러 명을 내리되,

"내일 승상께서 월왕과 더불어 낙유원(樂遊原)에 모이기로 언약하셨으니, 양부의 모든 기생들은 모름지기 새 단장으로 꾸미고서, 악기를 가지고 내일 새벽에 승상을 모셔 따라가도록 하라."

팔십 명 기생이 일시에 명을 받고 얼굴 치장을 하며 눈썹을 그리고 악기를 잡아 풍류를 익히며 준비에 바쁘더라.

양승상과 월왕의 사냥과 미인들의 쟁기(爭技)

이튿날 새벽에 승상은 일찍 일어나 군복을 입고 활과 살을 차고서 눈빛같이 흰 천리 융산마(戎山馬)를 타고, 사냥꾼 삼백 명을 불러 호위케 하며 성문 밖 남쪽으로 향할새 경홍과 섬월의 의복치장은 금과 옥을 아로새기고 꽃을 수놓아 잎새를 그렸으며, 각기 부하 기생을 거느리고 화초말 금안장에 걸터앉아 산호편(珊瑚鞭)을 들어 구슬고삐를 느슨히 잡고, 승상의 뒤를 가까이 따르며, 팔십 명 기생들은 각기 빠른 말을 잡아타고, 적경홍과 계섬월의 좌우를 호위하여 나아가다가, 중로에서 월왕을 만나니 월왕의 사냥꾼과 기악(妓樂)이 족히 승상의

*서시(西施)──월왕 구천이 오왕 부차에게 미인계로 바쳤던 월(越)의 미녀.

편과 더불어 맞먹겠더라.

월왕이 승상과 더불어 말머리를 가지런히 하여 나아가더니, 월왕이 승상에게,

"승상이 타신 말은 어느 나라의 종자이니까?"

승상이 대답하되,

"*대완국(大宛國)에서 났나이다. 대왕께서 타신 말도 완종(宛種)인 듯하나이다."

월왕이 대답하기를,

"그러하외다. 이 말의 이름은 천리부운총(浮雲驄)인데 상년 가을에 천자를 모시고 상림원(上林苑)에서 사냥할새, 나라 마구간에 만여 필 말이 모두 바람같이 빠르되, 이 말을 능히 따르는 것이 없고, 장부마(張駙馬)의 도화총(桃花驄)과 이장군(李將軍)의 오추마(烏騅馬)가 다 용마라 일컫되 이 말에 견주면 매우 둔하외다."

승상이 말하기를,

"연전에 토번(吐蕃)을 칠새 깊고 험한 물과 높고 가파른 석벽에 사람은 도저히 발을 붙이지 못하거늘, 이 말은 그곳을 평지 밟듯하여 한 번도 실족함이 없었으니 소유의 공을 이룬 것이 실로 말의 힘을 입은 것인즉, 두자미(杜子美 : 杜甫)의 이른바 '사람과 더불어 한마음이 되어 큰 공을 이루다'함이 곧 이것인가 하나이다. 소유가 군사를 돌이킨 후에 작품(爵品)이 높아지고 벼슬이 한가하여 편히 평교자를 타고 평탄한 대로를 서서히 다니는 고로, 사람과 말이 한가지로 병이 나려 하니 청컨대 대왕과 더불어 채찍을 둘러 한번 준총(駿驄)의 빠른 걸음을 견주며, 옛 장수의 나머지 용맹을 다투어 보심이 어떠하나이까?"

월왕이 매우 기껍게 응낙하되,

"그 역시 나의 생각이로다!"

드디어 모시는 자에게 분부를 내려 두 집의 손과 기녀들을 군막에서 기다리게 한 다음, 채찍을 들어 말을 치려 할 즈음, 마침 큰 사슴

---

*대완국(大宛國)──지금의 아프가니스탄.

한 마리가 사냥꾼에게 쫓겨 월왕의 앞을 지나치기에 왕이 말 앞의 장
사를 시켜 쏘라 하니 여러 장사들이 일시에 활을 당기되 맞히지 못하
므로, 왕이 노하여 말을 채쳐 나아가며 한 살로 그 옆구리를 맞히어
죽이니 모든 군사가 일제히 천세를 부르고, 승상이 축하하기를,

"대왕의 신통한 화살은 *여양왕(汝陽王)과 다름이 없나이다."

월왕은 이에 겸양하여 이르기를,

"작은 재주를 어찌 그토록 칭찬하리요? 내 승상의 활 쏘는 법을 보
고자 하나이다."

말을 마치지 못하여 때마침 고니[天鵝] 한 쌍이 구름 사이로 날아오
니, 모든 군사가 말하기를,

"이 새는 가장 쏘기 어려운지라, 마땅히 송골매[海東靑]를 쏘아야
되겠나이다."

승상이 다급히 이르기를,

"너희는 아직 쏘지 말렷다!"

하고, 살을 메겨 우러러 고니를 쏘아 눈을 맞히어 말 앞에 떨어지게
하니, 월왕이 크게 칭찬하되,

"승상의 묘한 수단은 이제 *양유기(養由基)와 같도다!"

하고, 두 사람이 채찍을 한번 휘두르매 두 말이 일제히 같이 날아 번
개같이 달리며 귀신같이 번득이어 순식간에 너른 벌판을 가로질러 높
은 산에 오르더니, 두 사람이 고삐를 당겨 나란히 서니라.

산천의 경개를 둘러보며 양승상과 월왕이 활 쏘는 법과 검술을 논
의하는데, 추종들이 비로소 따라와 사슴과 고니를 은반에 담아 바치
니, 두 사람이 말에서 내려와 풀밭에 앉아서 허리에 찬 칼을 빼어 고
기를 베고 구워 먹으며 서로 술을 권할새, 멀리 보매 홍포를 입은 두
관원이 급히 오며 그 뒤에 사람의 한 무리가 따르니 이는 성중으로부
터 나오는 자들이더라.

삽시간에 한 사람이 달려와 아뢰되,

---

*여양왕(汝陽王)——— 당대(唐代)의 왕자로 활을 잘 쏨.
*양유기(養由基)——— 춘추(春秋)시대의 초나라 대부로 활을 잘 쏨.

"양전궁(兩殿宮)에서 술을 내리셨나이다."

월왕이 군막에서 등대하니 두 내관이 어사하신 술을 따라 두 사람에게 권하고, 이어서 용봉의 무늬가 든 시전지(詩箋紙) 한 봉을 주기에, 두 사람이 세수하고 꿇어앉아 펴보니, 산에서 크게 사냥함을 글제로 하여 글을 지어 드리라 하셨더라.

월왕과 승상이 머리를 조아려 네 번을 절하고 각기 글을 지어 내관에게 주어 드리게 하니, 글에 읊었으되,

> 晨驅壯士出郊坰　劍若秋蓮矢若星
> 帳裏群娥天下白　馬前雙鶻海東青
> 恩分玉醞爭含感　醉拔金刀自割腥
> 仍憶去年西塞外　大荒風雪獵王庭
>
> 새벽에 장사를 몰아 들로 나아가니
> 칼은 가을 연꽃 같고 화살은 별 같더라
> 장막 속 뭇계집은 천하 미인이요
> 말 앞에 쌍날개는 송골매이더라
> 어사하신 술 나누어 마시매 다투어 감동함을 머금고
> 취하여 금칼을 빼니 스스로 비린 것을 베었더라
> 뒤이어 지난 해의 서쪽 요새 밖을 생각하니
> 대황산 풍설을 맞으며 왕정에서 사냥하였더라

월왕의 글에 읊었으되,

> 蹀躞飛龍閃電過　御鞍鳴鼓立平坡
> 流星勢疾殲蒼鹿　明月形開落白鵝
> 殺氣能敎豪興發　聖恩留滯醉顏酡
> 汝陽神射君休說　爭似今朝得雋多
>
> 접섭히 나는 용마가 번쩍하는 번개같이 지나치니
> 안장을 어거하고 북을 울리며 평탄한 언덕에 섰더라

흐르는 별은 기세가 빨라 푸른 사슴을 죽이고
밝은 달은 형상을 열어 흰 거위를 떨구었더라
살기는 능히 호기로운 홍취를 가르쳐 일게 하고
성은은 머물러 취한 얼굴을 더욱 붉게 하더라
여양왕의 신통히 쏘는 것을 그대로 말하지 말라
다투어 오늘 아침에 살찐 고기 얻은 것이 많도다.

내관이 두 글을 받아 가지고 돌아가니라.

이에 두 집의 손들이 차례대로 늘어앉아 하례하매, 술도감이 주안
상을 드리는데, 낙타의 신기한 맛과 성성(猩猩)이의 연한 입술은 은가
마에서 나오고, 월나라[東越]의 *여지(荔枝)와 영가(永嘉) 고을의 귤
[柑子]은 옥소반에 가득하니 서왕모의 요지연(瑤池宴)이 아니면 한무
제의 백량회(柏梁會)이겠더라.

수백 명의 기녀들이 촘촘히 모여들어 갑옷으로 장막을 이루고 패물
소리는 우레와도 같으며, 한 줌밖에 아니되는 가는 허리는 마치 버들
가지처럼 부드럽고, 아름다운 얼굴은 꽃빛처럼 곱고, 풍악 소리는 곡
강(曲江)의 물을 끓어오르게 하며 노랫소리는 종남산(終南山)을 움직
거리게 하니, 술이 거나하여진 월왕이 승상에게 이르기를,

"승상의 두터운 정을 입었기로 구구한 정성을 드릴 것은, 데리고 온
첩 수인으로 하여금 한번 승상의 즐거움을 돕고자 하니, 청컨대 앞
에 불러 노래하며 춤추게 하여 주소서."

승상이 사례하되,

"소유가 어찌 감히 대왕의 총첩과 더불어 대면할 수 있겠소이까마
는 온전히 남매의 정의만을 믿고 감히 참람한 생각이 있사온즉, 소
유의 첩 수명이 역시 구경코자 따라왔으니 또한 불러들여 대왕의
첩과 더불어 각기 잘하는 기예(技藝)로 홍을 돕고자 하나이다."

왕이 하는 말이,

---

*여지(荔枝)──박과의 일년생 만초 열대아시아 원산. 여름·가을에 노란 꽃이 피고
과실은 긴 타원형.

"승상의 말씀 또한 좋소이다!"

하기에, 이에 섬월과 경홍과 월왕궁의 네 미녀가 분부를 받고 일어나
장막 앞에서 절을 드리니, 승상이 말하기를,

"옛날에 영왕(寧王)이 한 미인을 두었으니 그 이름은 부용(芙蓉)이
라. 이태백(李太白)이 영왕께 간청하여 겨우 미인의 목소리만 듣고
그 낯을 보지 못하였는데, 이제 소유는 마음껏 너희들의 낯을 보니
그 얻는 바가 이태백보다 갑절이나 낫도다. 네 미인의 성명은 무엇
이뇨?"

네 미인이 일어나 대답하기를,

"첩들은 금릉(金陵)에서 온 두운선(杜雲仙)과 진류(陳留)에서 온 소
채아(蘇彩娥)와 무창(武昌)에서 온 만옥연(萬玉燕)과 장안(長安)의
호영영(胡英英)이옵나이다."

승상이 월왕을 보고 칭송하기를,

"소유가 지난날 선비의 몸으로 떠돌며 놀 적에 옥연낭자의 이름을
들었는데, 이제 비로소 그 낯을 보니 그 이름보다도 아리땁소이
다."

월왕도 또한 섬월과 경홍의 이름을 들어 알고 있는지라 말하기를,

"두 미인을 온 천하가 추앙하더니, 이제 승상부로 들어왔음은 주인
을 잘 만났도다. 승상은 언제 이 미인을 얻었나이까?"

승상이 대답하되,

"계씨는 소유가 과거 보러 올 적에 낙양에 다다르니 저가 스스로 따
랐고, 적씨(狄氏)는 일찍이 연왕궁(燕王宮)에 들어갔다가, 소유가
사신으로 연나라에 가매 저가 빠져나와 소유를 따랐나이다."

월왕이 이 말을 듣자 손뼉을 치고 크게 웃으며,

"적랑의 호방한 기상은 양가의 집불기생(執拂妓生)에 견줄 바 아니
로다! 그러나 적낭자는 양한림(楊翰林)을 귀한 사람임을 알고서
따랐거니와, 계낭자는 한낱 서생을 따랐음은 능히 오늘의 부귀(富
貴)를 앎이니, 더욱 기이하도다!"

다시 이어서 월왕이 묻기를,

"어찌하였기로 승상이 먼길 도중에 만났나이까?"

이에 승상이 천진교 주루에서 섬월을 만났을 적에 글을 지었던 전후 경위를 낱낱이 아뢰니, 월왕이 소리내어 웃으며 말하기를,

"승상이 지난날 과거에 장원함에 쾌한 일이라 하였더니, 이야기는 더욱 상쾌한 일이오리니 그 글이 필연 오묘할 터이니 가히 들을 수 있겠소이까?"

승상이 대답하되,

"취중에 무심히 지은 것을 어찌 기억할 수 있겠소이까?"

월왕이 섬월에게 묻기를,

"승상은 비록 잊었으되 낭자는 혹시 기억할 수 있겠느뇨?"

섬월이 여쭈되,

"천첩은 아직도 기억하고 있나이다마는 종이에 써서 드리오리까, 혹은 노래로 아뢰오리까?"

월왕이 더욱 기꺼워하며 이르되,

"노래를 아울러 들으면 더욱 기쁘리로다."

섬월이 앞으로 나아가 노래를 부르니 가득히 모인 사람들이 모두 놀라는지라, 왕이 대단히 공경하며 칭찬하되,

"승상의 글재주와 섬월의 맑은 노래는 세상에 으뜸이요, 그 글 가운데 '꽃가지가 미인의 단장을 부끄러워하니 가는 노래가 나오기도 전에 입이 이미 향기롭더라' 하는 귀절이 족히 섬월의 자색을 그려 냈은즉, 마땅히 이태백으로 하여금 물러서게 할 터이니 감히 한 마디로는 칭찬하지 못하리로다!"

하고, 술을 금잔에 가득 부어 섬월과 경홍에게 상으로 내리더라.

이어서 월왕궁의 네 미인을 시켜 춤추며 노래불러 헌수(獻壽)케 하니 주객(主客)이 알맞은 호적수이더라.

월왕이 스스로 즐거움을 이기지 못하여 모든 손들과 더불어 장막 밖으로 나아가 무사의 칼 쓰며 서로 충돌하는 형상을 보고 승상을 향하여 이르기를,

"미인이 말 타고 활 쏘는 것이 또한 볼 만하기로, 우리 궁중에 활과

말에 익숙한 수십 인이 있는지라, 승상부중의 미인들 중 또한 북
방으로부터 온 자가 있으니, 영을 내려 불러 내어 꿩을 쏘고 토끼를
쫓아 한바탕 웃음을 돕게 함이 어떠하나이까?”

승상은 매우 기뻐하며 분부를 내려 미인 수십 인을 골라 월왕궁의
미인들과 더불어 내기를 하게 하니, 경홍이 일어나 아뢰기를,

“첩이 비록 활과 칼에 능치 못하오나, 오늘 시험코자 하나이다.”

승상이 기꺼워하며 즉시 몸에 찬 활을 끌러 주니, 경홍이 활을 잡고
서서 모인 미인들에게 다짐하기를,

“비록 맞히지 못할지라도 모든 낭자는 웃지 마옵소서.”

말을 마치자 경홍은 준마를 잡아 나는 듯이 올라타고 장막 앞을 달
리는데, 마침 꿩 한 마리가 풀숲에서 날아오거늘, 경홍이 잠깐 가는
허리를 젖히고 활시위를 당겨 올리매 꿩은 오색 깃을 펼친 채로 말 앞
에 떨어지니, 승상과 월왕이 한가지로 손뼉을 치며 즐거워하더라.

장막 밖에서 몸을 굴려 말에서 내린 경홍이 서서히 걸어 자리에 나
아가니, 모든 미인들이 각기 하례하되,

“우리들은 십 년 공부를 헛하였도다.”

하기에, 섬월이 생각하되,

“우리 두 사람이 비록 월왕궁 기생들에게 첫째를 빼앗기지는 아니
하였으되 저들은 네 사람이요, 우리는 한 쌍이라 심히 외로우니,
춘랑을 끌고 오지 못함이 매우 한스럽도다. 노래와 춤이 춘운의 장
기(長技)는 아니나, 그 고운 용모와 아름다운 말씨가 어찌 두운선
(杜雲仙)의 머리를 누르지 못하리요?”

하며 안타까이 한숨짓는데, 문득 멀리 바라본즉 들 너머로 두 미인이
다가오더라.

심요연(沈裊烟)의 검무와 백능파의 비파 소리

이때 두 미인이 유벽거(油壁車)를 몰아 이윽고 장막 밖에 이르매,
문 지키는 자가 묻기를,

"월궁으로부터 오시느뇨?"

마부 대답하되,

"이 차에 타신 두 낭자는 곧 양승상의 소실이신데, 마침 일이 있어 처음에 함께 오시지 못하였노라."

문지기 군사가 들어가 아뢰니, 승상이 말하기를,

"필시 춘운이 구경코자 옴이니 너무 경망하도다."

곧 사람을 시켜 불러들이게 하니 두 낭자가 차에서 내리는데 앞에는 심요연이요, 뒤에는 진중에서 꿈 속에 만났던 동정 용녀(洞庭龍女) 백능파(白凌波)라, 두 사람이 승상의 자리 앞에 나아가 절하고 뵈니, 승상이 월왕을 가리키며 이르기를,

"월전하(越殿下)이시니 너희는 예로써 뵙도록 하라."

이에 두 미인이 예로써 뵈오매, 승상이 자리를 주어 경홍과 섬월도 같이 앉게 하고, 월왕께 이르되,

"저 두 여인은 토번을 칠 적에 얻은 바이나, 근래 다사하여 미처 데려오지 못하였는데, 저들이 스스로 따라오다가 필시 소유가 대왕과 더불어 놀이함을 듣고 구경코자 이에 이름인 듯하외다."

월왕이 다시 두 미인을 보니 그 용모가 경홍·섬월과 더불어 형제 같으면서 그 태도는 한결 빼어나니 마음에 이상히 여기고, 월왕궁 미인들도 또한 부끄러워 얼굴이 잿빛 같은지라, 왕이 다시 묻되,

"낭자의 성명이 무엇이며 어디서 살았느뇨!"

먼저 심녀가 대답하되,

"소첩은 심요연이라 하오며, 서량(西涼) 사람이옵나이다."

이어서 백녀가 대답하되,

"소첩은 백능파라 하오며, 일찍이 소상강(瀟湘江) 사이에 거처하옵다가 불행히 변을 만나 부득이 서방으로 피하였삽고, 이제 양상공을 좇아 나왔나이다."

월왕이 다시 묻기를,

"두 낭자는 특히 인간사람이 아니라 신기하려니와, 능히 풍류를 짐작하느뇨?"

심요연이 대답하되,

"소첩은 변방(邊方) 사람이오라, 일찍부터 풍류를 듣지 못하였으니 장차 무슨 재주로써 대왕전하를 즐겁게 하올 수 있겠나이까? 다만 어렸을 적부터 검무를 배웠으나 이는 군중(軍中)에서의 장난이요, 귀인이 보실 바 아닐까 하나이다."

월왕이 크게 기뻐하며 승상에게 말하되,

"현종조(玄宗朝)의 공손대랑(公孫大娘)의 검무가 천하에 이름을 떨치다가, 그 후로 그 술법이 세상에 전하여지지 못하매 내가 한번 보지 못함을 한스러이 여겼는데, 이제 이 낭자가 검무를 안다 하니 매우 유쾌하나이다."

월왕이 승상과 더불어 각기 허리에 찬 칼을 끌러 내어주니, 요연이 소매를 걷어올리고 띠를 풀어 놓고는 몸을 날려 춤을 추매, 상하로 번득이고 좌우로 뛰놀아 밝은 단장과 흰 칼날이 한빛이 되어, 삼월달에 날리는 눈송이가 복사꽃 떨기 위에 뿌려지는 것 같더라. 이윽고 춤추는 소리 더욱 급하여 칼이 더욱 빨라지더니 눈서리 날리는 기색이 홀연 장막 속에 가득하며, 심요연의 몸이 아주 보이지 아니하더니 별안간 한 가닥 무지개가 하늘로 뻗치며 바람이 배반(杯盤) 사이로 스치니, 좌중이 다 뼈가 저리며 머리털이 으쓱하더라. 요연이 배운 술법을 다하고자 하나 월왕이 너무 놀랄까 염려하여 이에 춤을 파하고 칼을 던지며 재배하고 물러가니, 왕은 오랜 후에야 비로소 정신을 가다듬고 요연을 보고 하는 말이,

"인간사람의 검무가 어찌 능히 이토록 신묘한 지경에 이를 수 있으리요? 내 들으매 신선 가운데 검술이 능한 자 많다 하던데, 낭자가 바로 그 사람이 아니뇨?"

요연이 대답하되,

"서방 풍속에 병기(兵器)를 희롱함을 좋아하는 고로 어렸을 적에 배운 바이오니, 어찌 신선의 기이한 술법을 따를 수 있사오리까?"

월왕이 일러 두기를,

"내가 궁으로 돌아가면 마땅히 희첩(姬妾) 중에서 춤 잘 추는 자를

가려 뽑아 보낼 터이니, 바라건대 낭자가 가르치는 수고를 아끼지 말도록 하라."

요연이 절하며 분부를 받으니, 왕이 다시 백능파에게 물어 보되, "낭자는 무슨 재주를 가졌느뇨?"

능파가 대답하기를,

"첩의 집이 소상강 위에 있사오니 바로 *황릉묘(黃陵廟)의 아황(娥皇)과 여영(女英)이 노니는 곳이오라, 밤이 고요하고 바람이 맑고 달이 밝은즉 비파 소리가 아직도 구름 사이로 흐르는 고로, 첩이 어려서부터 그 아름다운 음률을 모방하여 몸소 비파를 타며 스스로 즐겼을 따름이오니, 귀인의 귀를 더럽힐까 송구하나이다."

월왕이 이에 대꾸하기를,

"비록 옛사람의 글로 말미암아 아황과 여영이 비파를 낸 줄은 아나 그 곡조가 세상 사람에게 전함을 듣지 못하였는데, 이제 낭자가 그 곡조를 알고 있음이 사실이면 어찌 시속의 풍악에 견줄 바이겠느뇨?"

백능파가 소매에서 비파를 꺼내어 한 곡조를 타니, 그 소리가 맑고 또렷하여 원망하는 듯, 사모하는 듯하매 물이 산골짜기에서 떨어지며 기러기가 추운 하늘가에서 우는 것 같기에 모든 사람들이 어느덧 마음이 처량하여 눈물을 흘리는데, 이윽고 초목이 저절로 움직이며 가을 소리가 잠깐 나더니 마른 잎새가 분분히 떨어지므로, 월왕이 이상히 여기며 물어 보되,

"인간의 음률이 천지조화(天地造化)를 부릴 수 있다는 말을 내 믿지 아니하였는데, 낭자가 어찌 능히 봄으로 하여금 가을이 되게 하며 또한 나뭇잎이 저절로 떨어지게 하느뇨? 범인(凡人)도 능히 그 곡조를 배울 수 있겠느뇨?"

백능파가 대답하되,

"첩은 오직 옛 곡조의 찌꺼기를 전할 따름이온즉, 무슨 신묘한 술법이 있삽기로 남이 배우지 못하오리까?"

*황릉묘(黃陵廟)——순임금의 부인인 아황과 여영의 묘.

이때 만연옥이 월왕에게 아뢰기를,

"첩이 비록 재주는 없사오나 평일에 익힌 바 풍악으로써 백련곡(白蓮曲)을 시험삼아 아뢰겠나이다."

하고는, 진나라의 비파(琵琶)를 안고 자리 앞에 나아가 줄을 고르는데 능히 스물다섯 가지의 소리를 내며, 손 놀리는 법이 또한 아담하고 높아서 가히 들음직하기에, 양승상을 비롯하여 섬월과 경홍이 극찬하며 월왕 또한 매우 기꺼워하더라.

양부마가 *금굴치(金屈巵)로 벌주(罰酒)를 마시다

월왕과 양승상이 낙유원의 잔치가 즐겁고 아직 홍이 남았으나 날이 저물려 하므로 이에 잔치를 파하고 각기 금은과 재난(綵緞)으로 상납을 주고서, 왕과 승상이 달빛을 받으며 돌아와 성문으로 들어 가는데 종소리가 들리매, 두 집 기악(妓樂)이 길을 다투어 앞을 서려할새 패물 소리가 요란하며 향기가 거리에 가득하고, 흐르는 비녀와 떨어지는 구슬이 모두 말굽 아래 밟히어 소낙비 같은 소리가 티끌 밖으로 들려 오니라. 장안 백성들이 다 같이 둘어싸며 구경하는데, 백 살 먹은 늙은이들은 도리어 눈물을 흘리며 하는 말이,

"우리가 어렸을 적에 현종황제가 화성궁에 거동하시는 것을 보았는데, 그 위의(威儀)가 바로 이 같더니, 뜻밖에도 오래 살아남아 다시 태평성세의 기상을 보는도다."

하더라.

이 무렵 두 공주는 진씨와 가씨의 두 낭자들과 더불어 대부인을 모시고서 승상이 돌아오기를 기다리는데, 승상은 심요연과 백능파를 이끌어 대부인과 두 공주께 뵙게 하니, 두 사람이 섬돌 아래 나아가 뵈이므로 영양공주가 이르되,

"승상께서 매양 말씀하시기를, '두 낭자의 힘을 입어 수천 리 땅을 회복하는 공을 이루었다' 하시기로 나도 매양 보지 못함을 한스럽

*금굴치(金屈巵)──어연(御宴)에 쓰는 술잔.

게 여겼거늘, 두 낭자의 찾아옴이 어찌 이다지도 늦었느뇨?"

요연과 능파가 한가지로 대답하기를,

"첩들은 먼 시골의 천한 몸이오라, 비록 성상의 한번 돌아보심을 입었으되 오직 두 부인께서 한 자리를 비워 주지 아니하실까 염려되기로 빨리 문전에 이르지 못하였삽거니와, 듣자온즉 사람들이 일컫기를 '두 공주마마의 *관서(寬恕)와 규목(樛木)의 덕이 첩들에게 이르고, 상하에 고루 미친다' 하옵기로 외람되이 나아와 뵙고자 생각할 즈음에, 마침 승상께서 낙유원에 사냥하시는 계제를 만나 성대한 놀이에 참석하였거늘, 다시 이리로 데리고 오사 부인의 가르치심을 받잡게 되오니 첩들의 천만다행으로 아뢰나이다."

공주는 웃으며 승상께 아뢰기를,

"오늘은 궁중에 꽃빛이 가득하니 승상께서는 필연 오늘의 풍류를 자랑하실 터이오나, 그러나 이는 다 우리 형제들의 세운 공이온즉 승상께서는 이를 가히 알고 계시나이까?"

승상이 크게 웃으며,

"저 두 사람이 새로이 궁중에 들어와 공주의 위세를 두려워하여 아첨하는 말을 하였거늘, 공주는 이를 공으로 삼고자 하시느뇨?"

이 말에 모든 사람들이 웃음을 참지 못하더라.

진씨와 가씨의 두 여인이 섬월을 향하여 묻되,

"오늘 놀이에서 승부가 어찌 되었느뇨?"

경홍이 이에 대답하기를,

"계랑이 첩의 큰 소리함을 웃었으되 첩의 한 말로써 월왕궁편으로 하여금 놀라 자빠지게 하였으니, 이는 제갈공명(諸葛孔明)이 조그만 배 한 척으로 강동(江東)으로 들어가 세치 혀를 흔들어 이해를 들어 말한즉, 주공근(周公瑾)·노자경(魯子敬)의 무리가 다만 입을 벌리고 의가 눌리어 감히 한 말도 토하지 못함과 같사오며, 또 평원군(平原君)이 초나라에 들어가 합종(合從)을 협상할새 따라간 십구인은 모두 보잘것이 없었으되, 능히 조(趙)나라로 하여금 태산과

*관서(寬恕)와 규목(樛木)──둘 다 왕비의 덕화를 칭송한 것임.

반석같이 편안케 한 자는 모수(毛遂) 한 사람의 공이온즉, 첩의 마음이 큰 고로 또한 말이 크온데, 이 큰 말에 반드시 실속이 있을지라, 계랑에게 물으시오면 첩의 말이 허망치 않음을 족히 아시게 되오리이다."

섬월이 이에 다짐을 놓되,

"적랑의 활쏘기와 말 달리는 재주가 참으로 신묘하다 일컫겠으되, 풍류마당에 쓰면 혹시 칭찬을 받으려니와 화살과 돌이 비오듯하는 싸움터에 내어놓으면 어찌 능히 한 걸음을 달리며 한 살을 쏠 수 있으리요? 월왕궁편에서 기세를 잃었음은 새로 들어선 두 낭자의 신선 같은 모습과 천신 같은 재주를 탄복한 바이니 어찌 적랑의 공이 되리요?……첩의 한 말이 생각나니 마땅히 적랑을 향하여 털어놓으리라! 춘추시대(春秋時代)에 가대부(賈大夫)의 외모가 매우 누추하므로 장가든 지 삼 년이 되어도 그 아내가 한 번도 웃지 아니하더니, 그가 아내와 더불어 들에 나아갈새 마침 꿩 한 마리를 쏘아 떨어뜨리매 아내가 비로소 웃었다 하거늘, 오늘 놀이에서 적랑이 꿩을 쏘아 얻음이 또한 이와 같을지니라."

경홍이 이에 대꾸하기를,

"가대부는 누추한 외모로도 활과 말의 재주로 말미암아 그 아내의 웃음을 자아냈거늘, 만약 그의 용모가 수려하고 능히 활로 꿩을 쏘아 얻었던들 어찌 사람들로 하여금 더욱 사랑하며 공경케 하지 않았으리요?"

섬월이 비웃고 하는 말이,

"적랑의 자랑이 갈수록 불어나니 이는 오로지 승상께서 너무 총애하시매 그 마음이 교만한 탓이렷다!"

승상이 웃으며 이르기를,

"계랑의 재주가 많음은 익히 알고 있으나 경서에 능통한 줄은 전혀 몰랐으되, 이제 들으니 춘추(春秋)의 고사(故事)를 즐겨 말하는 버릇이 있음을 가히 알겠노라."

섬월이 승상께 여쭈기를,

"한가할 적에 혹은 경서(經書)와 사기(史記)를 훑어보오나 어찌 능통할 수 있사오리까?"

이튿날 양승상이 예궐하여 황상께 조회하니, 태후가 월왕께 이르시기를,

"월왕이 어제 승상과 더불어 봄빛을 서로 겨루더니 뉘 이기고 뉘 졌느뇨?"

월왕이 대답하여 사뢰되,

"양승상의 온전한 복은 사람이 다투지 못할 바이오나, 그 복이 여자에게도 복이 될는지 의아하니 태후마마께옵서 승상께 하문하여 보소서."

승상이 아뢰기를,

"월왕이 신보다 낫지 못하다 함은 이태백이 *최호(崔顥)의 글을 보고 놀라 기세가 꺾이었다 함과 같사온지라, 공주에게 복되고 아니됨은 신이 공주가 아니오니 어찌 능히 아뢸 수 있사오리까? 직접 공주에게 하문하소서."

태후가 웃으며 두 공주를 돌아보시니, 난양공주가 대답하기를,

"부부는 한몸이라 하오니 영욕(榮辱)과 고락(苦樂)에 어찌 같고 다름이 있사오리까? 장부에게 복이 있은즉 여자 또한 복이 있삽고, 장부에게 복이 없으면 여자 또한 복이 없을 터이오니, 승상이 즐기는 바를 소녀가 다만 즐길 따름이옵니다."

월왕이 다시 태후에게 여쭈기를,

"공주 누이의 말은 사실이 아니옵니다! 예로부터 부마가 된 사람들에는 승상같이 방탕한 자가 있지 아니하였사오니, 이는 나라의 기강이 바로 서지 못한 탓이온즉 바라옵건대 마마께서는 소유를 법사(法司)에 내리사 조정을 업신여기고 국법을 멸시하는 죄를 다스리소서."

태후는 이 말에 크게 웃으며 이르시기를,

"양부마는 진실로 죄가 있도다! 만일 이를 법으로 다스리고자 한

─────────────

*최호(崔顥)──당 개원 연대의 진사(進士).

즉 이 늙은 몸과 딸아이들에게 근심이 되는 고로, 부득이 국법을 굽히고 사사로운 정을 따르겠노라."

월왕이 다시 아뢰되,

"비록 정상은 그러하오나 승상의 죄를 가벼이 풀어 주시지는 못하올지니, 청하옵건대 어전에서 문죄(問罪)하사 그 공술하는 바에 따라서 처결하심이 옳을 줄로 아뢰나이다."

태후는 크게 웃으실 뿐, 월왕이 태후를 대신하여 하나하나 조목을 들어 죄를 묻는 글을 황상께 바치니, 그 글에 씌었으되,

'예로부터 부마된 자는 감히 희첩(姬妾)을 기르지 못함은 풍류(風流)를 몰라서가 아니요, 먹을 것이 넉넉지 못함이 아니라, 모두가 인군(人君)을 공경하며 나라를 높이는 바이라. 하물며 영양과 난양의 두 공주는 지위인즉 과인의 딸이요, 행실인즉 *임사(姙姒)의 덕이 있거늘, 양소유는 이를 공경치 아니하고 방탕하여 미색을 몰아들임이 목마른 자보다 심하며, 눈에는 *연조(燕趙)의 미색이 오히려 부족하고, 귀에는 정위(鄭衛)의 소리만 들려서 저저(姐姐)의 전각 댓돌의 개미같이, 방마루에 벌떼같이 지껄이니 공주가 비록 규목(樛木)의 덕으로써 질투하는 마음을 내지 아니하나, 소유의 공경하고 삼가는 도리가 어찌 감히 이러하리요? 교만하고 방자한 죄를 불가불 징계할지니 숨김없이, 사실을 바른 대로 아뢰어 그로써 처분을 기다리라.'

승상은 전각에서 내려와 땅에 엎드려 관을 벗고 대죄하니, 월왕이 난간 밖으로 나서서 소리를 높여 문초하는 것을 다 들은 후에, 승상이 공사(供辭)에 말하였으되,

'소신 양소유가 외람되이 두 전궁(殿宮)의 성은을 입사와 뛰어넘어 승상이라는 높은 벼슬을 차지하였은즉 영광이 이미 극진하며, 또한 공주가 사려 깊고 실속 있는 덕을 베풀어 금실(琴瑟)의 즐거움이 무

---

*임사(姙姒)——태임(太姙)과 태사(太姒). 태임은 주 문왕의 어머니. 태사는 주 문왕의 비(妃).

*연조(燕趙)의 미색——한 무제가 연(燕), 조(趙)의 미녀 이천 명을 끌어들임.

궁하온즉 소원이 이미 족하거늘, 어리석은 마음이 아직도 남아 있고 사치스러운 기세가 줄지 아니하와 가무(歌舞)하는 계집을 많이 모았사오니, 이는 소신이 적이 부귀(富貴)에 눌리고 성상폐하의 은덕이 넘치와 스스로 단속함을 깨닫지 못한 죄이오나, 신이 국법을 곰곰이 살펴보건대 부마된 자가 설혹 비첩을 가졌을지라도 혼인 전에 얻은 것은 분간하는 도리가 있사온지라, 소신이 비록 시첩을 가졌사오나, 숙인 진씨[秦彩鳳]는 황상께서 명을 내리신 바이니 의당 손꼽아 논란할 바 아니옵고, 소첩 가씨[賈春雲]로 말할진대는 신이 일찍이 정사도집 화원 별당에 머무를 무렵에 수종 들던 자이옵고, 소첩 계씨[桂蟾月]·적씨[狄驚鴻]·심씨[沈裊烟]·백씨[白凌波] 등 네 계집은 혹은 선비 시절에, 혹은 외국으로 사신 갔을 적에, 혹은 출전하였을 적에 따라온 자들이니 이 모두가 역시 성례 전 일이옵고 부중[丞相府中]에 한가지로 있게 하옴은 대체로 공주의 명을 따름이옵고 소신이 감히 독단으로 하였음이 없사온즉, 나라의 체례(體例)에 그 무엇이 손상되오며 신자(臣子)의 도리에 그 무엇이 죄가 되겠나이까? 그러하옵거늘 전교(傳敎)를 내리심이 이렇듯 엄하시니 오직 송구할 따름이옵니다.'

태후가 승상의 공사(供辭)를 다 읽고는 크게 웃으며 하시는 말씀이,

"희첩(姬妾)을 많이 기르는 것은 장부된 풍도(風度)에 해로움이 없겠기로 가히 용서하려니와, 술을 과음하는 것은 아무래도 염려되는 바라, 차후로 삼감이 가하렷다!"

월왕이 다시 태후를 향하여 아뢰기를,

"부마의 부중(府中)에서 희첩을 기르는 것을 소유는 공주한테 미루오나, 그 조처하는 도리에 매우 가당치 아니한 바 있사온즉, 다시 한번 문초하심이 옳은 줄로 아뢰나이다."

이 말에 두려워 겁이 난 양승상이 머리를 조아려 사죄하니, 태후가 다시 웃으며 이르시기를,

"양공은 진실로 사직(社稷)을 지키는 중신이니 내 어찌 사위로서만 대접하리요?"

하고, 이에 명을 내리시어,

"관을 정제하고 전상에 오르라."

하시는데, 또다시 월왕이 아뢰기를,

"소유가 큰 공이 있으므로 죄 주기는 어렵사오나 국법이 또한 엄하와 그대로 놓아줄 수는 없사오니, 마땅히 술로써 벌을 주려 하나이다."

태후가 웃고 허락하시니, 궁녀가 백옥잔을 내오기에 월왕이 말하기를,

"승상의 주량이 고래 같고 죄명이 또한 무겁거늘 어찌 작은 잔을 쓰리요?"

하면서, 월왕이 친히 한 말들이 금굴치(金屈巵)에다 진한 술을 가득히 부어 주니, 승상이 비록 주량이 적이 크나 잇따라 두어 말을 마시매 어찌 취하지 아니하리요! 이에 승상이 머리를 조아리며 아뢰되,

"견우(牽牛)가 직녀(織女)를 지나치게 사랑하다가 장인에게서 꾸지람을 들었다 하더니, 이제 소유가 집에서 희첩(姬妾)을 기름으로써 장모로부터 벌주를 받아 먹으니 인군의 사위되기는 진실로 어려운 노릇이옵니다. 신이 이제는 대취하였으니 물러감을 소청하겠나이다."

하고, 이어서 일어나려 하다가 고꾸라지기에, 태후가 크게 웃으며 궁녀를 시켜 전문 밖으로 내어보내며 공주에게 이르기를,

"승상이 대취하여 신기(神氣)가 불편할 터이니, 너희들은 곧 뒤따라가도록 하라."

두 공주가 분부를 받잡고 곧 승상을 따라 나서더라.

양승상이 부중(府中)에서 벌주를 마시다

이즈음 유부인이 촛불을 켜놓고서 승상이 돌아오기를 기다리다가, 승상이 대취함을 보고 묻되,

"전일에는 비록 술을 내리실지라도 취하는 일이 없더니, 오늘은 어

찌 이토록 과취하였느뇨?"

승상이 대답하기를,

"소자의 잘못이옵나이다."

하고, 이어서 취한 눈에 노기를 띠고 이윽고 공주를 바라보다가 모친을 향하여 하는 말이,

"공주의 오라비 월왕이 태후께 참소하여 소유의 죄를 억지로 만들어 내매, 소유가 비록 말은 잘하여 벌을 모면하기는 하였사오나, 월왕이 기어이 죄를 씌우고자 태후께 터무니없는 말을 사뢰어 독주로써 벌을 내렸거니와, 만일 주량이 적었던들 거의 죽었겠나이다. 이는 필시 월왕이 어제 낙유원 놀이에서 진 것을 분하게 여겨 보복코자 함이오나, 난양공주가 나에게 희첩이 너무 많음을 시기하여 그 오라비와 더불어 계교를 꾸며 나를 괴롭게 함이오니, 평일의 인자한 말이 아무래도 믿지 못하겠기로, 엎드려 바라오니 모친께서는 난양공주에게 벌주 한 잔을 내리사 소자를 위하여 설분하여 주소서."

유부인이 타이르기를,

"난양의 죄목이 분명치 아니하며 또 능히 한 잔 술을 마시지 못하매, 네가 나를 시켜 벌을 주고자 할진대는 차(茶)로써 술을 대신함이 옳으리라."

승상이 다시 아뢰되,

"소자는 기어이 술로써 벌하려 하나이다."

유부인이 웃으며 마지못해 이르기를,

"공주가 만일 술을 마시지 아니하면 취객의 마음이 풀리지 아니하리라."

하고, 시녀를 불러 난양공주에게 벌주를 보내니라.

공주가 이를 받아 마시려 할 즈음 승상이 문득 의심내어 그 잔을 빼앗아 맛보고자 하기에, 난양이 급히 빈 잔을 자리 위에 던지니라. 승상이 손가락으로 잔 밑에 남은 것을 맛보니 이는 꿀물이라 승상이 말하되,

"태후마마께서 만일 꿀물로써 소유를 벌하셨던들 모친이 또한 꿀물
로 벌하심이 마땅하겠사오나, 소자가 마신 바는 술이거늘 난양이
어찌 홀로 꿀물을 마실 수 있겠나이까?"

하며, 다시 시녀를 불러 술잔을 가져오게 하여 스스로 술 한 잔을 가
득히 부어 주므로 난양공주가 부득이 이를 다 마시니, 승상이 다시 유
부인께 아뢰기를,

"태후께 권하여 벌한 자가 바로 난양공주이기는 하오나, 영양공주,
즉 정경패(鄭瓊貝)가 또한 계책에 참여한 연고로 태후 앞에 앉아서
소자가 괴로워함을 보고 난양께 눈짓하며 서로 웃었으니, 소자는
그 속마음을 도저히 헤아리지 못하겠나이다. 그러하매 다시 바라오
니 모친께서는 정씨를 또한 벌하여 주소서."

이 말에 유부인은 소리내어 웃고 잔을 보내니, 정씨가 자리를 옮겨
이를 다 마시기에 부인이 말하기를,

"태후마마께서 소유를 벌하심은 그 희첩들을 벌하심이므로, 이제
두 공주가 다 벌주를 마셨으니 희첩들이 어찌 안연할 수 있으랴?"

승상이 이에 덧붙이되,

"월왕의 낙유원 모임이 대체로 미색을 다툼이거늘 경홍·섬월·요
연·능파 등이 소(小)로써 대(大)를 맞아 한 싸움에 먼저 승리를 아
뢰매, 월왕이 분심을 이기지 못하여 소자로 하여금 벌을 받게 하였
은즉, 이 네 사람은 마땅히 벌을 주셔야 하겠나이다."

부인이 말하기를,

"싸움에 이긴 자에게 한가지로 벌을 주다니, 취객의 말이 가히 우습
도다."

하고는, 곧 네 희첩을 불러 각각 한 잔 술을 벌로 내리니라.

네 사람이 마시기를 마치매, 경홍과 섬월 두 사람이 꿇어앉으며 부
인께 사뢰기를,

"태후마마께서 승상을 벌하심이 희첩이 많음을 나무람이요, 결코
낙유원에서 이긴 때문이 아니온데, 심요연과 백능파의 두 사람은
아직도 승상의 금침을 받들지 아니하였거늘 첩들과 한가지로 벌주

를 마시니 또한 억울치 아니하겠나이까? 또한 가유인으로 말씀드리오면 승상을 모심이 저렇듯 오래며 승상의 사랑을 받음이 저렇듯 편벽되오나, 낙유원 모임에 참여치 아니하와 오로지 이 벌을 면하오니, 저희들 마음에 다 분함을 참기 어렵겠나이다."

부인이 대꾸하기를,

"너희 말이 가장 옳도다!"

하고 큰 잔으로 춘운을 벌하니, 춘운이 웃음을 머금고 마시는지라, 이로써 모든 사람이 다 벌주를 마셨기에 좌중이 부산하며 어지러운 가운데 난양공주는 술이 취하여 괴로움을 견디지 못하되, 오직 진숙인은 한녘으로 단정히 앉아 말도 아니하며 웃지도 아니하기에, 승상이 말하되,

"진씨가 홀로 취하지 아니하여 취객들의 미친 모양을 비웃으니, 다시 한번 벌하지 아니치 못하렸다!"

하고 한 잔을 가득 부어 전하니, 진씨는 오히려 웃으며 이를 마시는지라, 유부인이 공주에게 묻기를,

"본디 마시지 못하는 술을 이제 마셨으니 신기(神氣)가 어떠하뇨?"

공주가 대답하되,

"매우 괴롭소이다."

하기에, 유부인이 진씨를 시켜 공주를 부축하여 침방으로 돌아가게 하고, 이어서 춘운을 시켜 술을 가져오게 하여 잔을 잡으며 하는 말이,

"우리 두 자부(子婦)는 여자 가운데 성인(聖人)이라, 내가 매양 혹시 복을 해칠까 두려워하였는데, 이제 소유가 주정이 심하여 공주로 하여금 편치 못하게 하니, 태후마마께서 들으시면 몹시 염려하실지라, 내가 올바로 아들 교훈을 못하여 이런 망거(妄擧)를 빚어냈기로, 내 또한 죄없다 못할지니 이 잔을 들어 스스로 벌을 받겠노라."

하고 잔을 비우니, 승상이 황송하여 꿇어앉아 아뢰되,

"모친께서 소자의 못된 소행으로 말미암아 스스로 벌하시니, 소자의 허물이 어찌 종아리채쯤으로 마땅하겠나이까?"

하고는, 경홍을 시켜 술을 큰 잔에 가득 붓게 하고, 꿇어앉아 다시 아뢰되,

"소자 모친의 교훈을 받들어 따르지 못하옵고, 도리어 모친께 근심 걱정만 끼치오니 사죄할 도리 없사와 삼가 이 벌주를 받겠나이다."

하고 다 마시매, 승상이 대취하여 능히 기동을 못하고 응향각(凝香閣)을 손으로 가리키기에, 유부인이 춘운을 시켜 부축하고 가게 하나, 춘운이 아뢰기를,

"천첩은 감히 모시고 가지 못하겠나이다. 계낭자가 소첩에게 승상의 총(寵)이 있음을 질투하는 것 같나이다."

하기에, 유부인은 다시 섬월에게도 당부하여 두 낭자가 부축하도록 명하니, 섬월이 뇌이기를,

"춘운이 내 말을 트집잡아 가지 아니하니 첩은 더욱 마음에 거리끼도다."

이에 경홍이 웃고 일어나며 승상을 부축하여 응향각으로 가매 모든 사람이 다 흩어지더라.

양승상의 두 부인과 여섯 첩이 결의하다

양승상은 이미 심요연과 백능파의 두 여인이 산수를 사랑하는 버릇을 알고 있었는데, 부중(丞相府中)의 화원 속에 있는 연못이 맑기가 호수 같고, 그 못 가운데 정자가 있으니 이름은 영아루(映娥樓)라. 능파로 하여금 여기에 거처케 하고, 또한 연못 남쪽에 가산(假山)이 있으니 뾰족한 봉우리는 옥을 깎아 세운 듯하고, 겹겹이 쌓인 석벽은 쇠를 쌓은 듯하며 늙은 소나무는 그늘이 그윽하고 파리한 대나무는 그림자를 그리는데, 그 속에 정자가 있으니 이름은 빙설헌(氷雪軒)이라. 요연으로 하여금 여기에 거처케 하니, 모든 부인과 여러 낭자들이 화원에 노닐 때에는 요연과 능파의 두 사람이 산중의 주인이 되더라.

모든 사람이 조용히 능파에게 물어 보되,

"낭자의 신통한 변화를 한번 볼 수 있겠느뇨?"

능파가 이에 대답하기를,

"그것은 천첩의 전생(前生) 일이겠으며, 이제는 첩이 천지의 기운을 타고 조화의 힘을 빌려 전신(前身)을 다 벗고 사람의 모습으로 변했으매 벗은 껍질과 비늘이 산같이 쌓였으니, 이를테면 참새가 변하여 조개가 된 후에 어찌 두 날개가 있어 날아다니리요?"

모든 여인들이 말하기를,

"이치가 그러하도다."

하더라.

심요연이 비록 시시로 유부인과 승상과 두 공주 앞에서 칼춤을 추어 한때의 흥을 돋우나, 자주 춤추기를 아니하며 하는 말이,

"당시에 비록 칼춤으로 인연되어 승상을 만났으되, 살기 있는 놀이가 아무래도 항상 볼 바는 못되나이다."

이후로 두 공주를 비롯하여 여섯 낭자들이 서로가 뜻이 맞는 즐거움이란 마치 고기가 물에서 헤엄치며 새가 구름을 따라 나는 듯하여 서로 따르고 서로 의지하여 형 같고 아우 같은데, 또한 승상의 애정이 피차에 균일하니 이는 비록 모든 부인의 부덕(婦德)이 능히 온 집안에 화목한 기운을 이룸이려니와, 한편으로는 이들 아홉 사람이 전생으로부터 인연이 있음이리라.

하루는 두 공주가 서로 의논하되,

"두 아내와 여섯 첩들이 친숙함이 골육(骨肉) 같고, 정은 형제 같으니 이 어찌 하늘이 명하신 바 아니리요? 그러므로 마땅히 귀천을 가리지 말고 호형호제(呼兄呼弟)로 지내리라."

이 뜻을 여섯 낭자에게 밝히니 다들 사양하는 중에서도 춘운과 경홍과 섬월이 더욱 응하지 아니하기에, 영양공주가 타이르는 말이,

"유현덕(劉玄德)과 관운장(關雲長)과 장익덕(張翼德)의 세 사람은 군신 사이로되 도원에서 의형제를 맺었거늘, 나는 춘운과 더불어 본디 규중(閨中)에서부터 좋은 벗이니 형제됨에 무슨 불가함이 있으리요? 석가세존의 아내와 *마등가(摩登伽)의 계집과는 그 높고

---

*마등가(摩登伽)——아난존자(阿難尊子)를 고행(苦行)케 한 음녀(淫女).

천함이 아주 다르며 또 그 음행(淫行)이 다르거늘, 오히려 대사의 제자가 되어 마침내 바로 연분을 얻었으니, 처음 미천함이 나중 뜻을 이루는데 무슨 관계가 있으리요?"

하고, 두 공주는 드디어 여섯 낭자와 더불어 궁중으로 나아가 깊이 모신 관음보살(觀音菩薩)의 화상 앞에 분향재배하고, 서약문을 지어 아뢰니 씌었으되,

'유세차(維歲次) 모년 모월 모일에 부처님의 제자인 이소화(李蕭和), 정경패(鄭瓊貝), 진채봉(秦彩鳳), 가춘운(賈春雲), 계섬월(桂蟾月), 적경홍(狄驚鴻), 심요연(沈裊烟), 백능파(白凌波) 등 여덟 사람은 목욕재계하고서 관음보살님 앞에 아뢰나이다. 불경에 일렀으되 '사해(西海) 안에 사는 사람은 모두 형제가 되나라' 하였으니 이는 다름이 아니오라 그 지기(志氣)와 뜻이 서로 통하는 연고이오며, 천륜(天倫)의 친함을 들어 길 가는 나그네와 같다고 보는 사람이 있으니, 이는 다름 아니오라 그 정과 뜻이 서로 다른 연고이옵나이다. 부처님의 제자인 저희들이 처음에는 비록 남북으로 갈리어 제각기 태어나서, 다시 동·서로 흩어졌다가 한 사람의 낭군을 함께 섬기게 되었삽고, 또 같은 집에서 거처하오매 어느덧 *지기상합(志氣相合)하며 정의상통(情意相通)하오니, 물건으로 비유하오면 한 가지의 꽃이 비바람에 흔들려서 혹은 규중(閨中)에 날리며, 혹은 언덕위에 떨어지며, 혹은 산속 시냇물에 떨어지오나, 그 근본을 살펴보면 같은 뿌리에서 나온 것이옵나이다. 하물며 사람에 있어서는 한 형제는 한 기운을 타고났을 따름이온즉, 흩어졌다가도 어찌 한 곳으로 함께 돌아가지 아니하오리까?

옛과 지금이 비록 멀고 너르오나 한때에 같이 있삽고, 사해가 비록 넓고 크오나 한 집에서 같이 살고 있사오니, 이는 실로 전생(前生)으로부터의 연분이요, 인생에 있어 좋은 기회(期會)라 하겠나이다. 이러므로 부처님의 제자인 저희들은 이에 함께 맹세하여 형제를 맺삽고 길흉생사(吉凶生死)를 같이하려 하오니, 이 가운데서 혹

*지기상합(志氣相合)──두 사람의 의지와 기개가 서로 맞음.

시 다른 마음을 지니고서 맹세한 말을 저버리는 사람이 있으면 하늘이 반드시 죽이시고 신명(神明)이 반드시 꺼리시려니와, 엎드려 바라옵건대 관음보살님께서는 복을 이끌어 주시며 재앙을 없이하여 주시며, 그로써 첩들을 도우사 백년해로(百年偕老)한 연후에 함께 극락세계로 돌아가게 하옵소서.'

이로부터 두 공주가 희첩들을 아우로 부르니, 여섯 낭자는 스스로 명분을 지키어 감히 형제로 부르지는 못하나 정의는 더욱 친밀하여지더라. 여덟 사람이 각기 아이를 낳으매 두 부인과 춘운, 섬월, 요연, 경홍은 아들을 낳고 채봉과 능파는 딸을 낳아 다 잘 길러 내어 한 번도 자녀의 참경을 겪지 아니하니 이 또한 여느 사람들과는 다르더라.

양승상이 사직상소를 하매 황상이 취미궁을 빌리시다

이 무렵 천하가 태평하여 사방 변경(邊境)에 일이 없고 백성들은 안락히 살며 곡식이 잘되어, 승상이 나아간즉 천자를 모시고 상림원(上林苑)에 사냥하며 들어온즉 대부인을 받들어 당상에서 잔치를 베풀어 노래와 춤 속에서 세월을 보내는데, *홍진비래(興盡悲來)라 함은 예나 이제나 으레 있는 일이라, 유부인이 우연히 병을 얻어 세상을 떠나니 연세가 아흔아홉 살이더라. 승상이 비통하여 예를 갖추고 안장할새, 두 전궁(殿宮)에서 내시를 보내어 조문하시고 왕후(王后)의 예로써 예관(禮官)을 보내어 장사를 치르시더라.

정사도(鄭司徒) 내외가 영화를 누림은 말할 나위도 없겠거니와, 오래 살다 별세하매 승상이 슬퍼하는 정경은 정부인에 못지아니하더라.

양승상의 여섯 아들과 두 딸이 다 부모의 모습을 닮아서 사내아이는 용호(龍虎) 같고 계집아이는 항아(姮娥) 같은지라. 맏아들 대경(大卿)은 정부인의 소생인데 이부상서(吏部尚書)에 오르고, 둘째 아들 차경(次卿)은 적경홍의 소생인데 경조윤(京兆尹)의 벼슬을 살고, 셋째

---

*홍진비래(興盡悲來)──즐거운 일이 다하면 슬픈 일이 닥쳐온다는 뜻으로, 세상이 돌고 돌아 순환됨을 가리키는 말.

아들 숙경(叔卿)은 가춘운의 소생인데 어사중승(御史中丞)의 벼슬을
살고, 넷째 아들 계경(季卿)은 난양공주의 소생인데 병부시랑(兵部侍
郎)의 벼슬을 살고, 다섯째 아들 오경(五卿)은 계섬월의 소생인데 한
림학사(翰林學士)의 벼슬을 살고, 여섯째 아들 치경(致卿)은 심요연의
소생인데 힘이 남에게 뛰어나고 지략이 귀신 같은지라, 천자께서 매
우 사랑하시어 금오상장군(金吾上將軍)을 삼아 군사 십만 명을 거느려
대궐을 호위케 하시고, 맏딸 부단(傅丹)은 진채봉의 소생인데 월왕의
아들 낭야왕(瑯瑘王)의 왕비가 되고 둘째 딸 영락(永樂)은 백능파의
소생인데 황태자의 첩여(婕妤)가 되었느니라.

하루는 양승상이 비유(比喩)로써 말하되,

"너무 성하면 쇠하고, 너무 가득하면 넘치기 쉽다."

하고, 이에 상소하여 벼슬에서 물러가기를 비니 그 글에 씌었으되,
'승상 신 양소유는 돈수백배하옵고 황제폐하께 말씀드리나이다. 사
람이 세상에 태어나서 소원이 장상공후(將相公侯)를 지나지 못하오
며, 벼슬이 장상공후에 다다르면 나머지 소원이 없사옵고, 부모는
자식을 위하여 공명부귀(功名富貴)를 축원하나 몸이 공명부귀를 이
루면 나머지 소망이 없사옵니다. 그러하온즉 장상공후의 영화와 공
명부귀의 즐거움이 어찌 인심의 흠모하는 바와 시속(時俗)이 다투
는 바가 아닐 수 있겠나이까? 세상의 영화와 부귀가 어찌 흡족함
을 알며 화를 스스로 만드는 줄을 헤아릴 수 있겠나이까? 신이 재
주가 적고 능력이 부족하되 높은 벼슬을 차지하고 있으며, 공이 없
고 명망(名望)이 낮되 한자리에 오래도록 머무르니, 귀함이 신에게
이미 극진하오며 영화가 부모에게 이미 미치었나이다. 신의 처음
소원이 이의 만분의 일이옵더니 외람되이 부마(駙馬)가 되어 예로
대접하심이 모든 신하와는 다르고 은혜로 상을 주심이 격외로 각별
하시어 채소를 먹고 자라난 몸이 기름진 음식을 배불리 먹삽고, 미
천한 신분으로 감히 궁중에 출입하여 위로는 성군께 욕되며 아래로
는 신의 분수에 어긋나오니 어찌 감히 스스로 마음 편할 수 있사오
리까? 일찍이 자취를 거두고 영화를 피하며, 문을 닫고 은덕을 사

214

양하와 그로써 참람하고 몰염치한 죄를 들어 스스로 천지신명께 사죄코자 하오나, 워낙 베푸시는 은택이 융숭하시매 갚을 길이 아득하옵고, 또한 신의 근력이 아직도 말을 타고 달릴 만하옵기로 부득이 도로 주저앉아, 다만 만분의 일이라도 우러러 천은을 갚사옵고, 곧 물러가 선영(先塋)을 지키며 나머지 세월을 마치고자 하였삽는데, 이제 각별하신 은덕을 갚지 못하고 천한 나이 이미 높으오며, 또한 정성을 펴지 못하고 모발이 먼저 쇠하오매 비록 이제 다시 견마(犬馬)의 충성을 다하여 태산 같은 은덕을 갚고자 하오나 사세는 이미 글러 어찌할 도리가 없나이다.

이제 천자의 신명하심을 힘입어 변방이 항복하매 병혁(兵革)을 쓰지 아니하오며, 만백성이 편안하매 북채와 북이 놀라지 아니하오며, 하늘의 상서(祥瑞)가 더 이르매 *삼대(三代)의 화락한 다스림을 이루게 되올지라. 비록 신으로 하여금 조정에 머무르게 하실지라도 녹봉(祿俸)만 허비하고 격양가(擊壤歌)만 들으실 뿐이요, 신기한 계교를 낼 일이 없겠나이다.

예로부터 인군(人君)과 신하는 부자 같다 하오니 부모의 마음에 비록 미흡한 자식이라도 슬하에 있은즉 기꺼워하고 밖에 나간즉 염려하는 법이오니, 신이 엎드려 생각하옵건대, 황상폐하께서 필연 신을 가리켜 늙은 몸이고 옛 물건이라 불쌍히 여기시어 차마 하루 아침에 물러가지는 못하게 하시겠사오나, 사람의 자식으로서 부모를 생각함이 어찌 그 부모가 자식을 사랑함과 다를 수 있사오리까? 신이 폐하의 은덕을 입음이 이미 깊사오니, 신이 어찌 멀리 하직하고 산 속에 엎드려서 요순(堯舜) 같은 인군을 영결하올 수 있겠나이까?

이미 물이 가득 찬 그릇은 아무래도 못 넘치게 하지 못할 것이며, 이미 엎어진 멍에는 아무래도 다시 타지를 못하오니, 엎드려 바라옵나니, 신이 많은 일에 견디어 내지 못할 것을 헤아리시고 또한 신이 높은 자리에 있기를 바라지 않음을 살피시어, 특별히 고향으로

*삼대(三代)——하(夏)·은(殷)·주(周)

돌아가게 하여 남은 세월을 마치도록 허락하시고, 신으로 하여금
성덕을 노래하며 은덕을 감격케 하옵소서.'

황상께서 이 상소를 보시고 친히 붓을 들어 비답(批答)을 내리시되,
'경의 큰 업적은 조정에 우뚝 높고 덕택은 백성들에게 두터이 덮이
니, 곧 국가의 주석(柱石)이요, 짐의 팔다리로다. 옛날의 강태공(姜
太公)과 소공(召公)은 나이가 거의 백 세로되 오히려 주나라를 도와
능히 치적(治積)을 이루었는데, 경은 아직도 예경(禮經)에 이른바
벼슬을 돌려보낼 나이가 아닌즉, 경은 비록 일을 사례하고 지레 물
러가려 하나 짐은 아무래도 허락지 않을 것이요, 경의 풍채가 요즈
음은 오히려 새로워서 옥당(玉堂)에서 조서를 내던 날에 견주어 손
색이 없으며, 정력도 여전히 앙성하여 위교(渭橋)에서 도적의 무리
를 섬멸할 때나 다름이 없으매, 비록 늙었다 일컬으나 짐은 이를 진
실로 믿지 아니하니, 모름지기 *기산(箕山)의 높은 절개를 돌이켜
그로써 *당우(唐虞)의 선정을 베풀도록 도움이 짐의 바라는 바로
다.'

승상의 연세는 비록 많으나 그 육체는 아직도 쇠하지 아니하여 사
람들이 다 신선에 비기는 고로, 비답에 이와 같이 말씀하셨느니라.

승상이 다시 상소하여 물러가기를 바람이 매우 간절하니, 상이 불
러들여 만나보시고 전교를 내리시기를,

"경이 사양함이 이에 이르니 짐이 어찌 힘써 경의 뜻을 이루게 하지
않을 수 있으리요마는, 경이 만약에 봉(封) 한 나라로 나아가면 국
가 대사를 가히 상의할 자 없을 뿐 아니라, 하물며 이미 태후가 승
하하셨으니 짐이 어찌 차마 영양과 난양의 두 공주와 멀리 떨어져
있으리요? 남문 밖 사십리에 이궁(離宮)이 있으니, 곧 취미궁(翠微
宮)이라. 옛날에 현종황제께서 피서하시던 곳이라, 이궁이 고요하
고 깊으며, 외져서 그윽하고 넓으니 가히 늙어서 소일할 만한 곳이
므로 특별히 경을 주노라."

---

*기산(箕山)── 요(堯) 시대의 은자(隱者)인 소부와 허유가 이곳에 숨어 있었음.

*당우(唐虞)── 요순(堯舜).

하시고, 곧 조칙을 내려 승상 위국공(魏國公)에 태사(太師) 벼슬을 더 봉하시고, 다시 상급으로 오천 호(戶)를 더 내리시며 아직은 승상의 인수(印綬)를 지니고 있으라 하시더라.

양태사, 높은 대에 올라 먼 데를 바라보다

양태사는 더욱 성은에 감격하여 머리를 조아려 사은하고, 가솔을 거느려 취미궁으로 거처를 옮기니, 이 궁이 종남산(終南山) 산속에 있으매 누각과 정자가 장려하고 경치가 아주 기이하여 마치 삼신산의 선경(仙景) 같더라. 태사가 상께서 내리신 조칙과 어제하신 글을 봉하여 받들어 모셔 두고, 그 밖의 누각을 두 공주와 모든 낭자들에게 나누어 거처를 정하니라.

태사는 날마다 물가에 나아가 달빛을 즐기며 골짜기로 들어가 매화를 찾고, 석벽을 지난즉 글을 지어 쓰며, 소나무 그늘에 앉은즉 거문고를 안고 타니, 늘그막의 조촐한 복이 더욱 사람들로 하여금 부러워하게 하고, 승상이 한가함을 즐겨 손을 맞지 아니함이 또한 여러 해가 되겠더라.

팔월 열엿새가 태사의 생일이라 모든 자녀들이 잔치를 베풀고 오래 삶을 기릴새, 잔치가 십여 일에 이르니 그 번화한 광경은 도저히 형언치 못하겠더라. 잔치를 파하매 모든 자녀들은 각기 집으로 돌아가니라.

어언 구월이 되니 국화는 꽃봉오리가 벌어지고 수유(茱萸)는 검붉은 열매를 드리우매 하늘이 높아지는 가을을 맞은지라, 취미궁 서쪽에 높은 봉이 있으니, 그 위에 오르면 팔백 리 진천(秦川)이 손바닥같이 보이기에 태사가 가장 그곳을 즐기는데, 이날은 두 부인을 비롯하여 여섯 낭자들과 더불어 그 대에 올라, 머리에 국화 한 송이씩을 꽂고 가을 풍경을 바라보며 서로 마주앉아 술을 마시니, 이윽하여 지는 해는 높은 산봉우리를 넘어가고 흐르는 구름은 그늘을 너른 들에 드리우니 가을빛이 한결 찬란하여 마치 그림폭을 펼친 듯하기에, 태사

가 옥통소를 꺼내어 한 곡조를 부니 그 소리가 매우 처량하여, 마치
원망하는 듯, 사모하는 듯, 흐느끼는 듯 하소연하는 듯하여 모든 미인
들이 서러운 생각으로 가슴을 메우므로 좋아하지 않기에 먼저 두 부
인이 물어 보되,

"상공께서는 일찍 공명을 이루고 부귀를 오래 누리시옴은 세상 사
람이 한가지로 일컫는 바요, 또한 옛날에도 보기 드문 사실이오며,
좋은 계절의 좋은 날을 당하여 경개를 정히 좋아, 국화꽃잎을 술잔
에 띄우고 미인이 자리에 가득하오니 이 역시 인생에 있어 즐거운
일이거늘, 통소 소리 너무도 처량하여 첩들로 하여금 눈물을 참을
수 없게 하오니, 오늘의 통소 소리가 지난날의 곡조와 다르옴은 어
찌된 일이오니까?"

이 말에 태사는 불현듯 통소를 던지고, 자리를 옮아 앉으면서 하는
말이,

"북으로 바라본즉 평탄한 들은 사방으로 펼쳐져 있고, 나무 없는 고
개마루는 외로이 섰는데 쇠잔한 석양볕이 거친 수풀 사이로 희미하
게 비치는 것은 진시황의 아방궁(阿房宮)이요, 서으로 바라본즉 바
람은 수풀을 스치고 저무는 구름송이가 산을 둘러싸니 이는 곧 한
무제의 무릉도원(武陵桃園)이요, 동으로 바라본즉 회칠한 담장은
청산에 비치고 붉은 용마루는 하늘로 치솟으며, 또한 밝은 달이 스
스로 찾아들고 스스로 물러가매 옥난간 머리에 다시 기댈 사람이
없는 곳은 바로 현종황제가 양귀비(楊貴妃)와 더불어 노니시던 화
청궁(華淸宮)이니, 슬프다! 이 세 인군(人君)이 모두 다 만고의 영
웅이시거늘 이제는 어디 계시는고? 소유가 초 땅의 미천한 선비로
서 은덕을 성군께 입고 벼슬이 장상(將相)에 이르며, 또 부인과 낭
자 여러분과 더불어 만나 두텁고 깊은 정이 늙도록 친밀하니, 만일
전생에 기약하지 않은 연분이면 능히 이에 이르지 못하리라. 우리
무리가 한 번 돌아간 후면 높은 대(臺)는 스스로 무너지고 깊은 연
못은 스스로 메워지며, 노래와 춤을 추던 집이 변하여 메마른 풀과
싸늘한 연기를 이루면, 필연 나무하는 아이와 소먹이는 더벅머리

총각들이 슬픈 노래를 주고받으면서 '이는 바로 양태사가 모든 낭자와 더불어 노닐던 곳이라. 대승상의 부귀, 풍류와 모든 낭자들의 아리따운 용모와 고운 태도가 이미 적막하도다' 하리니, 이들 초동목수(樵童牧竪)가 우리가 노닐던 곳을 보는 것은 바로 내가 저 세인군의 궁(宮)과 능(陵)을 보는 것과 같을지라, 이로 보건대 사람이 살아 있는 것은 순식간이 아니리요? 천하에 세 가지 도가 있으니 유도(儒道)와 불교(佛敎)와 선술(仙術)이라. 이 세 가지 중에 오직 불교가 높고 유도는 윤기(倫紀)를 밝히며 사업을 귀히 하여 이름을 후세에 전할 따름이요, 선술은 허망한 것에 가까워 예로부터 하는 자 많으나 마침내 징험을 얻지 못하니, 진시왕(秦始王)과 한무제(漢武帝)와 현종황제[唐玄宗]의 사적을 보면 가히 알리로다. 소유는 벼슬을 바친 후로 밤마다 꿈속에서 부처님께 배례하니, 이는 필연 불가(佛家)와 연분이 있음이라. 내 장차 장자방(張子房)이 적송자(赤松子)를 따르는 소원을 이루고, 남해에 가서 관세음보살을 찾으며, 오대산(五臺山)에 올라 문수보살(文殊菩薩)을 만나 불사불멸(不死不滅)의 도를 얻어 인간계의 괴로움을 벗고자 하나, 다만 그대들과 더불어 반평생을 상종하다가 장차 멀리 이별하겠기로 비창한 마음이 자연 퉁소 속에 나왔노라."

모든 낭자들이 스스로 감동하여 말하되,

"상공이 번화한 가운데 그런 마음을 가지시니 어찌 하늘이 정하신 바 아니오리까? 첩 등 형제 팔인은 마땅히 깊은 규중에 한가지로 거처하여 조석으로 부처님을 뵈옵고, 상공께서 돌아오시기를 기다릴 것이오며, 상공께서 이번에 가시면 반드시 밝은 스승을 만나고, 어진 벗을 만나 큰 도를 이루실 터이오니 엎드려 바라움은 상공께서 도를 터득하신 후에는 먼저 첩들을 가르쳐 주옵소서."

성진과 팔선녀(八仙女), 꿈을 깨고 참에 돌아오다

양태사가 매우 기꺼워하며 이르기를,

"우리 아홉 사람의 마음이 서로 합쳤으니 무슨 염려할 일이 있겠느
뇨? 내 마땅히 내일 떠날 것이니, 오늘은 모든 낭자와 더불어 취하
도록 술을 마시리라."

모든 낭자들이 입을 모아 하는 말이,

"첩들도 마땅히 각기 한 잔씩 받들어 상공을 전별하오리다."

바야흐로 시녀를 불러 다시 술을 내어오게 할 즈음, 홀연 지팡이 소
리가 돌길에 나기에 모든 사람들이 의아히 여기기를,

"어떠한 사람이 이곳에 올라오는고?"

이윽고 노승 한 분이 자리 앞에 다가오는데, 눈썹은 자막대만큼이
나 길고 눈은 물결처럼 맑고 몸놀림이 매우 이상하며, 대에 올라 태사
를 보고는 절하며 이르기를,

"산중 사람이 대승상을 뵈옵나이다."

태사는 이미 그가 여느 중이 아님을 알아보고, 황망히 일어나 답례
하고 물어 보되,

"대사는 어느 곳으로부터 오셨나이까?"

노승이 웃으며 대답하기를,

"승상은 평생 친구를 알지 못하시느뇨? 일찍이 들으니 '귀인(貴人)
은 잊기를 잘 하나라' 하던데, 과연 그러하도다."

양태사가 자세히 보니 낯이 익은 듯도 하나 아직 분명치 않더니, 문
득 깨달으며 모든 낭자를 훑어보고 다시 노승을 향하여 하는 말이,

"내가 지난날 토번국을 칠새 꿈에 동정용왕(洞庭龍王)의 잔치에 참
석하고 돌아오는 길에 잠시 남악(南嶽)에 올라 늙은 대사가 자리를
갖추고 앉아 모든 제자들과 더불어 불경을 강론함을 보았거늘, 스
님은 바로 그 꿈속에서 만나던 대사가 아니시나이까?"

노승은 박장대소하며 이르기를,

"옳도다, 옳도다. 비록 그 말이 옳거니와 다만 꿈속에서 한번 본 것
만을 기억하고, 십 년 동안 같이 살던 일은 기억하지 못하니 뉘 양
승상을 총명타 하더뇨!"

태사는 망연자실하여 말하되,

220

"소유는 십오륙 세 이전에는 부모의 슬하를 떠나지 않았으며, 십육 세에 급제하여 이어서 직명(職命)을 받았으니 동으로 연나라에 사신 가고, 서으로 토번을 정벌한 것밖에는 일찍이 경사(京師)를 떠나지 아니하였거늘, 언제 스님과 더불어 십 년을 상종하였겠나이까?"

노승은 여전히 웃으며 하는 말이,

"상공은 아직도 춘몽을 깨지 못하였도다!"

양태사가 묻되,

"스님은 어찌하면 소유의 춘몽을 깨게 하실 수 있나이까?"

노승이 이르기를,

"그는 어렵지 않도다!"

하고, 손에 잡고 있던 석장(錫杖)으로 돌난간을 두어 차례 두드리니, 갑자기 네 골짜기에서 구름이 일어나 놀이터를 뒤덮는지라, 지척을 분별치 못하니 양태사가 정신이 아득하여 마치 꿈을 꾸고 있는 듯하기에 한참 만에야 소리를 질러 외치기를,

"스님은 어찌하여 정도로 소유를 인도치 아니하고 환술(幻術)로써 희롱하시나이까?"

말이 끝나기도 전에 구름이 걷히는데 노승은 간 곳이 없고, 좌우를 돌아보니 팔 낭자가 간 곳이 없는지라 매우 놀라 어찌할 바를 모르는데, 다시 누대와 많은 집들이 일시에 없어지고 자기의 몸뚱이는 한 작은 암자 속 포단(蒲團) 위에 앉았으되, 향로에 불은 이미 꺼지고 지는 달이 겨우 창가에 비치더라.

스스로 몸을 돌아보니 백팔염주(百八念珠)가 손목에 걸려 있고, 머리를 손으로 만져 보니 머리털이 깎이어 까칠까칠하니 틀림없이 소화상(小和尙)의 모양이요, 다시는 대승상(大丞相)의 위엄있는 차림새가 되지 아니하는지라. 정신이 황홀하더니 오랜 후에야 제 몸이 남악 연화봉 도량(道場)의 성진행자(性眞行者)임을 깨닫고 생각하되,

"처음에 육관대사께 책망을 듣고 풍도옥(酆都獄)으로 떨어졌다가 다시 인간계에 환생하여 양씨문중(楊氏門中)의 아들이 되었느니라.

자라나 과거를 보아 장원으로 뽑히어 한림학사(翰林學士)가 되고, 다시 나아가서는 장수가 되고 들어오면 재상이 되어 공훈을 세우고 서 벼슬에서 물러나, 두 공주와 여섯 낭자와 더불어 여생을 즐기던 것이 다 하룻밤의 꿈이로다. 짐작건대 필연 스승이 나의 생각이 그 릇됨을 알고, 나로 하여금 이런 꿈을 꾸게 하여 인간의 부귀와 남녀 의 사귐이 다 허무한 일임을 알게 함이럿다!"

빨리 세수하고 옷차림을 정제하며 법당으로 나아가니 다른 제자들 이 이미 다 모여 있더라. 어떤 대사가 소리를 높여 묻기를,

"성진아, 성진아! 인간계의 재미가 과연 좋더냐?"

성진(性眞)이 눈을 번쩍 뜨고 쳐다보니 육관대사(六觀大師)가 엄연 하게 서 있는지라. 성진이 머리를 조아리고 눈물을 흘리며 뉘우쳐 하 는 말이,

"제자 성진은 행실이 부정하오니, 스스로 저지른 죄오라 누구를 원 망하고 누구를 탓하겠나이까? 마땅히 만족함이 없는 세계에 있으 면서 윤회(輪廻)하는 재앙을 받을 것이거늘 스승께서 하룻밤의 허 망한 꿈을 불러 깨우시어 성진의 마음을 깨닫게 하여 주시니, 스승 의 깊은 은혜는 천만 겁(劫)을 지나도 가히 갚지 못할 줄로 아나이 다."

육관대사가 경계하여 말하기를,

"네가 흥(興)을 타고 갔다가 흥이 진하여 돌아오니 내 새삼 무슨 간 여할 바 있으리요? 또 네 말을 들은즉 '꿈과 세상을 나누어 둘이 라' 하니, 이는 아직도 네가 꿈을 깨지 못하였느니라. 옛날에 장주 (莊周)가 나비가 된 꿈을 꾸었다가, 다시 나비가 장주로 화하니 어 떤 것이 참인가를 분별치 못하였다 하니, 어제의 성진(性眞)과 소유 (少游)에 있어 어느 것이 참이며 어느 것이 허망한 꿈이뇨?"

성진이 이에 대답하되,

"제자 성진은 이제 모든 것이 아득하여 꿈과 참을 분별치 못하겠사 오니, 바라옵건대 스승은 법을 베풀어 이몸으로 하여금 그것을 깨 닫게 하소서."

육관대사가 쾌히 응낙하여 이르기를,

"내 마땅히 금강경(金剛經)의 큰 법을 베풀어 그로써 네 마음을 깨닫게 하려니와, 잠시 후에 새로 올 제자들이 있으니 너는 기다리렷다."

말이 끝나기도 전에 문지기 도인이 손들이 왔음을 아뢰니, 뒤이어 위부인(魏夫人)의 시녀 팔선녀(八仙女)가 다다라, 대사 앞에 나아와 합장배례(合掌拜禮)하고 입을 모아 하는 말이,

"제자들이 비록 위부인을 모시고는 있으되 배운 바 없사와, 망령된 생각을 억누르지 못하여 욕심이 잠시 고개를 쳐들매, 무거운 죄악이 뒤따라 이르러 인간계의 헛된 꿈을 꾸되 깨워 주는 사람이 없삽더니, 대자대비(大慈大悲)하옵신 스승께서 저희를 깨워 다시 데려오시니 감격하였나이다. 어제는 위부인의 궁중에 가서 하직하고 이제 돌아왔사오니, 스승께서는 저희들의 묵은 죄를 사하시와 각별 밝은 가르치심을 드리우소서."

육관대사가 경계하여 말하되,

"여선(女仙)들의 뜻이 비록 아름다우나, 불법(佛法)은 깊고도 머니, 큰 역량과 큰 발원(發願)이 없을진대는 능히 이르지 못하나니, 그대들은 모름지기 스스로 헤아려 행하도록 힘쓰라."

팔선녀가 물러나와 낯에 칠한 연지와 분을 씻어 버리고 각기 사매(師妹)의 인연을 맺고 금가위를 내어 구름 같은 머리를 깎아버리고, 다시 들어와 대사께 아뢰기를,

"저희들 제자 팔 인이 이미 얼굴의 모습을 고쳤사오니, 이제로부터 맹세코 스승의 가르침과 분부를 게을리하지 않겠나이다."

육관대사는 매우 기꺼워하며 이르되,

"좋도다, 좋도다! 너희 팔 인이 이렇듯 달라질 수 있으니 어찌 감동치 아니하리요?"

드디어 자리에 올라 경문(經文)을 강론하니,

"*백호빛이 세계에 쏘이고〔白毫光射世界〕, 하늘꽃이 어지러이 흩날

---

*백호──부처의 미간에 있는, 빛을 발하여 무량의 국토를 비춘다는 털.

리더라〔天花下如亂雨〕."

경문의 강론이 끝나매 성진과 여덟 사람의 여승은 일시에 깨닫고, 생겨나지도 않고 죽어 없어지지도 않을 정과(正果)를 얻으니, 육관대사는 성진의 계율(戒律)을 지킴이 착실하고 순수함을 보고, 이에 많은 사람들을 모아놓고 하는 말이,

"내 불법의 전도를 바라고 중국(中國)으로 들어왔었는데, 이제 비로 소 정법을 전할 사람을 얻었으니 바야흐로 나는 돌아가노라."

하고는, 염주와 바리와 정병(淨瓶)과 석장(錫杖)과 금강경 한 권을 성 진에게 주고 서녘 하늘을 향해 떠나가니라.

그 후로 성진이 연화도량의 대중을 거느려 크게 교화(敎化)를 베푸니, 신선과 용신(龍神)과 사람과 귀신이 힌가지로 존경하기를 육관대사와 같게 하고, 여덟 사람의 여승들도 성진을 스승으로 섬기어 깊이 보살의 대도(大道)를 터득하더니 드디어 한가지로 극락세계(極樂世界)로 가게 되니라.

작 품 해 설

■ 구운몽(九雲夢)

《구운몽》은 숙종 15년 남해(南海) 외로운 섬에 귀향간 김만중(金萬重)이 고향에 홀로 계신 노모를 위로하기 위하여 지은 것이다.

또한 특별히 효성이 지극하였던 그는 당시 선비들이 천시하던 언문을 사용하여 노모가 읽기 편하게 하였다.

한글본과 한문본이 있으며 혹자는 한문본이 먼저라고도 하나 어디까지나 추측이고 언문으로 적은 것을 손자 김춘택(金春澤)이 한문으로 번역하여 그뒤 세상에 알려졌다.

줄거리를 보면 유교의 공명주의(功名主義)를 내세워 주인공 성진으로 하여금 노모에게 효성하고, 국가와 왕에게 충성하며 도교의 향락주의를 내세워 여러 여성을 거느리는 등 영화를 누리게 했다. 그러나 만년에는 불교적 내세주의를 내세워 제행무상(諸行無常)이 속세를 초탈하고 영원히 안주할 수 있는 극락세계로 돌아가게 된다.

이처럼 중국을 포함한 동양의 삼대사상과 중세기의 봉건생활을 여실히 표현했다는 점에서 높이 평가되어야 할 작품이다.

〈동국대교수 김기동〉

한국고전문학 1 구 운 몽

初版 發行●1994年 5月 25日
再版 發行●1995年 7月 10日
3 版 發行●1998年 5月 25日
4 版 發行●2001年 3月 15日

原作者●金 萬 重
監 修●張 德 順
發行者●金 東 求

發行處●明 文 堂
　　　　서울특별시 종로구 안국동 17～8
　　　　대체　010041-31-001194
　　　　전화　(영) 733-3039, 734-4798
　　　　　　　(편) 733-4748
　　　　FAX 734-9209
　　　　등록　1977. 11. 19.　제1～148호

값 4,500원
ISBN 89-7270-174-2 14810
ISBN 89-7270-007-X (전12권)